文春文庫

竈河岸

髪結い伊三次捕物余話

宇江佐真理

目次

竈河岸（へっついがし）

髪結い伊三次捕物余話

◎主要登場人物

伊三次　廻りの髪結い職人。そのかたわら不破友之進の小者をつとめている。

お文　伊三次の女房で日本橋の芸者をつづけている。

伊与太　伊三次とお文の息子。絵師になるため修業中。

お吉　伊三次とお文の娘。

不破友之進　北町奉行所臨時廻り同心。

不破龍之進　北町奉行所の定廻り同心。友之進といなみの息子。

いなみ　友之進の妻。

茜　友之進といなみの娘。松前藩の下屋敷へ奉公に上がっている。

きい　龍之進の妻。

九兵衛　伊三次の弟子。

笹岡小平太　笹岡家の養子で、見習い同心。きいの弟。

薬師寺次郎衛　旗本の家柄だったが、勘当され駄菓子屋のあるじに。

歌川国直　歌川派の人気絵師で、伊与太の師匠。

空似（そらに）

一

北町奉行所定廻り同心不破龍之進の妻のきいは、近頃、息子の栄一郎をおぶって外出することが多くなった。いや、栄一郎が生まれてみ月も経つと、きいは、もうおぶい紐で栄一郎を背中に括っていた。そんなにおぶってばかりじゃ、がに股になると、姑のいなみと女中のおたつは心配するが、きいは、大丈夫です、あたしも小平太もこうして育ちましたから、と意に介するふうもなかった。小平太はきいの弟で、北町奉行所の役人を務める笹岡家に養子に入り、今は見習い同心に就いている。

きいと小平太には、がに股の兆候はなかった。家にいる時の栄一郎は、恐ろしい勢いであちこち這い回り、目離しができない。おぶっていれば、きいは安心できる。それに両手が空くので、家事や買い物も容易にできた。

赤ん坊のいる同心の妻の中には育児を優先させ、他は人任せにしている者も多いが、町人育ちのきいは、それができない。また、二六時中、子供のお守りばかりでは精も切れる。

栄一郎をおぶって買い物をした帰りに、きいは赤ん坊を抱えて組屋敷の外に出ている同心の若い妻を見掛けることがあった。髪をきれいに結い上げ、着物の着付けにも乱れたところがないので、その妻は赤ん坊の世話以外は何もしていないのだろう。きいは、その妻を見ても別に羨ましいとは思わない。むしろ退屈そうにしているのを気の毒に思う。

その妻が顔見知りなら、きいも挨拶はする。すると相手は、夜泣きしていないか、お乳をよく飲んでくれるかなど、問い掛けて来る。

退屈しのぎに引き留められるのが煩わしい。しかし、そっけない態度もできないので、きいは笑顔で応える。

「お蔭様で息子はあまり夜泣きをしません」

そう言うと、いいわねえ、うちの子は毎晩夜泣きがひどくて、わたくしはろくに眠れないのですよ、と眉根を寄せる。すぐに自分の話に持って行く。それから青物や魚などを入れているきいの買い物籠に眼を留め、あなたのお家は、失礼ですけど女中さんを置いていないのですか、と詮索めいたことを訊く。いえいえ、女中はおりますけど、あたしは散歩がてら買い物を引き受けているのです、と応える。

「なあぜ」

その妻は、また無邪気に訊く。きいは早く家に戻りたいのに、話が止まらない。

「子供の相手ばかりしていると気が塞いでしょうがないのですよ」

当てつけがましいとは思ったが、きいは自分の気持ちを、はっきり言った。

「あら、赤ん坊の時なんて、僅かな間ですよ。その僅かな間、母親が始終、傍にいてあげるのが子供のためじゃないですか」

と、今度は説教じみたことを言われる始末だ。きいは曖昧に言葉を濁してその場を退散するが、後になって腹が立った。

自分の子供をどんなふうに育てようと勝手じゃないか。他人に四の五の言われる筋合いはない。なにさ、往来でこれ見よがしに子供を抱えて立ち、通り過ぎる人に可愛いだの、世話が大変だろうだのとお世辞を言われて喜んでいるだけじゃないか。あたしはあたしのやり方で子供を育てる。他人に文句なんて言わせない。きいは唇を噛み締めて思うのだった。

栄一郎は外に連れ出すと喜ぶ。まだ、ものが喋られない赤ん坊でも、家の中ばかりにいると、母親と同じように気が塞ぐのだろう。さあ、おんもに行こうね、ときいが声を掛けると、背中でぴょんぴょん飛びはねるように身体を揺すった。

実際、外出している時の栄一郎はおとなしい。外の景色が珍しく退屈しないようだ。

いなみから用事を頼まれると、きいは張り切って出かけた。本所・緑町にある蝦夷松前藩の下屋敷まで行くこともある。そこには龍之進の妹の茜が奉公している。いなみは親許から離れている娘のために、時々、菓子や身の周りの品を届けていた。茜は務めがあるので、きいが門番に取り次ぎを頼んでも、滅多に出て来ることはなく、たいていは門番に品物を託していた。一度、中食の時刻に茜が出て来てくれたことがあった。栄一郎を見た茜の眼は蕩けそうだった。頰を指で突いて笑わせようとしたり、わたくしはそなたの叔母さんよ、忘れないでね、と言ったりした。風邪を引かせるな、お腹を壊さないように気をつけよ、と茜は、くどいほど念を押した。

そうして暇乞いをしたきいと栄一郎に、茜は長いこと掌を振って見送ってくれた。栄一郎が生まれてから、茜も少し変わったように感じられる。いや、厳しいお務めを続ける内、茜も大人になったのだろう。以前の茜は子供嫌いだった。

茜の様子を伝えると、いなみは嬉しそうに笑い、その後で決まって涙ぐんだ。幾つになっても母親は子供が案じられるのだ。

きいは母親が傍にいないので、その時だけ茜が羨ましかった。きいの母親は父親が死ぬと、きいと小平太を置き去りにして、どこかに行ってしまった。行方は今でも知れない。

まっとうな暮らしをしていればよいが、と思うばかりだ。

いなみは不破の妹のよし乃や、自分の弟の大沢崎十郎の家にも時々、届けものをする。到来物の羊羹だの、蒲鉾だの、塩鯛だの。

よし乃は、このようなお気遣いは無用に、と言うが、いなみの気持ちは嬉しいらしく、浅草海苔や使わなくなった着物、帯、袋物などをお返しに持たせてよこし、届けた品物より大きな荷物となることが多かった。

それに比べて、大沢家はさっぱり愛想がなかった。もっとも、訪れる時は、崎十郎は務めに出ていて留守のことが多い。

代わりに出て来た妻は、ありがとう存じます、お義姉様にはよろしくお伝え下さいませ、と一応は礼を言うが、大沢家からのお返しは何ひとつなかった。崎十郎は御家人（旗本の下の階級・幕臣）の家の養子となった男である。家つき娘の妻は町方奉行所の役人に嫁いだいなみを下に見ているのかも知れない。

その日もきいは浜町河岸に近い大沢家を訪れ、いなみから頼まれた水菓子を届けた。崎十郎は水菓子に目がない男なので、贔屓にしている神田須田町の水菓子屋が持って来た柿と梨を届けたのだ。崎十郎の妻は、旦那様がお喜びになりましょうと言ったが、早く帰ってほしいという表情をし、きいの背中の栄一郎には見向きもしなかった。

「なにさ」

大沢家を出ると、思わず憎まれ口が出た。

いなみの心遣いも崎十郎の妻には伝わっていない。いっそ、やめたらいいのにと思うが、崎十郎はいなみのたった一人の身内である。それはきいが小平太を思う気持ちと一緒だろう。小平太が妻を娶り、その妻が自分に邪険な態度をした時は、何よ、その態度は、と文句を言うつもりだった。

気を取り直して、きいは松島町に入り、真ん中の通りから南へ歩みを進めた。

突き当たりは川沿いの通りになる。そこから西の行徳河岸へ向かい、箱崎橋の前で北に折れると小網町の界隈に出る。小網町には鎧の渡しがあり、その渡し船に乗れば、八丁堀に辿り着くのだ。江戸という町は遠いようで近いし、また近いようで遠いこともある。その時は存外、八丁堀に近いと感じていた。もっとも、きいは足が達者なので、歩くことが苦にならない。八丁堀から浜町河岸まで子供をおぶって歩くなんてごめんだと考える者もいるだろう。全く人は様々である。

松島町は周りを武家屋敷に囲まれた町だった。この辺りに住んでいる人々は、さぞ窮屈な思いをしているのではないかと思ったが、界隈の人々は、別にそんな様子もなく、大八車で荷を運ぶ男やら、買い物に出た商家の女中らしい女が、秋の陽射しを受けながらきいの横を通り過ぎて行った。本当にその日は秋晴れのよい天気で、背中の栄一郎も機嫌がよかった。

松島町を抜ける間際、入り堀に面した所に小料理屋らしき見世があり、四十絡みの男がせっせと雑巾掛けをしていた。縞の袷に博多の帯を締め、黒い前垂れを着けている。袖は邪魔にならないように襷で括っていた。男は油障子の桟を丁寧に拭き終え、雑巾を濯ぐと、桶の水を通りに、ざあっと振り撒いた。

きいはその様子を何んとなく眺めていた。

いや、何んとなくというのも適切な言い方ではないだろう。男は不破家に出入りする髪結いの伊三次とよく似ていた。伊三次が女房に内緒で、小料理屋のおかみとなじんでいるのではなかろうかと思ったほどだ。

きいの視線に気づき、男はこちらを向いた。

確かに似ていたが伊三次ではなかった。

ほっと安堵のため息が出た。

「ご新造さん。背中の坊ちゃんがのけぞっておりやすぜ。そのまんまだと、うっかり取り落として怪我をする恐れがありやすよ。どれ、手前が直して差し上げやしょう」

男は気軽な口を利き、弛んだおぶい紐を直してくれた。

「ありがとうございます」

きいは上目遣いになって男を見る。涼しい目許は伊三次と同じだ。おまけに背丈と目方も同じかも知れない。もしかして、その男は伊三次の親戚かとも思った。

「つかぬことを伺いますが、旦那さんは髪結いの伊三次さんのお身内ですか」

そう訊くと、男は怪訝な表情で、いえ、手前の身内に髪結いをしている者はおりやせん、と応える。

「そうですか。あたしはてっきり……」

「何んですか、その髪結いの伊三次というお人は手前に似ているんですかい」

男は興味深そうな眼になった。

「ええ、とても」

「手前は姉が一人おるだけで男のきょうだいはおりやせん。いとこはおりやすが、皆、おなごばかりですよ」

姉が一人いるのも一緒だった。

「まあ、世の中にゃ、手前ェとよく似た人間が三人いるって話ですから、その一人が髪結いさんなのかも知れやせんね」

男は笑顔で続ける。

「よろしければ旦那さんのお名前を伺ってもいいですか」

きいがそう訊くと、男は笑顔を消し、別に名前まで明かさなくても、と迷惑そうに言った。

「ごめんなさい。余計なことをお訊ねして。それではあたしは」

きいは頭を下げて踵を返した。

「ご新造さん。手前は伊三郎と申しやす」

すると男は早口に言った。きいが気分を悪くしたと思ったのだろう。そんな気遣いをするのも伊三次とよく似ている。

「い、いさぶろう？　どんな字を充てるのですか」

振り返って訊くと、男は掌に字をなぞって教えてくれた。その名前も一字違いなだけだ。

きいは、世の中にはこういうこともあるのかと不思議な気持ちでいっぱいだった。

伊三郎は栄一郎をあやし、栄一郎が笑い声を立てると、自分も嬉しそうに笑った。それから、お気をつけてお帰んなさい、と優しく見送ってくれた。

帰宅したきいは、いなみに伊三次とよく似た男のことを話そうとしたが、いなみは崎十郎の妻の反応を気にしていたので、その話はできなかった。

夫の龍之進には、床に就く時、何気なく話した。

「他人の空似だろう」

龍之進は、さして興味を示さなかった。しかし、あの小料理屋の男に会う機会があれば、きっと驚くはずだと思った。いや、それより伊三次が会ったとしたら、どのような表情になるだろうか。きいはそれを、ひそかに楽しみにしていた。

二

だが、栄一郎の世話にかまけている内、いつしかきいは伊三郎のことを半ば忘れていた。

再び、その名を聞いたのは、夫の龍之進が事件がらみの話を舅としている時だった。いつものように二人が奉行所へ出仕する前に、伊三次に髪を整えさせていた朝のことである。

その僅かな間でも、龍之進は手掛けている事件の流れを不破に伝え、それとなく意見を仰いでいた。龍之進も定廻り同心としては、そろそろ中堅と呼ばれる年齢になっているが、年季の点では父親に敵わない。

質屋の隠居が外でちょいと一杯引っ掛けた帰り、路上に倒れていたところを発見された。

気の毒なことに隠居は発見された時、すでに息をしていなかった。六十半ばの年だったので、当初は心ノ臓の発作でも起こしたものとも考えられたが、検屍をした吟味方同心の話によれば、隠居の頭には石で殴られたような傷があったので、殺しの疑いも出て来たらしい。

浜町河岸にほど近い松島町の「桐屋」という質屋が隠居の見世だった。今は商売を息子に渡し、文字通り隠居暮らしを送っていた男である。とはいえ、隠居は、何もせずにぶらぶらしていた訳ではなく、こっそり金貸しをして小遣い稼ぎをしていたようだ。客の中には、土地柄、武家の男も交じっていた。

武家の男の取り調べは町方奉行所の管轄ではないが、一応、隠居の周辺を探る必要があった。金の貸し借りでいざこざが起きたとも考えられた。

伊三郎に下手人の疑いが出て来たのは、事件当夜、隠居は伊三郎の見世「あけび」を訪れて酒を飲んでいたからだ。隠居は晩めしを済ませた後だったので、酒の肴は貝の剝き身を甘辛く炊いたものと漬物ぐらいだった。だが、勘定をする段になって、隠居は伊三郎に文句を言った。自分が思っていたより高かったからだろう。それに対して伊三郎は、前の時のツケの分が入っていると応えた。隠居がその前にあけびを訪れたのは半月も前のことだった。隠居は酔っていたせいもあり、ツケにしたことさえ忘れていたようだ。自分は間違ってもツケはしないと頑固に言い張った。伊三郎も商売だから黙って引き下がる訳には行かず、これこれこうでした、と事情を説明した。しかし、隠居は納得しなかった。仕舞いには伊三郎も意地になり、飲み喰いしたもんは払って下せェと強く言った。

隠居は渋々、代金を払ったが、腹の虫は治まらなかった。伊三郎の見世が傾きそうになった時、自分が金を融通してやらなければ、今頃、どうなっていたか知れたものではない、それを考えたら、五十文や百文のツケなど眼を瞑ったところで罰は当たるまいと、捨て台詞を吐いて帰って行ったという。

伊三郎は隠居が帰った後、あの因業爺ィと罵りの言葉を上げた。それは見世の客が聞いている。伊三郎もよほど腹が立ったのか、いつもは四つ（午後十時頃）まで見世を開けているのに、五つ（午後八時頃）には暖簾を下ろしてしまった。その夜は客が少なかったせいもあったのだろう。最後に見世を出た客は、大将はあれからやけ酒になったのではないかと言っていたそうだ。

隠居はあけびを出てから、別の見世で飲み直し、五つ半（午後九時頃）には帰ったという。

だが、隠居は家に戻らず、心配した息子夫婦は朝になってから、あちこち捜し回り、近くの自身番にも届けを出した。それから間もなく、松島町の入り堀の傍に年寄りが倒れているのが見つかり、もしかして隠居ではなかろうかと、自身番に詰めていた土地の岡っ引きが桐屋に知らせた。息子夫婦が慌てて駆けつけると、果たして変わり果てた隠居の姿があったのだ。伊三郎に下手人の疑いが出て来たのは、やはり、事件当夜、隠居と諍いをしていることと、いつもより早い時刻に見世を閉めていたからだ。また、隠居の倒れていた場所もあけびと近かった。伊三郎はその夜、見世で一人で飲んでいたと言っているが、見世と住まいは別々なので、誰もそれを証明する者がいなかった。伊三郎には女房と二人の娘がいて、女房は娘達と一緒に小さな小間物屋を営んでいた。三人は夜も遅い伊三郎に構わず、先に寝ていることが多い。その夜も伊三郎が何刻に帰ったのか定かにはわからなかった。

伊三郎という名前を聞いて、きいは衝撃を覚えた。

「お前様、伊三郎という人は小料理屋をやっている伊三郎さんですか」

務め向きのことに口を挟むなと戒められていたが、きいは黙っていることができなかった。

「お前、何か知っているのか」

舅の不破が訊いた。

「大沢様のお家に伺った帰り、口を利いたことがあります」

「知り合いだったのか」

「いいえ。初めて会った人です」

「見ず知らずの他人と言葉を交わすなど感心せんことだな」

不破は窘める。

「申し訳ありません。でも、その人は伊三次さんとよく似ていたので、あたしは見過ごすことができませんでした」

「伊三と似ているだと？」

不破は少し驚いてきいと伊三次を交互に見た。不破の頭を梳いていた伊三次も苦笑いした。

「そいつは、おいらも親父の仕事仲間から聞いたことがありやすよ。飲み屋の亭主で、うちの親方とそっくりな奴が仕入れに来たことがあるって」

龍之進の頭をやっていた伊三次の弟子の九兵衛も口を挟んだ。九兵衛の父親は新場の「魚佐」という魚問屋に勤めている。

「妙な山だなあ。ちょいとやり難いかも知れねェ」

不破はくさくさした表情で言う。過去に不破は伊三次に下手人の疑いを持ったことがあった。その事件と今回の事件は流れも似ている。慎重に当たらなければならぬと思ったようだ。

「何をおっしゃっているのですか。伊三次さんに似ているも何も、事件とは関係ありませんよ。要はその伊三郎が下手人か、そうでないかを突き留めるだけです」

だが、龍之進は呆れたような眼で不破を見た。

「いかさまな」

不破は低い声で応えたが、下手人の疑いが掛かった伊三郎を冷静に判断するのには自信がなさそうだった。

「伊三郎さんは、下手人ではありません。殺しを働くような人ではありません！」

きいは声を励まして言った。

「お前は黙っていろ」

龍之進はたまらず制した。きいはすみません、と謝ったが、納得できない表情をしていた。

髪を結い終えた後、伊三次は、旦那、松島町の近辺を聞き込み致しやすか、と先回りして言った。

「いや、お前ェが出て行ったんじゃ、話がこんがらがる。ここは龍之進に任せるとしよう」

不破はそう応えて龍之進を見た。

「心得ました」

龍之進は低い声で言った。

龍之進は奉行所に出仕し、朝の申し送りを済ませると、ふと思いついて、きいの弟の笹岡小平太を伴い松島町に同行させた。

「例の隠居殺しの件ですか」

小平太は歩く道々、察しよく訊く。

「ああ。今のところ、殺しとはっきり断定できぬが、調べる必要はある。下手人の疑いがあるのは伊三郎という男だが、これがお前ェ、伊三次とよく似ているらしい」

「誰がそんなことを言ったんですか」

「うむ。きいよ」

「何んであいつが」

　小平太は苦々しい表情になった。姉が務めに関わって来たのがおもしろくないらしい。黙って子供の世話と家の中のことをしていればよいと、小平太は前々から姉のでしゃばりに不満を感じていた。

「事件の起こる前に、きいはたまたま、伊三郎の見世の前を通り、ふた言、み言、言葉を交わしたらしい。その時、伊三郎があまりに伊三次に似ていたものだから、この度の事件が気になって仕方がなくなったのよ。伊三郎は殺しをするような男じゃないってね」

「似ていると言ったところで、伊三郎と伊三次は赤の他人じゃないですか。伊三次がいい人だから、伊三郎もいい人と信じるなんざ、おめでたい考えですよ」

「まあ、そう言うな。袖すり合うも多生の縁という諺もあることだし」

「多生の縁ねえ……しかし、てけてけが栄一郎をおぶって松島町まで出張っていたとは驚きですよ。よその女房は、せいぜい一町か二町ぐらいしか歩きませんよ」

小平太は呆れたように言う。小平太は昔から姉のことをてけてけと呼ぶ。

「足が達者だからな。じっと家にばかりいると身体がなまるらしい」

「子供を産んで、少しはおとなしくなるかと思ったら、相変わらずですね。まさか奥様と小太刀の稽古もしているんじゃないでしょうね」

小平太は上目遣いで龍之進に訊く。

「やってるぜ。毎朝、竹刀の素振りを欠かさぬ。うちの母上が、なまじ心得があるものだから、姿勢よくだの、声が小さいなど、無駄に景気をつけておる。栄一郎に手が掛からなくなったら道場に通い出すかも知れん」

「止めて下さいよ。勇ましい女なんてぞっとしねェ」

小平太は顔をしかめた。

「姑と小姑に剣術の心得があるから、うちの奴も黙っていられぬのだろう。まあ、いざという時のために心得はあったほうがよい」

龍之進は鷹揚に言う。

「いざって何んですか。その内、捕物にも加わりたいと言い出しかねませんよ。ああ、面倒臭ェ」

小平太の言葉に龍之進は朗らかな笑い声を立てた。

龍之進は松島町に入り、伊三郎の見世をちらりと眺めてから、水野壱岐守の下屋敷前を通って竈河岸に向かった。伊三郎は大番屋に留め置かれているので、あけびは表戸を閉ざしていた。見世を再開できるかどうかは、今のところ心許ない情況である。

「これから、どちらに行くんですか」

小平太は怪訝そうに訊く。

「うむ。知り合いの駄菓子屋の親仁に話を聞くつもりだ」

「駄菓子屋の親仁ですか？」

「ああ」

「……」

どうしてそこに駄菓子屋の親仁が出て来るのか、小平太は相変わらず訝しい表情をしていた。

三

「よいこや」という屋号を見た時、小平太は思わず噴いた。よいこやって、ふざけた屋号ですね、と言う。間口二間の見世は油障子を開け放しており、赤や緑、黄色など、駄菓子の彩りが溢れているのが、外からも窺えた。

「ふむ。ここの親仁は、昔は悪い子だったのよ」

龍之進の言葉に小平太はさらに笑った。その声を聞きつけ、見世の主が外まで出て来た。

「お務め、ご苦労さんにござんす」

慇懃に頭を下げる。縞の袷の上に女物の柄の長半纏を引っ掛けている三十絡みの男である。その眼の鋭さに小平太はたじろいだ様子だった。

「ちょいと聞きたいことがあってな」

龍之進はさり気なく言った。

「聞き込みでござんすかい」

「そんなところだ」

「むさ苦しい所ですが、中へ上がっておくんなせェ」

男は奥へ促す。

「いや、そこでよい」

龍之進は見世の前に出していた床几を指差した。二人が腰を下ろすと、龍之進は松島町の質屋の隠居のことを知っているかと訊いた。

男は肯いてから龍之進の横へ一緒に座った。

座った途端、結構な衝撃があり、小平太はあやうく床几から落っこちそうになった。

男は龍之進と同じで六尺近い背丈があった。

「酔っぱらって道端に倒れていたんでげしょう？　この近所でも噂になっておりやした」

「で、同じ松島町にあけびという小料理屋があるんだが、それも知っているか」

「何度か飲みに行ったことがある。いい酒を置き、気の利いた肴を出すんで贔屓の客もついている」

話を進める内、男の言葉遣いに遠慮がなくなっていた。小平太はそれが気になったが、龍之進は別に気分を害するふうもなかった。

「あけびの亭主をどう思う」

「どう思うと訊かれても、普通の飲み屋の大将としか応えようがない。如才ない口を利き、客にも愛想がいい男だ」

「殺しをするような男に見えるか？」

龍之進が話を続けると、男はつかの間、思案顔になった。

「あけびの大将に質屋の隠居殺しの疑いが掛かっているということか」

独り言のように呟く。

「まだ、決まったことではない。調べている段階だ」

龍之進は慌てて言った。

「わかっているわな」

男は不敵に見える笑みを洩らす。

「あの大将が殺しを働くとは思えぬが、もしも下手人だとしたら、結構、しぶといぜ」

男はそう続けた。

「どうしてそう思う」

「大将は、昔、深川の『平清』で修業していたらしい。当時、あすこで板前を張っていたのが大将の義理の兄だった。大将の姉の連れ合いよ。ふた親が早くに亡くなっていたんで、大将は姉に引き取られて育ったのよ。義理の兄から料理の腕は叩き込まれたが、さんざ苛められたとこぼしていたよ。二十歳ぐれェで追い回し（見習い・下働き）から何んとか一人前の料理人になると、大将はとうとう姉の所を飛び出した。それからあちこちの見世を渡り歩いたって話だ。そのまま姉の家にいたら、義理の兄を殺してしまうかも知れないと、冗談でもなく言っていたぜ。ひとつ間違えば、本当にやっていただろうと、おれも思った。表向きはへらへらしているように見えるが、意地の強さは相当だ。肝っ玉も据わっている。そういう男にお為ごかしの取り調べは通用しねェ」

男は遠くを見るような眼で言った。平清は深川で一、二を争う料理茶屋である。伊三郎は義理の兄の命令で、否も応もなく料理人になったのだと小平太は思った。それでも伊三郎はそのお蔭で商売を続けて来たのだから、世の中は何が幸いするかわからないとも思った。

「なるほど。ところで、伊三郎が松島町に見世を出した経緯も知っているか」

龍之進は話題を変えるように訊いた。

「女房のてて親が、料理人だったのよ。いや、大将は文無しになっていたところを女房のてて親に拾われたんだな。それから大将も根無し草のような暮らしにけりをつけたらしい。あの見世は早い話、女房のてて親がやっていたのよ。大将が跡を継いだってことだ」

男の話に龍之進は深く肯いた。伊三郎の生い立ちは、聞けば聞くほど伊三次と似ているという。ならば、きいと同じように龍之進も伊三郎を下手人にしたくないのだと小平太は感じた。いや、奉行所を出る時から、すでに龍之進は、伊三郎の容疑を固めることではなく、逆に容疑を晴らすことを考えていたのだろう。他の人間ではなく、身内の自分を同行させたのは、そういう意味もあったと小平太は合点した。

「邪魔をした」

龍之進はようやく腰を上げた。男も慌てて立ち上がり、お役に立ちやしたかい、と阿るように訊いた。

「ああ、大いに参考になった。どれ、いつものように妻の土産を見繕ってくれ」

龍之進は羽織の袖を探り、鐚銭を十ばかり男に渡した。

「お前もほしいか？」

龍之進は小平太に訊いた。小平太はもじもじしながら、きなこのねじり菓子と琥珀飴があればいただきたいです、と応えた。

「ありやすぜ」

男は、ふっと笑顔を浮かべて応える。

「そいじゃ、それも」

「承知致しやした。こちらのお若けェのは旦那の後輩ですかい」

男はようやく小平太に注目した。

「妻の弟よ。見習い同心をしている」

「へえ、さいですかい。利かん気な面構えをしていなさる。昔の旦那とどこか似ておりやすぜ」

男の世辞に龍之進は、ふふっと笑った。

それから男は見世の中に入り、紙袋に駄菓子のあれこれを入れていた。間もなく、男はふたつの紙袋を持って来て、二人に渡した。

「またな」

龍之進は気軽に言う。

「へい、また寄っておくんなさい」

男は駄菓子屋の親仁の顔に戻って頭を下げた。

四

「あの男は誰なんですか」

小平太は琥珀飴をねぶりながら龍之進に訊いた。

「うむ。おれがどうしてもお縄にできなかった悪党よ」

「ええっ？」

小平太は驚いた声を上げた。

「まあ、ひとつの理由には、あいつが武家だったせいもある」

「武家だったんですか。そいじゃ、武家を辞めて町人になったってことですか」

「ああ」

「だったら、遠慮なく捕まえたらいいじゃないですか」

「もはや済んだことだ」

龍之進の声に吐息が交じった。

「昔のことはさっぱり忘れて友達づき合いをしているってことですか」

小平太は呆れ顔で言う。

「そんなところだ」

「訳わかんねェ」

小平太は盛んに首を傾げた。

男は、龍之進が見習い同心の頃、必死で追い掛けていた本所無頼派の首領の薬師寺次郎衛だった。

龍之進ら、北町奉行所の面々はとうとう捕縛できなかったが、様々な悪事は父親にも知れるところとなり、ついには勘当となったのである。次郎衛は父親から渡された手切れ金で駄菓子屋を始めたのだ。その年の春先に偶然、龍之進は次郎衛の見世の前を通り、十四、五年ぶりに再会した。次郎衛に駄菓子屋の親仁はそぐわないと思ったが、今の境遇に次郎衛は満足しているように見えた。それから近くに来た時は立ち寄り、駄菓子を買っている。駄菓子は、きいの好物でもあった。次郎衛のことはまだ朋輩には知らせていない。いずれ機会があればと考えているが、朋輩達も今ではさして興味を示さないだろう。皆、それぞれ北町奉行所の役人として務めを全うしている。昔のことより、今起きている事件が問題だった。

二人はそれから、桐屋の隠居があけびを出てから立ち寄った松島町の居酒見世「すずめ」に行き、見世の亭主とおかみに当日の隠居の様子を訊いた。

隠居は大層、不機嫌だったという。それは伊三郎との諍いのせいだろう。突き出しのわかめの酢の物には酢が利き過ぎていると文句をつけ、客の一人が爺さん、機嫌を直して一杯どうでェ、とちろりの酒を猪口に注いでやろうとしても、わしはお前に爺さん呼ばわりされる覚えはないと、取りつく島もなかったという。あの様子では、誰の怒りを買っても不思議ではないと、すずめの亭主は話していた。

　当日の客の中に桐屋の隠居から金を借りていた者はいないかと訊くと、亭主は居心地の悪い表情で、実は手前も幾らか借りているし、水野様のお屋敷で馬廻りを務めている侍も何人か借りていて、当日の夜は、その一人が見世にいて、隠居からきつい催促を受けていたという。怪しい人間は他にもいた。だが、武家の取り調べは自分の手に余る。しかるべき手順を踏んで、幕府の目付に報告しなければならぬと思った。

　その日の聞き込みはそれで終わった。龍之進は小平太に、次郎衛と会ったことは他言無用と釘を刺した。小平太は心得顔で肯いた。

　奉行所に戻っても新たな展開はなく、伊三郎は今夜も茅場町の大番屋に留め置かれることになりそうだった。吟味方は早く伊三郎から口書き（供述書）を取り、爪印を捺させて小伝馬町の牢屋敷に送りたいのだが、伊三郎は自分はやっていないと頑なに容疑を否認していた。

　龍之進は吟味方の詰める用部屋に行き、伊三郎のことを朋輩の古川喜六に訊ねた。

「正直なところ、喜六さんは伊三郎が下手人だと思いますか」

「さてそれは今のところ何んとも言えませんね」

喜六は曖昧な表情で応えた。まだ下手人とすべき確証は摑んでいない様子である。

「結構、きつい仕置きを掛けても、白状しませんでした。人殺しのてて親がいては娘達の行く末が台なしだ、そんなことはする訳がないと言っております。これで奴が独り者だったら、破れかぶれで自白したかも知れませんが」

喜六はそう続けた。

「伊三郎は娘達のためを思っているのですね」

「ええ。十八と十七の年子の娘達で、そろそろ縁談も囁かれているそうです」

あいつのてて親は人殺しだと、娘達が後ろ指をさされないために、伊三郎は必死でがんばっているのだと思った。父親としての伊三郎の気持ちが龍之進は切なかった。

「他に下手人の疑いがある者は上がっていないのですか」

「町人では、今のところ奴だけです」

喜六はあっさりと応える。

「町人ではと言うのは、他に疑いがあるのは武家ということですか」

「その通りですよ。桐屋の隠居から金を借りている者が二、三人、おります」

「その者達のことはご公儀のお目付に報告したのですか」

そう訊くと、喜六は居心地の悪い表情で、いや、まだ報告しておりません、と応える。

「なぜですか」

「なぜって、奉行所は町人の取り締まりが本分だからです」

「だから、伊三郎に早く白状させて、この件にけりをつけてしまいたい訳ですか」

龍之進の声に怒気が含まれた。

「そこまでは言っておりませんが」

龍之進の剣幕に喜六は少したじろいだ。

「隠居から金を借りている武家がいたのなら、彼らの当日の行動も改める必要があるのではないですか。お目付に報告するのが厄介だから、伊三郎を下手人にしてしまえば話は早いと吟味方は考えているのですか」

龍之進は喜六に詰め寄った。

喜六は図星を指されたのか、俯いて黙った。

「お目付に報告しないのは片岡さんのご指示ですか」

龍之進は喜六の上司の名を出した。

「いえ……」

「喜六さん。あなたは町人の出の同心だ。我らより町人の立場を慮ってしかるべきじゃないですか。それを先頭に立って武家の味方をするのですか」

町人の出と言われ、喜六は悔しそうに唇を嚙んだ。今まで龍之進は面と向かって喜六にそれを言ったことがなかった。だが、数々の事件を手掛け、しかも下手人に自白させる技に長けていると評判が立っている喜六は、おざなりと言わないまでも、どこか慢心しているところが感じられた。

そこへ吟味方与力の片岡監物が用部屋に現れ、何かあったのかと訊いた。龍之進と喜六との間に険悪なものが漂っていると察したのだろう。

「桐屋の隠居殺しの件で、疑いのある者をご公儀のお目付に報告して下さい。水野様の家臣に該当する人物がおります」

龍之進は監物にそう言った。

「だから、まだ、あれは殺しと決まっておらぬ」

監物も喜六と同じように言葉を濁した。

「決まっていないのに、どうして伊三郎を何日も大番屋に留め置いて、自白を強要するのですか。納得できません」

「不破、それは吟味方に任せておけ。おぬしが口出しするな。伊三郎はもう少しで白状する」

語るに落ちたとはこのことだ。龍之進はぎらりと監物を睨んだ。

「どうでも伊三郎を下手人に仕立てたいご様子。よっくわかりました。だが、たとい伊三郎が仕置きに耐えられずに白状したとしても、お白洲では引っ繰り返されますよ。その時には吠え面をかかぬように覚悟しておいて下さい」

龍之進はそう言うと、挨拶もせずに用部屋を出た。頼みは自分の父親だった。

龍之進は帰宅してから、吟味方のやり方を憤った表情で伝え、何んとか水野壱岐守の下屋敷の家臣を調べてほしいと頼んだ。不破は少し躊躇した様子を見せたが、龍之進の熱意に負け、あい、わかったと応えてくれた。

それからひと廻り（一週間）ほど、龍之進は息を詰めるような気持ちで目付からの報告を待っていた。

結果、水野壱岐守の下屋敷で馬廻り役を務める男が桐屋の隠居に暴力を働いたことを認めたが殺すつもりはなかったという。

あの夜、隠居があけびの後に立ち寄ったすずめで、その男、池田勝太郎も飲んでいた。隠居は機嫌が悪かったせいもあり、顔を合わせた池田に借金の催促をしたのだ。普段は、人前で決してそんなことをしなかったのだが。

池田は体面を汚され、隠居に怒りを覚えたという。国許の家族と離れ、下屋敷の御長屋で独り暮らしをしていた池田は無聊の慰めに務めが終われば、近所の飲み屋に出かけていた。

懐が寂しくなった池田は、たまたま、すずめで同席した隠居から金を借りたのだ。最初は律儀に返していたが、回が重なり、額も大きくなると、近頃は知らぬ顔を通していたという。翌年の春には晴れて国許へ帰ることも許されていたので、池田は隠居の借金も踏み倒す魂胆でもあったのだろう。その魂胆を隠居に見抜かれ、池田はぐうの音も出なかった。

隠居がすずめを出ると、自分もそそくさと勘定を済ませ、隠居の後をつけた。ひと気も途絶えた通りで、池田は落ちていた拳大の石で隠居を殴りつけたのである。刀を使わなかったのは武士の仕業と見抜かれないためだった。隠居はあっさりと倒れ、そのまま動かなくなった。

池田はそのまま下屋敷へ戻った。通り過ぎる者もいなかった闇夜のことで、誰にも気づかれていないだろうと高を括っていたふしも池田にはあった。

しかし、幕府の目付が事情を聞いている内、色々と辻褄の合わないことが出て来て、ついには、罪を認めたらしい。池田の罪は公にはされず、水野家の采配に任されるらしい。死罪となるかどうかは水野家の考えで決められ、そこまでは北町奉行所も関知できなかった。

伊三郎の疑いは、これによって、ようやく晴れたのだった。

五

伊三郎の疑いは晴れたが、その後しばらく、龍之進は片岡監物からよそよそしい態度をされ、古川喜六は奉行所の廊下で出会っても龍之進と眼を合わせようとしなかった。自分は何も悪いことはしていないのに、そうされるのは理不尽な気もしたが、定廻り同心の橋口譲之進は、放っておけ、所詮、けつの穴の小せェ連中だ、龍之進に顔を潰されたと思っているのよ、と慰めてくれた。

伊三郎の無実をきいは何より喜んだ。それが龍之進にとって救いだった。

伊三郎が大番屋から解き放ちとなった時、二人の娘は外でじっと待っていた。龍之進はその様子を少し離れた所で見ていた。喜六から伊三郎の解き放ちを告げられると、じっとしていられず、大番屋に駆けつけたのだ。伊三次に似ているときいは言ったが、殴られて顔も腫れた伊三郎が似ているかどうかはわからなかった。

伊三郎が頭を下げて大番屋を出ると、二人の娘は、お父っつぁん、と悲鳴のような声を上げて縋りついた。それから人目を憚らず泣き出した。女房がそこにいなかったのは、家で伊三郎の帰りを待っているのだろう。

「心配掛けたな。すまねェ」

伊三郎も咽びながら応えた。二人の娘を両腕に抱えた伊三郎は父親以外の何者でもなかった。

これからまた、あけびを再開して、腕を振るった料理を客に出すのだろう。三人は鎧の渡しから嬉し涙にくれながら帰って行った。その姿を見て、龍之進は、誰もこの親子の倖せを奪う権利はないと改めて思った。もしも、吟味方と同じように、町人一人が死罪となったところで、自分には一切の関わりがないと考えたら、伊三郎は無実の罪を背負ったまま、刑場の露と消えたかも知れない。

伊三次と似ていたのはたまたまのことだろうが、そのたまたまが、今回の事件の糸口だった。

伊三郎は運と不運が同居しているような男だった。そこが伊三次と似ていると言えば、そうとも言えた。

桐屋の隠居の事件が解決して、しばらく経った頃、きいは栄一郎をおぶい、新場の魚市に出かけた。新場は本材木町（ほんざいもくちょう）二、三丁目にある魚問屋が集まっている所である。特に新場の夕市は有名で、江戸近郊の漁師が伝馬船（てんません）で鯵（あじ）や鰯（いわし）を運んで来る。晩めしの仕度に間に合わせようと棒手振り（ぼてふ）の魚屋は急いで魚を仕入れ、これまた急いで売り歩くのだ。

きいは伊三次の弟子の九兵衛の父親が新場の魚佐に勤めているせいで、時々、出向いて安い魚を買っていた。多めに買っても女中のおたつが干物や醤油漬にするので、きいは思い切って買うことができた。

その日も買い物籠に溢れんばかりの鰯を買い、きいは意気揚々と自宅に戻るところだった。

魚佐を出る時、きいは慌ててやって来た伊三郎に気づいた。

「伊三郎さん」

きいは思わず、声を掛けた。伊三郎はきいの顔を忘れていたようだが、栄一郎をおぶっていたことで、ようやく思い出してくれた。

「やあ、ご新造さんは、この近所にお住まいだったんですかい」

笑顔で応える。

「ええ、うちの人は奉行所の役人ですので、八丁堀におります」

そう言うと、伊三郎の表情が少し翳った。

捕らわれた時のことを思い出したのかも知れない。きいは伊三郎に言いたかった。あなたの無実を晴らしたのは、うちの人よ、と。

だが、気が急いている様子の伊三郎に、そこまで言えなかった。松島町にいらっしゃった時は寄っておくんなせェ、と伊三郎は言って、すぐに魚の品定めを始めた。きいは、その様子を何んとなく眺めていた。伊三次と似ていると改めて感じたせいもあった。

伊三郎はさほど時間を掛けることなく、買い物を終え、そそくさと海賊橋の方向に向かった。鎧の渡しで小網町へ入り、そこから松島町へ帰るのだろう。

きいは伊三郎の背中を見ながら、少し間隔を置いて、後ろから続いた。

その時、伊三次が八丁堀から、こちらに向かって来るのに気づいた。きいはなぜか胸がどきどきした。

商売道具の入っている台箱（だいばこ）を携（たずさ）えた伊三次と魚の入った買い物籠を提（さ）げた伊三郎。二人は海賊橋の中央ですれ違った。二人はすれ違いざま、互いにちらりと相手を見た。伊三次は、ふっと苦笑したようだ。伊三郎も居心地の悪い表情で小さく頭を下げる。だが、二人に言葉はなかった。振り返ることもしなかった。

伊三次はこれから京橋の「梅床（うめどこ）」に行き、客が残っていれば手伝い、そうでなければ玉子屋新道（たまごやしんみち）の自宅に戻るのだろう。

伊三郎は松島町の見世で仕入れた魚を捌（さば）き、客に出す料理をあれこれ作るのだ。

きいは夢を見ているような気持ちだった。他人の空似とは片づけられない何かを感じた。きっと前世では、二人はきょうだいか親子でもあったのではなかろうか。そんな気がしてならなかった。

毎日、子供の相手をして家事に追われるきいだったが、神さんは時に、粋な計らいをしてくれるものだと思う。伊三郎と伊三次が出会う景色を自分は想像していた。それが現実のものとなったのだ。だからどうしたと言われても応えようはないが、この胸のときめきは止められなかった。

「乙（おつ）にすてきだ」

きいは蓮（はす）っ葉（ぱ）に呟いた。背中の栄一郎は、きいの言葉に同調するように、奇声を発して身体を揺すった。

龍之進は帰宅するために同心部屋を出て、奉行所の玄関に向かっていた。その時、廊下で古川喜六と出くわした。龍之進は小さく頭を下げ、喜六もそれに応えた。そのままやり過ごそうとしたが、喜六は龍之進さん、と呼び留めた。

「はい？」

振り返ると喜六は俯きがちに、先日はお世話になりました、と低く礼を述べた。

「別におれは、喜六さんのお世話なんてしておりませんよ」

「いいえ。お務めの失態を演じるところを龍之進さんには助けられました」

桐屋の隠居殺しの一件を言っているのだと思った。

「余計なことをすると怒っていたのではないですか」

悪戯っぽい表情で訊くと、とんでもない、と喜六は顔の前で掌を振った。

「片岡さんは何かおっしゃっておりましたか」

龍之進は監物の考えを気にした。上司に向かって生意気な口を利いたことを少し後悔していたからだ。

「さすがに不破殿の息子だと感心しておりました」

「へえ、そうですか」

監物の反応が意外に思えた。

「龍之進さんは最初から伊三郎が下手人ではないと信じていたのですね」

「いや、そういう訳でもありませんよ。伊三郎にも疑わしい点が幾つかありましたから」

「それではなぜ」

喜六は怪訝そうに訊く。三十半ばとなった喜六は相応に肉もつき、中年男の顔をしている。見習い同心に上がった頃の喜六の顔が、ふと思い出された。鷹揚な表情をしていて、匂うような若さが感じられたものだ。そう言う自分もあの頃は子供っぽい顔をしていたはずだ。

「伊三郎の取り調べをして何か気がつきませんでしたか」

龍之進は試しに訊いてみた。

「さて、それは」

喜六には心当たりがないようだ。

「髪結いの伊三次に似ていたとは思いませんでしたか」

そう言うと、喜六は合点が行ったように、確かに、と肯いた。

「事件が起きる前、うちの奴が伊三郎の見世の前を通り掛かった時、奴と口を利いているんですよ。伊三次とそっくりだったと、少し興奮して話しておりました。それで伊三郎がしょっ引かれたと知ると、途端に落ち着かなくなり、人殺しをするような男じゃないと強く言って来たのです。うちの奴は伊三次が贔屓なものですから、伊三次と似ている伊三郎も下手人な訳がないと思い込んだようです。まあ、単純な考えですが」

「すると、龍之進さんは奥様の意見で背中を押されたところもあるのですか」

「そういうことです」

「では、この度のことは奥様の手柄でもある訳ですね」

「まあ、それも多少はあると思います」

龍之進は苦笑交じりに応えた。

「伊三郎には幸いでしたね」

「そうかも知れません」

「奥様にもよろしくお伝え下さい」

「承知しました」

「ところで、似ていると言えば、松島町の近くで薬師寺次郎衛を見たという人がいるのですが、龍之進さんは何か聞いておりますか」

喜六は話題を変えるように言う。

「誰がそんなことを」

龍之進は少し慌てた。

「橋口さんですよ。見廻りした時に見掛けたとおっしゃっていました。駄菓子屋の見世を出していたそうです。旗本の倅が駄菓子屋の親仁をする訳もないから、これは他人の空似だろうと、あまり気にする様子はありませんでしたが」

次郎衛の父親は幕府の小十人格を務めていた男で、身分は旗本だった。定廻り同心の橋口譲之進は、もの覚えがさしてよいほうではないが、さすがに次郎衛の顔は覚えていたようだ。

「そうですね。他人の空似かも知れません」

龍之進は曖昧に応えた。まだ次郎衛のことは内緒にして置きたかった。それに廊下の立ち話ですることでもないと思った。その内に、その内にだ。

「龍之進さんは駄菓子屋の親仁が次郎衛だとしたら、どうしますか」

だが、喜六は龍之進の表情を窺うように訊く。

「別に」

「別にですか。過去のことはどうでもよいということですか」

喜六は詰る口調になった。

「どうでもよい訳ではありませんが、誰でも捨てたい過去のひとつやふたつはあるはずです。次郎衛が駄菓子屋の親仁をしていると言うなら、奴なりに思うところがあってのことでしょう。十年も十五年も前のことを今さら白日に晒したところで何んになります。

親に勘当を言い渡されただけで十分じゃないですか」

「しかし、罪は罪です」

喜六の声音は弱い。だが、喜六は龍之進が次郎衛の事情を知っているものと察しをつけたのかも知れない。

「それを言うなら、当時、次郎衛を捕縛できなかった我らの腕のなさを恥じるべきです。本所無頼派は我ら八丁堀純情派よりうわ手だったと認めなければなりません。おれは意地でもいやです」

「八丁堀純情派ですか。久しぶりにその名前を聞きました」

喜六はようやく笑顔を見せた。

「奴らがいたから、我らも事件に対して抜かりはないかと慎重に考えるようになったのです。おれはそう考えております」

「では、次郎衛は、このままお構いなしということですね」

「いや、蛇の道はへび、のたとえもあります。我らの手に余る極悪人が出現した時には、捕縛するための案を奴から仕入れたいものですよ。それが我らへの恩返しとなってくれるなら幸いですが。おっと、それは駄菓子屋の親仁が確かに次郎衛だとしたらの話です。喜六さん、おれは急ぎますので、それではこれで」

龍之進はそそくさと話を結んだ。お気をつけて、と喜六は言ったが、龍之進が二、三歩進むと、やはり知っていたのですね、と後ろで呟く声が聞こえた。龍之進は、それには返事をしなかった。


家に戻ると、中はやたら騒々しかった。きいは出迎えもしなかった。栄一郎に何かあったのかと、つかの間、不安がよぎったが、どうもそんな様子でもない。

「さあ、栄一郎。もう一度、立っち、立っち」

父親の興奮気味の声も聞こえた。

茶の間に入ると、きいは慌てた様子で、お戻りなさいませ、と言った。

「騒がしいが、どうした」

「栄一郎が歩いたのですよ」

「ええっ？」

龍之進は心底驚いた。まだ生まれて一年も経っていない。普通の赤ん坊より栄一郎は成長が早いようだ。

「きいさんに似て、足腰が達者なようですよ」

母親のいなみも上機嫌で言う。栄一郎は不破に促され、覚つかない足取りで不破の許へ進む。ようやく辿り着くと、皆が拍手した。

「奥様、一升餅をご用意しなければなりませんね」

女中のおたつもそんなことを言う。人より早く歩き出した子供は、その成長を少し抑える意味で一升餅を背負わせる習慣があった。

「ええ、さっそくお餅屋さんに注文しましょう」

いなみは嬉しそうに応えた。

ぼやぼやしていると、子供はすぐに大きくなる。その内に生意気な口を利いて龍之進を怒らせたり、悩ませたりするのだろう。

はあとため息が出た。

「ため息なんざ、つくな」

不破は龍之進を一喝する。すると栄一郎は意味不明な言葉をもごもごと喋った。それは不破に対して文句を言っているような感じだった。大事な父上を怒鳴るなと言いたいのだろうか。きいは思わず噴いた。つられていなみとおたつも笑う。

「腹が減りました。めしにして下さい」

しかし龍之進は仏頂面で女達の誰にともなく言った。

流れる雲の影

一

霜月の江戸は木枯らしが吹き、もうすっかり冬の気配である。どこの家も炬燵や火鉢を出して防寒に余念がない。それでも襖や障子を開けた拍子に冷たい風が入り込んで来て身震いする。これから寒い日々が続くのかと思えば、誰しも憂鬱な気持ちになるが、冬を越さなければ春は来ないと人々は了簡してもいる。ここはじっと我慢して寒さに耐えるしかない。

北町奉行所定廻り同心不破龍之進の妻のきいは生後一年を迎えた息子の育児に追われ、相変わらず忙しい日々を送っていた。風邪を引かせてはいけないと、綿入れの着物を着せ、足袋を穿かせようとするが、息子の栄一郎は足袋を嫌がる。姑のいなみが冷たくなった栄一郎の足に触り、あんよが冷たいですねえ、足袋を穿きましょうよ、と促しても栄一郎は「いや」と、そっぽを向く。いやだけは、やけにはっきりと喋る。大人の忠告がうるさいと感じるのか、仕舞いには両手で畳をばしっと叩いて癇癪を起こす。その仕種を舅の不破が真似するので、きいは可笑しくてたまらない。舅は今まで子供じみた仕種など微塵も見せたことがなかった。やはり孫ができると人は変わるものらしい。

きいは不破家の嫁になり、栄一郎も授かって倖せを嚙み締めていたが、自分と弟を置き去りにして行方知れずとなった母親のことを時々思い出す。きいは、娘として母親を案じている訳ではなかった。できれば忘れてしまいたい人だ。

だが、買い物で外に出た時、真っ黒な襤褸と化した衣服を纏い、髪も髭もぼうぼうのもの貰いと出くわすと、きいの胃ノ腑は、きゅっと縮まるような心地がした。

もの貰いは男が多いが、時たま女のもの貰いを見掛けることもある。その度に、もしかして母親も、そのようなていたらくになっているのではあるまいかと、ふと考えてしまうのだ。

また、夜鷹や舟饅頭など、最下級の遊女の話を聞いても、もしや、と心配が募る。

万一、母親が切羽詰まり、自分を訪ねて来たら何んとしよう。すげなく追い返すことはできないだろう。かと言って、不破の家に入れることもできない。大伝馬町の伯父夫婦に相談することになるだろうが、伯父夫婦も裕福な暮らしをしている訳ではないので、途端に困惑するはずだ。

自分を生んでくれた親には孝養を尽すのが当たり前だと、古くから世間で言われ続けている言葉がきいを悩ませる。子供を捨てた親でも、困っている時は面倒を見るのが子のつとめなのだろうか。お釈迦様なら、もちろんその通りと応えるかも知れないが、きいはお釈迦様ではなく、町方役人の妻に過ぎない。

寛容な気持ちで母親を迎え入れることはとてもできないと思うのだ。そういう気持ちは誰にも明かすことができなかった。明かせば、親不孝な娘だと詰られるような気がする。十年近くも音信が途絶えているので、今さら母親も自分と弟に合わす顔がないと考えているだろうが、もしもということもある。そのもしもを考えると、隙間風に吹かれたように、きいは身も心も寒くなった。とはいえ、子育てと家事に明け暮れている内は余計な心配も頭をもたげることがなかった。このままの平穏な暮らしがいついつまでも続きますようにと、きいは毎朝、不破家の仏壇に祈っていた。

珍しく舅の妹であるよし乃が不破家を訪れた。舅の不破と夫の龍之進が奉行所に出仕した後のことだった。よし乃も夫と息子を送り出してから外出したようだ。

客間によし乃を招じ入れると、いなみは楽しそうに世間話を始めた。よし乃は甥である龍之進を昔から可愛がっていた。その龍之進に子供が生まれたのだから嬉しくないはずがない。最初は栄一郎の顔を眺めに来たのかとも思った。きいが栄一郎をおんぶした恰好で二人に茶を出した時も、よし乃は眼を細めて背中の栄一郎をあやしてくれた。

「ごゆるりと」と言い添えてきいは台所に下がった。女中のおたつと中食のうどんの用意をしている間も客間からは楽し気な笑い声が聞こえていた。

「庵原の叔母様がおいでになるなんてお珍しいですね」

きいは手を動かしながらおたつに言う。

「そうですねえ。お茶会のご相談にお見えになったのでしょうか」

おたつはよし乃の用件に察しをつける。よし乃の夫は北町奉行所で吟味方与力を務めている。与力の妻達は数年前より、それぞれの妻が交代で茶会を開き、親睦を図っていた。

だいたい、ひと月に一度の割合で開かれているらしい。北町奉行所には十騎（人）の与力がいるので、茶会の当番も半年に一度ぐらいの頻度で巡って来る。

十騎の与力なら十か月に一度でよさそうなものだが、中には敬遠する妻もいた。

吟味方与力片岡監物の妻の美雨は、女同士で親睦を図ったところで何んになると考える人で、一度も出席したことはないらしい。龍之進は子供の頃、この美雨から剣術の指南を受けていた。

美雨は京橋のあさり河岸にある日川道場で師範代を務めるほど剣術の腕があった。

そういう女性が世間話の交歓が主な茶会に顔を出すはずもないと、きいは思う。一方、よし乃は茶会も気晴らしになるようで、いつも楽しみにしていた。全く人はそれぞれである。

　よし乃が茶会の当番の時は、いなみも手伝いを兼ねて出席していた。

　しばらくすると、きいさん、きいさん、といなみの声が聞こえた。

「はあい、ただ今」

　栄一郎の身体を揺すり上げ、きいは客間に急いだ。

「きいさんは栄一郎ちゃんのお世話で大変ですのに、台所仕事も嫌がらずになさるそうですってね。感心ですこと」

　よし乃はにこやかな笑顔できいを褒めた。

「いえいえ。おっ姑様が手伝って下さるので、さほど大変ではありません。叔母様、お茶のお代わりはいかがでしょうか」

　きいは急須に手を伸ばしながら訊く。

「お茶はもう結構でございます。これ以上いただいたら、厠を往復しなければなりませんよ」

　よし乃は悪戯っぽい表情で制した。いなみはよし乃の冗談に笑う。捌けた人柄のよし乃にいなみも昔から親しみを感じていたようで、本当の姉妹のように仲がよい。これまでも何かとつき合いが続いていた。

「今月の十五日によし乃さんのお宅でお茶会が催されるそうです。あいにくその日は緑川さんの奥様と約束がございまして、わたくしは出席できないのですよ。代わりにあなたが出席していただけないかしら。お茶会の後に簡単なお食事をお出しするのですが、その時にお手伝いするだけですから、難しいことはないと思いますよ」

いなみはそんな話をきいにした。緑川さんの奥様とは舅の朋輩の妻のことだった。近頃は一緒に芝居見物やら寺の開帳などに出かけている。

「はあ……」

曖昧に応えたが、きいには茶道の心得がない。気後れを覚えた。

「万事、わたくしがとり仕切りますから、きいさんは傍にいて下さるだけでよろしいのですよ。息子の嫁はおとなしい人なんですが、お客様の応対が苦手で、家で茶会があると聞くと、途端に具合を悪くしてしまうのですよ」

よし乃は困り顔をして言う。

「お客様に粗相がないよう、いつも気を遣っていらっしゃるからですよ。わたくしが出席できないと知ったら、さよさんは心細い思いをなさることでしょう。きいさんが出席なされば、さよさんも少しは安心なさいますよ」

いなみは笑顔で勧める。さよはよし乃の長男の妻である。確か、きいより五つほど年上だった。いなみはよし乃より、さよのために出席してほしいようだった。

「でもおっ姑様がお留守なら、栄一郎の世話が、おたつさんだけでは手に余ると思いますが」

おずおずと言うと、三保蔵（みほぞう）もいるから大丈夫ですよ、といなみは意に介するふうもなく応える。

栄一郎は下男の三保蔵にもなついているが、半日近くも留守にしておとなしく待っていてくれるだろうかと心配になる。さよではないが、きいも具合が悪くなりそうだった。だが、いなみはよし乃を前にして、むげに断ることもできないらしい。

きいはそれを察して、渋々、承知致しました、と応えた。よし乃は安心したように笑顔を見せた。

よし乃が帰ると、いなみは奥の間の簞笥（たんす）から茶会用の青い無地の着物と白地に牡丹（ぼたん）の柄が入った帯を出して来た。帯締めは武家の妻らしく白の丸ぐけだった。

「茜のために誂（あつら）えたのですが、あの人は見向きもしなかったのですよ。きいさんに着ていただけてよかったこと」

いなみは躾糸（しつけいと）を引き抜きながら弾（はず）んだ声で言った。義妹の茜は、美雨と同様に茶会に興味を示すような娘ではない。一度も袖を通したことのない着物を自分が代わりに身につけるのは、何んだか申し訳ない気持ちだった。

茶道には様々な仕来たりがあるので、急には覚えられない。きいは、いなみから茶の飲み方だけは教えて貰った。客と一緒に茶を飲むことはないだろうが、念のためである。

しかし、粗相をしないかと不安でいっぱいだった。茶碗を手前に二度回すだの、飲み終えて口をつけたところを指で拭い、汚れた指先をさらに懐紙で拭うだの、茶を一杯飲むだけでも大袈裟なほどの手順があった。すべての所作が決められていることにも驚く。勝手にしていいところはひとつもない。そういう面倒臭いことに興を覚える人の気持ちがきいには、そもそもわからなかった。いなみは難しく考えることはありませんよ、と慰めてくれたが茶会の日にちが近づくにつれ、きいは憂鬱でたまらなくなった。そんなきいに構わず、日は順当に過ぎて、いよいよ茶会の日を迎えた。

当日は髪結いの伊三次に髪を結って貰い、着物はおたつが着付けてくれた。

栄一郎は自分も一緒に行くものと思っていたようで、いい子でお留守番していてね、と言うと、後を追って泣き出した。おたつはすぐに栄一郎を背負ったが、身体をのけぞらせて激しく抵抗する。きいは逃げるように不破の家を出た。

二

北島町の庵原家に着くと、さよが出迎えてくれた。緊張のためか、さよの顔は青ざめて見えた。背が高く、痩せていて、いつも潤んでいるような大きな眼をしている。さよは山吹茶の無地の着物に黒の緞子の帯を締めている。その恰好は、さよにはよく似合っていた。

「本日はよろしくお願い致します。叔母様はどちらにいらっしゃいますか」

姿の見えないよし乃をきいは気にした。茶会の前に挨拶しておかなければならないと思っていた。

「お客間でご用意をされております。本日は、風炉ではなく地炉で行ないますので、いつもとは違って、ご用意にも手間取っていらっしゃるようです」

「……」

もうわからない言葉が出ている。ふろだの、じろだのと。

「さよさん。あたし、自信がありません。叔母様はお食事のお手伝いをするだけでよいとおっしゃって下さいましたが、本当にそれだけでよろしいのでしょうか」

きいは縋るような眼でさよを見た。その拍子にさよはため息をついた。

「義母上は太っ腹な方なので、細かいことには頓着しませんが、そういう訳には参りませんわね。きいさんのお気持ちはよくわかりますよ。わたくしだって、これまで何度もお手伝いをさせていただきましたが、慣れることなどできませんもの」

さよが暗い表情で言ったので、きいの不安は、いやました。

さよは声を潜め、戸田うめという与力の妻には気をつけるように、と念を押した。その他の者は大丈夫であろうと。

戸田うめは吟味方与力戸田善九郎の妻で、年は三十八歳だそうだ。よし乃より年下だが、なかなか弁の立つ女で、与力の妻達を牛耳っている存在だという。

「どのように気をつければよろしいのでしょうか」

きいは、おそるおそる訊く。

「重箱の隅をほじる方です。知ったかぶりはいけません。そこを強く突いて来ますから。茶道は不調法で、と申し上げ、やんわり躱すことです。決して逆らってはいけません」

「さよさん……」

きいは思わず、さよの手を取った。さよは少し驚いたようだが、一緒にがんばりましょう、ほんの一刻のことですから、ときいを励ました。

きいとさよの気持ちも知らず、よし乃は客間を見回し、床の間に活けた花の枝ぶりを直している。その日は高麗納戸（暗い青緑色）の着物に錆鼠の帯を締め、きいにはいつもより、よし乃が美しく見えた。ちょっと覗いた台所には料理茶屋から取り寄せた松花堂弁当がのし紙を掛けて用意されていた。

やがて四つ（午前十時頃）の時刻に合わせ、与力の妻達が三々五々集まって来た。きいとさよは内玄関で客を出迎え、客間に案内した。

与力の家の玄関は武家の男の客を迎えるためのもので、女達や商人は内玄関を利用する仕来たりだった。それは与力の妻といえども同じである。

問題の戸田うめが現れた時、きいの緊張は高まった。うめは太りじしの女で、瑠璃紺(るりこん)の着物に包まれた胸が大きくせり出ている。ふっくらとした顔は色白だが、細い眼は小意地の悪い光を湛(たた)えていた。きいは恐ろしかった。

「こちらはどなた？」

うめは初対面のきいを見て訝(いぶか)しい表情になって訊く。

「定廻りの不破龍之進様の奥様です」

さよが緊張した声で応えると、ああ、いなみさんのところのお嫁さんね、と納得したように肯(うなず)いた。

「いなみさんのお姿が見えないようですが、どうされたのかしら」

うめはそう続ける。

「本日、おっ姑様は用事がございますので、代わりにあたしが参りました。よろしくお願い致します」

きいは畏(かしこ)まって頭を下げた。

「おっ姑様などと、町家の嫁のようなお口ぶりですね。こういう時は義母(はは)が、と言うものですよ」

「申し訳ありません」

早くも一本取られ、きいは恥ずかしさで顔が赤くなった。

「さよさん。あなた、本日は大丈夫かしら。後でまた具合が悪くならなければよろしいのですが」

うめはさよにも、ちくりと皮肉を言った。

きいはうめの口を封じるように、戸田様、お茶室のほうへどうぞ、と促した。

「おや、この家はいつの間にお茶室を設えたのかしら」

うめは困惑したきいの表情を楽しむかのように客間へ進んだ。闇夜だったら、後ろから突き飛ばしてやりたいと、きいは冗談でもなく思った。

その日の出席者は、よし乃を含めて六人だった。六人の妻達が客間に揃うと、静かに茶会が始まった。会津塗りの菓子皿に牡丹を象った菓子を載せ、それぞれの前に置く。きいはさよと一緒に菓子を運んだが、緊張で手が震えた。

よし乃が茶を立てている間、きいとさよは客間の後ろに控えていたが、慣れない席のせいもあり、きいは居心地が悪かった。さよも行儀よく座っていたが、その表情は暗かった。

うめは上座に座り、最初に茶が供された。

茶を喫した後は、茶碗の姿を眺め、空いた茶碗を回してよし乃の前に戻す。

「結構なお手前でございまする」

うめは仕来たり通りの言葉を掛けた。よし乃は一礼してから、次の客のために茶を立てる。畳に切った炉には年代物の茶釜が載せられ、白い湯気が立ち昇っている。静かに時間が流れていたが、きいにとっては永遠に続くような時間に思えた。ふと気がつけば、さよは、こくりこくりといねむりしていた。緊張が解けて眠気が差して来たのだろう。きいもさよを見て、思わず欠伸が込み上げた。口許に掌を当てて、気づかれないようにしたが、うめにはしっかり見られていたらしい。

半刻（約一時間）ほどの茶会が無事に終わると、きいとさよは台所に行って、客用の膳を運んだ。それから、それぞれの膳に松花堂弁当の包みを置いた。

「何もございませんが、どうぞご遠慮なくお召し上がり下さいませ」

よし乃の言葉に、一同は一礼して箸を執った。

「お吸い物、お吸い物」

よし乃は膳に出ていない吸い物をきいとさよに催促した。二人は慌てて台所に戻る。よし乃の家の女中は吸い物のことをすっかり忘れていたらしく、慌てて鍋に火を点けた。

その間に塗りの椀を出し、きいとさよは椀種の小海老と青菜、柚子を松葉に切ったものを入れ、ようやく温まった汁を注いだ。

客間に運ぶと、客は弁当を食べ終え、所在なげに座っている者が多かった。

「大変、遅くなりました。どうぞお吸い物を召し上がって下さいませ」

きいはそれぞれの膳に椀を置きながら言った。

「お食事は済みましたので、お吸い物は結構ですよ」

うめは不満顔で言う。

「それでは、ただ今、お茶をお持ち致します」

きいは吸い物の椀をさよに任せ、また台所に戻って茶の用意を始めた。台所の火鉢には鉄瓶が載せられていたので、それほど時間を掛けることなく、人数分の茶を淹(い)れることができた。

盆に載せて客間に運ぶと、どうも様子がおかしかった。さよが手巾(しゅきん)を口許に当てて泣いていた。

「どうかなさったのですか」

心配して声を掛けると、よし乃は何んでもありませんよ、とさよの代わりに応えた。しかし、よし乃も憮然とした表情だった。

「わたくしは叱っている訳ではないのですよ。庵原家の嫁として、客の前でいねむりするとはいかがなものかと申し上げているだけでございます」

うめは勝ち誇ったような顔で言う。他の妻達は誰も異論を挟(はさ)まなかった。下手なことを言って恨まれるのを警戒しているようだ。

「さよさんはお疲れでしたので、大目に見て上げて下さいませ」

きいはたまらず言った。

「そういうあなたも欠伸をしておりましたね。全く近頃の若い人は何を考えているものか、さっぱりわかりませんよ。大事なお茶会を何んと心得ているものやら」

「ご無礼はお詫び致します。どうぞお許し下さいませ」

きいは三つ指を突いて深々と頭を下げた。

しかし、うめはそれでも納得したふうはなかった。

「やはり、若い人は用が足りませぬ。よし乃さん、この次はきっといなみさんにお手伝いをお願いして下さいね。あの方ならこのようなことはございませんから」

「承知致しました」

よし乃は殊勝に応える。うめに逆らわないよし乃に、きいはいらいらした。

「無知ほど恐ろしいものはありませんよ。皆さんもよくよくお気をつけあそばせ」

挙句、うめは他の妻達にそう言った。

無知と言われ、きいは、かッと頭に血が昇った。

「あたしを無知な女とおっしゃりたいのですか」

思わずきいは憤った声になった。それに驚いたのは、うめより、さよが先だった。慌ててきいの袖を引く。きいはそれを邪険に振り払った。

「人様のお家でおもてなしを受けておきながら、文句をおっしゃるのは了簡違いだと思います。あたしは、暇だからお手伝いにやって来た訳ではありません。幼い子供を抱えているのです。それでも義母が、どうしても断れない約束があるので代わりに行ってほしいと頼んで来たので、あたしのような者でも役に立つのならと、後を追う息子を置いてやって来たのです。それを欠伸しただけで無知呼ばわりなさる。ちょっといねむりなさったさよさんまで泣かせてしまわれた。あたしはいいですけど、さよさんはこの家の若奥様ですよ。もう少しお気を遣って下さってもよろしいではないですか。この茶会は与力様の奥様達が親睦を図る会だとお聞きしましたが、あたしにはとてもそう思えません。それとも、これも茶道の仕来たりとおっしゃるなら、あたしは一生、茶道の稽古はしたくありません」

　きいはいっきに喋った。つかの間、客間は水を打ったように静まった。うめは怒りのあまり唇をわなわなと震わせている。そういう反撃があるとは夢にも思っていなかったらしい。しかし、よし乃は拳を口許に当ててくすりと笑った。それにつられて、他の妻達の表情も和んだ。

「きいさんは、さすがにわたくしの甥が見初めた方ですね。おめず臆せず、はっきりご自分の意見をおっしゃるところは。うめさん、あなたのお気持ちもわかりますが、やはり無知という言葉をお遣いになるのは行き過ぎだと思います。まあ、これからきいさんとさよさんが色々と学んで行けば、きっとうめさんのように、もののわかった大人になることでしょう。若い二人の無礼はわたくしに免じて、どうぞお許し下さいましね」

よし乃はその場を見事に纏(まと)めた。うめを窘めながら、持ち上げることも忘れない。さすがによし乃だと、きいは感心した。

それでうめの機嫌が直った訳でもないだろうが、土産の菓子折りを持って帰る頃には、うめは、よし乃と普通に話をしていたので、きいは、ほっとしていた。

三

さよはすっかりきいが気に入ったようで、これから度々、遊びにいらっしゃいまし、と言ってくれた。後でさよの具合が悪くなるのではないかと心配すると、本日は多分、大丈夫です、とにっこり笑った。

菓子折りの余分が出たらしく、きいは二つも貰った。亀島町(かめじまちょう)へ帰る前に大伝馬町の伯父夫婦の所へひとつ届けたいと思った。

久しぶりにおめかししたので、その恰好も伯母に見せたかった。帰宅が遅くなるのは気になるが、どうせ外に出たついでだと、気も大きくなっていた。それもこれもよし乃の取りなしのお蔭である。きいはますますよし乃が好きになっていた。

大伝馬町の善右衛門店の風情は、きいが不破家に輿入れした頃より変わっていない。裏店で育ったきいは伯父夫婦の家を訪れると、おたけと呼ばれていた子供の頃に戻れるような気がするので、それが懐かしくも嬉しい。

千社札が貼られた門口を潜った時、中の様子を窺っている見慣れない女の子がいた。年の頃、六、七歳ぐらいだろうか。こざっぱりした身なりをしていたので、それなりの家の子供だろうと思った。

「何かご用？」

そう訊くと、女の子は振り返り、はっとした表情になった。そのまま、ものも言わずに去って行った。怪訝な気持ちだったが、きいは伯父夫婦の住まいの前で声を掛けた。

「伯母さん、いたかえ」

すぐに、いたよう、と気軽な返答があった。

油障子を開け、きいは履物を外して中へ上がった。

「おや、よそいきの着物なんぞ着て、どうしたえ」

伯母のおさんは眼を丸くして訊く。おさんは相変わらず色の褪せた着物に黒っぽい前垂れを締めて内職の仕立物をしていた。着物の襟には汚れ止めの手拭いを掛けている。

「どう？　似合う」

「きれえだよ。どこから見てもお武家のご新造さんだ」

おさんは内職を脇にどけて嬉しそうに応える。

「今日はね、不破のおっ姑様の代わりに茶会へ行って来たのさ。ほら、お舅っ様の妹さんが与力様の奥様でさ、時々、茶会を開いているんだよ」

「へえ、お前、茶道の心得もあるんだ」

「ないよ。お客様にお菓子やお昼を出すお手伝いに駆り出されただけさ」

「栄ちゃんは女中さんに預けたのかえ」

おさんは、すぐに栄一郎の心配をする。

「うん」

「だったら、早くお帰りよ。寂しがっているよ」

「わかっている。でも、菓子折りを二つもいただいたから、ひとつ届けようと思って。伯父さん、甘いものが好きだろ？」

「それはおかたじけ。きっと喜ぶよ」

「伯父さんは仕事？」

「ああ」

鳶職をしている伯父の兼吉は、毎日ではないが、手が足りなくなると組の親方に呼ばれて仕事をしている。

「仕事があってよかったこと」

「まあね。仕事に行けば少しでもお足が稼げるから助かるよ。お茶を淹れようか」

「ううん。お茶はたくさん飲んで来たからいいよ。それより、さっき、見慣れない女の子が中を覗いていたけど、どこの子かしら」

「また来ていたんだ……」

おさんはため息交じりに言う。それから、あの子は『小野屋』さんの娘でおとせちゃんというのさ、と続ける。小野屋は大伝馬町で仏具屋をしている見世である。商売はまずまず繁昌していた。

しかし、主の父親の佐平は小野屋の婿養子になった男で、小野屋に入った当初は真面目に仕事に励んでいたが、その内に遊びの虫に取りつかれ、飲む打つ買うの三拍子となって家族を悩まし続けた。

子供は五人で、その内、三人が息子で後の二人は娘だった。娘達はすでに片づき、三人の息子達が力を合わせて見世を守り立てていた。これまで離縁の話は何度か持ち上がったが、佐平がその度に暴れるので、うまく行かなかったという。

「てて親が働いている姿なんて、あたしゃ一度も見たことはないよ。何日も見世を空けて、帰って来たと思や、金の無心さ。お内儀さんは毎度泣いていたよ。そんなことだから、いつ見世が傾いてもおかしくなかったが、倅達が偉かったんだねえ。何んとか商売は続いた。だが、とうとう、てて親には罰が当たったよ」

おさんは、さもいい気味と言わんばかりに言う。

「罰？」

「賭場でいざこざを起こし、喧嘩をした挙句、客だか賭場の若い者だかを匕首で刺しちまったのさ。幸い、相手は命が助かったから、てて親は死罪にならずに済んだが、寄せ場送りの沙汰となってしまったんだよ」

寄せ場とは石川島にある人足寄せ場のことである。無宿者や軽犯罪を犯した者が送り込まれ、そこで娑婆に戻った時、困らないように仕事を覚えるのだ。言わば社会復帰のための施設だった。

「そうなんだ」

「てて親のいない三年の間、小野屋さん一家は、ようやくのんびりと過ごすことができたのさ」

「そのてて親、帰って来たの？」

「ああ。今年の春にね」

「今、どこにいるの？」

「だから、この裏店にいるのさ。厠の傍にある家さ」

「小野屋さんは見世に引き取らなかったの？」

「引き取るものかえ。あんなてて親」

「……」

「八丁堀の旦那と大伝馬町の町役人の世話でここに入り、寄せ場で覚えた草鞋や藁草履を拵えているよ。大した銭にはならないが、贅沢しなけりゃ食べるぐらいはできるだろう。店賃だけは小野屋さんが持っているようだが」

「で、おとせちゃんは、どうしてここへ様子を見に来るの？」

「そりゃあ、祖父さんがいると思や、気になるんだろう。お内儀さんや倅達には鬼のような男でも、おとせちゃんにとっては優しい祖父さんだったようだ」

おとせは祖父の噂を聞くと、じっとしていられず、様子を見に来るのだろう。

だが、中に入って声を掛ける勇気がないのだ。そんなおとせがきいには不憫に思えてならなかった。

「気軽に遊びに行けるようになればいいのに。伯母さん、口添えしておやりよ」

「いやだよ。寄せ場帰りの男なんて気味が悪いもの」

「……」

伯母を冷たいと思ったが、世の中の人々のおおかたは伯母と同様な考えをしているものだ。強く詰ることはできない。佐平は草鞋や藁草履を拵えながら独り暮らしを続けている。

店子達も恐らく佐平に気軽な声をかけていないだろう。身から出た錆とはいえ、そんな佐平がきいは気の毒だった。

おとせのことは気懸りだったが、きいはどうしてやることもできず、小半刻（約三十分）後、伯父夫婦の家を後にしていた。

四

帰宅すると、案の定、おたつは栄一郎のお守りに往生していた。栄一郎に掛かり切りで晩めしの仕度もいつもより遅くなってしまった。幸い、いなみが予定した時刻より早く戻って来たので、栄一郎をいなみに任せ、きいは着替えをすると、すぐさまおたつを手伝った。

鰯の煮つけと青菜のお浸し、それに到来物の蒲鉾のお菜をつけた晩めしが間もなく始まった。その頃には不破と龍之進も帰宅していた。

栄一郎は不破の膝に抱かれ、ようやく機嫌のよい表情を取り戻している。

「いかがでしたか、本日のお茶会は」

いなみが不破に酌をしながら、さり気なくきいに訊く。

「ええ、まあ……」

うめとのやり取りを思い出し、きいは少し苦い気持ちになった。

「何か不都合でもございました？」

「戸田様の奥様のご機嫌を損ねてしまいました」

「あらあら」

いなみはさして驚く様子もない。うめの人柄は十分に承知しているという表情だ。

「お前ェ、茶碗でも引っ繰り返したのか」

横から不破が茶化すように口を挟んだ。

「いいえ、そんなことはしませんが、さよさんがお疲れの様子で少しいねむりなさり、あたしも思わず欠伸を洩らしてしまいました。それを戸田様の奥様にしっかり見られてしまい、後でお小言を頂戴したという訳です」

「まあ、そうですか。でも、気にすることはありませんよ。いつものことですから」

いなみは意に介するふうもない。

「でも、戸田様の奥様のお小言にさよさんは泣き出し、あたしは無知と罵られました」

「ひどいおっしゃりようですね」

「ですから、あたしも黙っていられず、言葉を返してしまいました。叔母様がうまく取りなして下さったので、それ以上、戸田様の奥様のご機嫌を損ねることはなかったのですが、叔母様には申し訳ないことをしてしまいました」

「お前、何を言ったのだ」

龍之進は詰るような眼できいに訊いた。

「いえ、大したことではありませんが……」

きいは、その時の様子をかいつまんで話した。不破は話を聞くと、愉快そうに声を上げて笑った。

「笑いごとではありませんよ。おれの立場というものもあります」

龍之進は真顔で言う。

「吟味方の与力にどう思われようが、定廻りをしているお前ェに直接、関係はない。案ずるな」

俗に三廻りと呼ばれる定廻り、臨時（りんじ）廻り、隠密（おんみつ）廻りの同心達には上に与力がいない。戸田善九郎の心証を損ねたところで大事ないと不破は言いたいのだ。

「その通りですよ。わたくしも前々から戸田様の奥様のもの言いには苦々しい思いを抱いておりました。きいさんが一矢報いて下さったのなら、胸がすっと致します」

いなみも不破に相槌（あいづち）を打つように言う。

「母上まで……」

龍之進は呆れ顔をしたが、それ以上、何も言わなかった。きいはいなみの言葉が心底嬉しかった。

「あの、もうひとつ、気になっていることがあるのですが」

きいは不破の顔を見ながら言った。

「何んだ」

「あたしの伯母さんが住んでいる大伝馬町の裏店に佐平さんという寄せ場帰りの人が住んでいるのですが、ご存じですか」

「ん？　佐平？」

不破はすぐには思い出せないようだ。

「小野屋佐平か」

龍之進が代わりに言った。

「ええ、その人です。寄せ場から戻ると、小野屋さんでは佐平さんを引き取らず、裏店住まいにしているそうです」

「まあ、あれも色々と問題を起こして女房子供に迷惑を掛けた男だからな。それも自業自得というものだ」

不破はようやく思い出して言う。合間に栄一郎の口に蒲鉾を小さくしたものを入れてやっていた。栄一郎は小さな口をもぐもぐさせて満足そうである。近頃は不破の膝に抱かれて晩めしを食べることが多くなった。

「それは大人の事情で仕方がないこととあたしも思いますが、長男さんのお嬢ちゃんが佐平さんの様子を見に、毎日のようにやって来るのですよ。おとせちゃんという六歳か七歳ぐらいの子で、お祖父さんが気になるのですね。あたし、不憫でたまりませんでした」

「親からは行くなと止められているのだな。それでも孫は祖父さんを慕う気持ちを止められない。やり切れん話だ」

不破の声がくぐもる。孫ができたからこそ、不破もおとせの気持ちに、ぐっと来たらしい。

「会わせて差し上げればよろしいのに」

いなみも不破に同調して言う。

「おれが佐平の様子を見に行って来ますよ」

龍之進が頼もしいことを言ってくれた。

「本当ですか、お前様」

きいの声が弾んだ。

「何もできないが、孫が様子を見に来ているぞと教えてやるだけでいいだろう。あいつだって悪い気持ちはしないはずだ」

「そうね。本当にそうね。それで佐平さんの家に入って、少しの間でもお話ができれば、おとせちゃんだって嬉しいと思う」

そういう展開になることを、きいは心から願っていた。

それから少しして、龍之進は佐平の住まいを訪れ、おとせのことを伝えたようだ。佐平は、すぐにおとせを家に上げ、楽しそうに話をしているらしいと、龍之進はきいに話してくれた。

それはいいとして、おとせは両親に叱られたりすると、まっすぐに佐平の家に逃げ込むようになったのは困りものだった。小野屋の女中が迎えに行っても帰るとは言わない。無理やり連れ帰ろうとすると、泣き喚いて手がつけられなくなるらしい。そんなに祖父さんの所がいいなら、一生、そこにいろ、と業を煮やして父親が怒鳴れば、本当に何日も佐平の所にいて、寂しがりもしなかった。おとせの下には三歳と栄一郎と同じぐらいの弟がいて、母親もおとせに構う暇はなかったと言うものの、それほど佐平の家が居心地いいことが、おとせの父親の藤兵衛には理解できないらしかった。

久しぶりに栄一郎をおぶって善右衛門店を訪れると、その日も朝から佐平の住まいにおとせが訪れているようだった。

「孫にとって祖父さんてのは、いいものなんだねえ」

おさんはしみじみした口調で言った。

「佐平さんも喜んでいるのでしょう?」

「もちろんだよ。あの人は孫と遊ぶのが上手でさ、折り紙したり、カルタをしたりして日がな一日、遊んでやっているよ。それに飽きれば二人で湯屋へ行き、帰りは居酒見世に立ち寄って、おとせちゃんにおでんなんぞを食べさせている。遊び疲れたおとせちゃんを佐平さんがおんぶして小野屋さんに送り届けるのも珍しくないよ」

「それを小野屋さんの息子さん達はどう思っているのかしら」

「さあ、それはわからないよ。でも、最近、嫁に行った下の娘さんが食べ物を運んで来るようになったのさ。これまでは兄さんに遠慮して佐平さんの様子を見に行くのを控えていたそうだ。おとせちゃんがここへ通っていると聞いて、それなら自分も、と思ったんだろう。それでね、あたしの所に昔の着物を持って来て、これでおとせちゃんの綿入れ半纏（ばんてん）を拵えてくれと言ったんだよ」

「へえ。どういうことなんだろう」

「佐平さんがおとせちゃんを外に連れて行く時、寒そうで風邪を引かないかと気にしていたんだって」

「そんなこと、小野屋さんに言えばいいのに」

「あたしもそう言った。でもね、息子さん夫婦はおとせちゃんが佐平さんの所へ行くのを決して喜んでいる訳じゃないから、綿入れを用意してやってなんて言ったら、余計なことをするなと怒るはずだって」

「その娘さんは佐平さんのことを悪く思っていないのね」

「ああ。おまきさんと言って、あんたと同じぐらいの年の娘さ。佐平さんのこと、可哀想だと泣いていたよ」

「どうして」

そう訊くと、おさんは深いため息をつき、人のことなんて聞いてみなけりゃわからないものだよ、と言った。

佐平は小野屋の親戚筋に当たる家の三男坊で、口減らし同様に小野屋の婿養子になったという。義理の両親は最初から佐平を下に見て、奉公人のように扱き使ったそうだ。奉公人なら給金が与えられるから我慢もしようが、佐平はそうではなかった。小遣い銭もろくに与えられなかったらしい。おまけに女房となった小野屋のお内儀も見世を続けるためだけに佐平と一緒になったようなものだから、両親と同じで佐平を思いやることはなかったらしい。

「でも、子供が五人も生まれたんだから、幾ら気に入らない亭主でも、その内に情が湧くと思うけど」

「ここだけの話なんだけど、佐平さんの血を引く子供は、どうも長男だけで、他は違うらしいのさ。娘さんは、はっきりと言わなかったけれど、それとなく匂わせていたよ」

「どういうこと？」

きいは怪訝な眼でおさんを見た。

「だからさ、お内儀さんには別に好きな人がいたってことさ」

「誰？」

「見世の番頭。今はとっくに辞めているけどね」

「だったら、その番頭さんを婿養子にすればよかったのに」

「それが、番頭は女房持ちだったんだよ」

「……………」

「佐平さんが荒れた訳も、それでよくわかったよ。佐平さんが見世に居つかなくても次々と子供が生まれていたから、近所もおかしいとは思っていたんだけどね」

「でも、お内儀さんは佐平さんに苦労させられたって泣いていたんじゃないの？」

「女は怖いものだね。自分のことは棚に上げて亭主を悪者にするんだから。佐平さんが事件を起こした時、お内儀さんは、本当は死罪になったらよかったのに、と思っていたかも知れないよ」

「ひどい話」

　世の中にはそういうこともあるものかと、きいは心底驚いた。

「息子達は佐平さんの気持ちがわかっていると思うよ。だが、家つき娘の母親には逆らえない。佐平さんはお内儀さんがお陀仏にならない限り、小野屋には戻れないのさ。でも、下の娘さんは誰が何んと言おうと、てて親は佐平さんだけだと言っていたよ」

「佐平さん、可哀想」

「あたしもそう思った。だからこの頃は煮物を拵えると届けてやっているよ」

「ありがと、伯母さん」

「お前が礼を言うことはないよ」

「それで、綿入れは拵えたの？」

「ああ。紫色の地に白い百合の柄が入っていてね、おとせちゃんにはとっても似合うのさ。佐平さん、律儀に手間賃と藁草履をあたしと、うちの人の分、置いて行ったよ」

おさんはその時だけ嬉しそうに言った。

「そう」

「おとせちゃんに分別がついたら、その内に足も遠退くんだろうね。佐平さんはまた寂しい思いをすることになる。可哀想だねえ」

おさんはそう言ったが、つかの間でも佐平はおとせと過ごせて倖せだろう。きいはそう思うよりほかはなかった。

五

暦は師走に入り、寒気はますます厳しくなった。それでもおとせは毎日のように佐平の住まいを訪れているらしい。翌年の正月からは手習いや音曲の稽古を始めるので、好きな時間に佐平を訪れる機会もなくなるだろうと、おさんはきいに話していた。

正月の飾りつけを伯父の兼吉に頼むため、きいはまた、善右衛門店を訪れた。

鳶職は道路の補修や普請現場の足場掛けなどもするが、中には正月の門松を立てたり、鏡餅の飾りをしたりする者がいた。

いなみはきいが不破家の嫁になってから、正月の飾りつけを兼吉に頼んでいた。最初は浮き世の義理のつもりだったが、兼吉がとても丁寧な仕事をするので、いなみは気に入り、それからずっと兼吉に任せている。

とはいえ、客は不破の家だけでなく他にもいるから、きいはいなみに言われて兼吉の予定を聞きに行ったのだ。

背中の栄一郎は日に日に重くなり、肩にずっしりとこたえる。栄一郎を下ろしておさんに肩を揉んで貰うことも多くなった。

いつものように裏店の門口を潜った時、おとせが血相を変えて走って来るのに出くわした。

「おとせちゃん、どうしたの？」

きいが訊くと、おとせは、爺が、と低く言ったが、後の言葉が続かないようで、慌てて駆けて行ってしまった。心配になったきいは、伯父夫婦の家に入ると、どうもおとせちゃんの様子がおかしいと二人に告げた。その日は兼吉も家にいた。

「何んかあったのかな。どれ、ちょいと覗いて来らァ」

兼吉は身軽に腰を上げ、すぐに土間口を出て行った。だが、慌てて舞い戻り、てェへんだ、佐平さんが倒れた、と早口で言う。きいはそれを聞くと、すぐさま近所の町医者の家に走った。その間におさんは近所の女房どもに声を掛け、蒲団を敷いて佐平を寝かせたようだ。

きいもさほど時間を掛けず、薬籠を携えた町医者と一緒に戻った。しかし、佐平は荒い息遣いをして意識も朧ろだった。町医者は心ノ臓の発作ですな、今夜が山かも知れません、とあっさり応えた。薬を飲ませようとしたが、佐平にはもはや飲み込む力がなかった。

「先生、助けてやって下さいよ。せっかく孫と楽しくやっていたんですから」

おさんは縋るように言ったが、町医者は、はあと応えるばかりで、さっぱり要領を得ない。

その内におとせと一緒に小野屋藤兵衛も駆けつけて来た。藤兵衛は佐平を見た途端、お父っつぁん、と悲鳴のような声を上げた。

藤兵衛は涼しい容貌のすっきりした体型の男だった。年は三十そこそこだろうか。きいがそれまで聞かされていた藤兵衛の様子とは大いに違っていた。ずんぐりして鬼のような男だと勝手に思っていたのだ。町医者は事務的に佐平の症状を藤兵衛に説明した。

「掛かりは後で小野屋に取りに来て下さい」

藤兵衛は怒ったような口調で言うと、町医者は、そうですか、と応え、そそくさと帰って行った。

「藪め！」

藤兵衛は吐き捨てると、ごく自然に佐平の手を取った。それには周りの者が心底驚いた。

「辛かったな、お父っつぁん。今まで放っといて勘弁しておくれよ」

藤兵衛は涙声で言う。その拍子に佐平は薄く眼を開け、泣いてやがらと、とぼけた声を洩らした。藤兵衛の顔を見て少し正気づいたようだ。

「おれァ、もうお陀仏だ。手前ェでわかっているよ。三年ほど前から調子が悪かったんだ」

「どうして言わなかった」

「言えるもんか。おれァその頃、寄せ場にいた」

「……」

「おとせを寄こしてくれてありがとよ。おれァ嬉しかったぜ。これまで、おとせほどおれを慕ってくれる者に会ったことはねェわな。おれの何がよかったんだ？」

「祖父さんだからよ。実の祖父さんだからよ」

藤兵衛は声を励まして言う。おさんはたまらず前垂れを眼に当てる。きいも喉に塊(かたまり)ができたように苦しかった。背中の栄一郎はおとなしい。どうやら眠ってくれたようだ。

「爺、じいじ」

おとせは佐平の身体を揺する。そんなおとせの姿を見ていると、きいはたまらない気持ちになり、涙がこぼれた。

「ご心配をお掛けしましたが、後はわたしがついていますので、皆さんはどうぞお引き取りを」

藤兵衛は気持ちが落ち着くと、居合わせた女房達にそう言った。狭い部屋の中で人が何人もいては病人に迷惑だ。おさんは、何かご用がありましたら、遠慮なく声を掛けて下さいまし、と言って、他の女房達と一緒に外に出た。きいも伯父夫婦の住まいに戻った。

栄一郎を下ろし、座蒲団を敷いて寝かせた。

おさんはすぐにどてらを被(かぶ)せた。

「持ち直せばいいけどな。しかし、あの人も年だから。幾つになるのかな」

兼吉は低い声で訊く。

「五十四、五にはなっていると思うよ」

おさんは茶を淹れながら応える。

「おとせちゃんのお父っつぁん、ちゃんと佐平さんに優しい言葉を掛けたんで、あたし、安心したよ」

きいはほっとした顔で言う。

「でも、あちらのお内儀さんは、こういう時でも顔を出さないつもりだろうか。仮にも亭主なのに」

おさんは藤兵衛の母親の出方が気になるようだ。

「出せないと思うよ。ずっと佐平さんを裏切って来たんだもの」

きいは当然のように言った。

「どういうことよ」

兼吉は怪訝な眼になる。

「色々、訳があるのさ。その内に話すから、今は訊かないどくれ」

おさんは兼吉を制した。

「うちのおっ母さんも佐平さんのようになっていたらどうしよう」

きいは独り言のように言った。おさんと兼吉はその拍子に顔を見合わせた。

「気になるのかえ」

おさんは上目遣いできいに訊く。

「いつもじゃないけど、時々思い出すの。全うな暮らしをしていればいいけど、そうじゃなかったらどうしようって……」

「あんな女のことは口に出すな。忘れろ！」

兼吉は声を荒らげた。可愛い弟の子供達を置き去りにしたきいの母親を兼吉は未だに許せないらしい。

「でも、母親は母親でしょう？　喰い詰めてあたしや小平太の所にやって来たら、追い払うこともできないと思うのよ」

「そんなことをしたら、おれが黙っちゃいねェ。張り飛ばしてやるわな」

兼吉はまた声を荒らげる。

「心配しなくていいよ。あの人は木更津の漁師と一緒になったから、お前達に迷惑は掛けないよ」

思わぬことを言ったおさんに、きいは飛び上がるほど驚いた。兼吉もその話は知らなかったらしく、どうして今まで黙っていた、と詰る口調で言った。

「どうしてって、愉快な話じゃないし、お前さんは怒るに決まっていると思って、あたしの胸に留めておいたのさ」

きいの母親は子供達を置き去りにして半年ほど経った頃、人を頼んでおさんを呼び出したという。兼吉にも、きいや小平太にも、自分の姿を見られたくなくてそうしたようだ。もちろん、おさんはきいの母親に怒りをぶつけた。母親なら石に齧りついてでも子供を守るものだと。

だが、きいの母親は泣いて堪忍してほしいと許しを乞うばかりだった。

「結局、あの人は誰かに頼ってしか生きられない弱い女なのさ。あたしは金輪際、おたけと小平太の前に現れないでおくれと釘を刺した。あの人は、あい、と殊勝に応えていたよ。それでお前と小平太はあの人と縁が切れたんだ。この先は他人だ。だから、あの人のことは心配しなくていいよ」

おさんはそう言ってきいを宥めた。納得はしたが、やはりきいは泣いてしまった。

「おさんの言う通りだ。お前ェは余計なことを考えず、不破の若奥様として、きどっていりゃいいのよ」

兼吉も吐息交じりに言う。

「あたし、別にきどっていないけど」

きいは泣き笑いの顔で兼吉に文句を言った。

佐平は翌日の未明に亡くなったと、きいは後でおさんから教えて貰った。佐平が亡くなると藤兵衛は自分の見世に亡骸を運び、立派に葬式を出したという。藤兵衛の母親はこの期に及んでも、小野屋から葬式を出すことに反対していたらしいが、それだけは藤兵衛も譲らなかった。

おさんは佐平の葬列を兼吉と一緒に大伝馬町の通りで見送った。おとせがめそめそ泣いている姿が人々の涙を誘ったという。佐平はおとせほど自分を慕ってくれた者はいないと言っていた。

本当にそうだったのだろう。それは佐平が求めていたことでなく、おとせの中から自然に生まれた感情だと思う。祖父に会いたい、話をしたい、一緒に遊んで貰いたい、ただそれだけのことなのだ。

孫と祖父の普通の関係がおとせには与えられていなかったから、なおさら離れて住んでいる佐平が気になって仕方がなかったのだ。龍之進の口添えで、はからずもおとせは佐平と珠玉の刻を過ごすことができた。佐平も、もちろん、そう思っていたはずだ。藤兵衛は母親の手前、おとせが佐平の所へ行くことを止めていたが、心の中では喜んでいただろう。

孫はありがたいものなのだと、つくづくきいは思う。今はとても考えられないけれど、いつか栄一郎に子供ができた時、きいも佐平のように孫を可愛がるのだろうか。そう考えると不思議な気持ちがした。

暮が近づくにつれ、不破家には様々な所から届け物がある。いなみは気を利かせて、その中の幾つかを大伝馬町の伯父夫婦の許へ届けよと言ってくれる。おさんはその度に恐縮するけれど、とても嬉しそうだ。きいが町方役人の妻になっても、以前と変わらず行き来できることにも喜んでいる。それもこれもいなみと不破の寛容な気持ちによるものだ。

気がつけば、きいはもう、母親のことで悩んでいない自分を感じる。

(おっ母さん、あたしは倖せだよ。滅法界、倖せだよ。すぐ近くには小平太もいる。寂しいことなんてひとつもないんだよ)

きいは母親にそう言いたかった。

大晦日(おおみそか)が近い不破家はどことなく気忙(きぜわ)しい。

その日は兼吉が若い者を連れて正月の飾りつけに来る日だった。

仕事が済んだら、熱い茶を淹れ、買っておいた豆大福を出してやろう。兼吉は酒飲みだが甘いものにも眼がない男である。いなみの前では、へいへいと頭を低くしているが、きいと二人になれば、気軽に冗談を飛ばしてきいを笑わせる。

朝から冬晴れのよい天気だったが、風が少し強かった。物干し棹(ざお)に掛けた栄一郎の襁褓(むつき)が風にはためく。見上げた空には白い雲が走るように流れて行く。つかの間、雲が陽を遮(さえぎ)り、影となる。薄い影だ。その影に覆(おお)われると、漠然とだが落ち着かない気持ちになる。

きいはやはり、雲ひとつない底抜けの青空が好きだ。陽射しを遮った雲に、なぜか母親の笑った顔が映っているような気がした。

慌てて眼を凝(こ)らしたが、すぐに眩(まぶ)しい陽射しが降り注ぎ、確かめることはできなかった。

おさんは、きいの母親とは縁が切れた、もはや他人だと言っていたが、それで済むものだろうかとも思っている。

母親はことあるごとにきいと小平太のことを思い出すはずだ。それはきいが母親のことを思い出すより、はるかに多いのではあるまいか。置き去りにした子を案じて一生を終えることがきいの母親の宿命(さだめ)ならば、憐れにも思えて来る。

きいは佐平とおとせの関わりを知ってから、初めて母親を許そうという気持ちになっていた。それが自分でも不思議だった。

背中の栄一郎がずっしりと重い。ため息をついてその身体を揺すり上げた時、兼吉が大八車に正月の飾りを載せて現れた。

「おう、風がやけに冷てェよ。栄ちゃんに風邪を引かせると困るから、早く家の中に入れな」

兼吉は栄一郎を慮(おもんぱか)る。近づいて来て、栄一郎の頬に触り、ひゃっこい頬っぺただなあと言った。栄一郎は兼吉の顔をすっかり覚えていて、嬉しそうな笑い声を立てた。
頭上の雲はしきりに流れる。こうして、きいの今年も暮れて行くのだった。

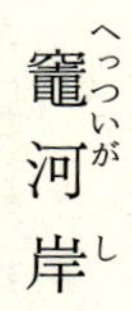

竃河岸（へっついがし）

一

正月の二日に深川の門前仲町界隈を縄張にする岡っ引きの増蔵が八丁堀・亀島町の不破友之進の組屋敷を訪れた。増蔵は着物の上に紋付羽織を重ねていた。不破の妻のいなみは、最初は年始の挨拶かと思ったが、考えてみると、増蔵が深川からわざわざ年始の挨拶に訪れることは今までなかった。十手を預かる岡っ引きにとって、盆も正月もない。いつもは年始の挨拶代わりに増蔵が懇意にしている酒屋から菰樽が届くだけだった。何か特別な話でもあるのだろうかと、いなみは内心で少し気になっていた。

「新年、明けましておめでとうございやす。奥様、本年も何卒よろしくお願い致しやす」

型通りの挨拶をすると、増蔵は不破に促されて書物部屋に入ったが、いなみの眼からは特に変わった様子があるように見えなかった。正月のことだから、おせち料理を肴に一杯飲んで貰うつもりでもいたが、不破からは一向に声が掛からなかった。二人で何やらぼそぼそと話し込んでいる様子である。

小半刻（約三十分）ほど過ぎると、二人はようやく書物部屋から出て来た。だが、増蔵は頭を下げてそのまま帰ろうとしていた。

「増蔵さん。せっかくおいでになったのですから、ご酒でも召し上がって下さいましな」

いなみは引き留める。

「へい、ありがとうございやす。しかし、これから伊三次や京橋の留蔵の所も廻らなきゃならねェんで、ご無礼させていただきやす」

増蔵は済まなそうな表情で応えた。髪結いの伊三次は八丁堀の玉子屋新道に家があり、留蔵は京橋で「松の湯」という湯屋を営んでいる。増蔵を含める三人は共に不破の小者（手下）達である。増蔵は深川から出て来たついでに小者仲間の家に顔を出して行こうという気持ちでもいたらしい。

「そうですか。残念ね」

そういうことなら無理に引き留める訳にも行かなかった。

「若旦那はお留守のようで」

増蔵は履物を履きながら言う。

「ええ。ご同僚のお宅で新年会があるそうで、朝から出かけました」

「そうですか。そいじゃ、若旦那にもよろしくお伝え下せェやし」

増蔵はそう言って頭を下げると、去って行った。少し、足を引き摺るような歩き方がいなみは気になっていた。

増蔵を見送って茶の間に戻ると、不破は炬燵に入って何やら考えごとをしている様子だった。

「いかがなされました？」

「ふむ」

「難しいことでも起きたのですか」

「酒をくれ。酔いが醒めた」

「またお飲みになるのですか」

いなみは呆れた表情で言う。大晦日からこのかた、不破は飲みっぱなしである。いなみは不破の身体が心配だった。

「正月だ。昼酒をかっ喰らうのも今の内だ」

不破はそんなことを言う。いなみは渋々、銚子に酒を注ぎ、火鉢の鉄瓶の中にそれを沈めた。

肴になますと漬物を出した。

燗がついた頃に酌をすると、不破はひと口飲んでから、増蔵は十手を返上したいと言って来た、と独り言のように呟いた。

「まあ、そうなのですか」

紋付羽織に威儀を正して現れたのは、そういう意味もあったのかと、いなみは合点した。

「でも、増蔵さんには息子さんがおりますから、その息子さんが跡を継ぐということにはならなかったのですか」

いなみは、増蔵の息子を思い出して続ける。

「奴の倅は材木問屋の番頭をしている。小者をする余裕はねェ。というより、岡っ引き稼業が性に合わぬ男らしい。祖父さんも、てて親もやっていたことなのによ。誰に似たものやら」

増蔵の女房の父親は、やはり深川で岡っ引きをしていた。増蔵は女房と所帯を持ってから義父の跡を継いだのだ。

「増蔵さんが御用を退いたら、あなたも色々と不便が出るのではないですか」

「増蔵の縄張は平八郎の倅の息が掛かった小者が引き受けるそうだ。おれに心当たりの男がいたら、そいつに任せてもいいと言っていたが、あいにく深川には適当な奴がいねェ。平八郎の倅が眼を掛けている小者なら間違いなかろうと思い、敢えて反対はしなかった」

不破の朋輩の緑川平八郎は、今は不破と同じ臨時廻り同心をしている。息子の鉈五郎は隠密廻り同心としてなかなかの働きをしているという。その鉈五郎の小者が門前仲町の縄張を引き受けるのなら、差し当たって心配はないだろう。

「増蔵は膝と腰が悪くて長歩きができなくなったと言っていた。いざという時に満足な働きができそうにないから、この際、十手を返上し、あとは女房のやっている小間物屋を手伝うそうだ。そういうことならと、渋々、承知したが、正月早々、気が滅入る話だった」

「ちょっと足を引き摺るような歩き方をしていたので、わたくしも気になったのですよ。でも、増蔵さんとは長いおつき合いでしたので寂しいですね」

増蔵が、これから伊三次と留蔵の所に廻ると言ったのも納得が行く。別れの挨拶に行ったのだろう。

「皆、年を取ったってことだ。京橋の留蔵だって近頃は養子の弥八にすっかり御用を任せ、今は番台に座っているだけだ。まあ、留蔵は弥八がいるから何も心配はいらぬが、増蔵はつくづく惜しい。奴の岡っ引きの腕を継ぐ者が身内にいねェとなれば」

「増蔵さんには確か正吉という子分がいたと思いますけど、その人が跡を継ぐことにはならなかったのですか」

いなみは、ふと思い出して言う。

「あいつは駄目だ。親分を張る器量がねぇ。使い走りをするのが関の山だ」

正吉は深川の搗き米屋の息子である。何をしても中途半端で、増蔵に怒鳴られてばかりいる男だった。幸い、女房がしっかり者なので、商売は女房に任せ、大した役には立たないが、今まで増蔵の傍にいたのだ。女房のおこなは、昔、伊三次の女房の女中をしていた女である。正吉の両親は二人が一緒になることには反対していたが、いつまで経っても二人が別れないので、とうとう諦めたそうだ。しかし、おこなは存外によい女房だったようで、そつなく見世を切り回し、正吉の両親にも孝養を尽しているという。娘を一人授かり、まずまず正吉一家は倖せに暮らしていた。

「では、正吉はこれから、銀五郎さんの小者の子分になるのですか」

「いや、それはねぇだろう。増蔵だから正吉を引き受けていたのよ。他の奴はあんな半端者、相手にするか」

「可哀想に」

「これで龍之進が適当な小者を見つけ、そいつが正吉を引き受けてくれるなら別だが。しかし、それもできない相談という気がするな」

「そうですか……」

息子の龍之進は年が明けて三十歳になったが、不破が致仕（役職を辞めること・隠居）

していないので、どこか呑気なところが見える。小者を使う才覚もあるのかどうか、いなみにはわからなかった。

「日本橋か神田辺り(あた)に小者を一人置けば、何かと都合がいいのだが、そううまくは行くまい」

吐息交じりに言ってから、栄一郎はまだ戻らぬか、といなみに訊(き)く。その日、龍之進の妻のきいは息子の栄一郎を連れて大伝馬町の伯父夫婦の家に年始の挨拶に行っていた。

「じきに戻りますでしょう。もう一本、お燗をつけましょうか」

「うむ。正月だ。お前も飲め」

不破はいなみに勧める。

「ご酒が入ると、すぐに眠くなりますから、ご遠慮しますよ」

いなみはやんわりと断る。孫が傍にいない不破は手持ち無沙汰のようだ。久しぶりに夫婦二人だけの静かな時間になったのに、その静かさが二人とも落ち着かなかった。いなみは銚子を持って台所に向かった。庭にやって来たひよどりの鳴き声がやけに耳についた。

二

龍之進は古川喜六の実家である柳橋(やなぎばし)の料理茶屋「川桝(かわます)」で開かれた新年会で酔い潰れ、ひと晩泊まって、翌日の朝に帰宅した。頭はそそけ、おまけに酒臭さがひどい。きいに嫌味を言われると、二階の部屋で、それから夕方まで眠っていた。ようやく起きて来た時は、早や、時刻は暮六つ(午後六時頃)を過ぎて家族が晩めしを摂(と)っていた。それでも猪口(ちょこ)を手にしている不破にそそられ、どれ、おれも迎(むか)え酒にするか、と言って、きいに金切(かなき)り声を上げさせた。

「いい加減になされませ。本日、ご酒は禁止です」

きいは厳しい表情で言った。

「父上は飲んでいるぞ」

龍之進は不満そうだった。

「お舅(と)っ様はあたしの亭主じゃありませんもの。おっ姑(か)様がお許しになっているのでしたら文句は言えませんよ」

きいは妙な理屈を捏(こ)ねる。いなみは可笑しそうに、くすくすと笑った。

「深川の増蔵が十手を返上したいそうだ」

不破は助け船を出すつもりなのか、ぽつりと言った。

「一杯だけ、一杯だけ」

龍之進はきいに両手を合わせる。素面で聞く話でもないと思ったようだ。栄一郎が父親を真似てきいに拝む仕種をしたのが皆の笑いを誘った。きいはぷりぷりしながら龍之進の前に猪口を置いた。不破がすかさず酌をした。

「増蔵の縄張は誰が引き受けるのですか」

猪口の酒をひと口飲んでから龍之進が訊いた。

「ふむ。鉈五郎の息が掛かった小者だそうだ。詳しいことは知らぬが」

「鉈五郎は何も言っていませんでしたよ」

新年会には鉈五郎も参加していたようだ。

「忘れたんだろう」

不破はあっさり応える。龍之進は苦笑して鼻を鳴らした。

「それでな、おれは日本橋か神田辺りに小者を一人置いたらどうかと考えているんだが、お前ェに心当たりはあるか」

そう訊いた不破に、龍之進はぎくりとした表情になった。しかし、すぐには応えない。

「心当たりがあるのか、ねェのか、どっちなんだ」

不破はいらいらした様子で話を急かす。

「ありますが……」

歯切れの悪い口調で龍之進は渋々言った。

「ほう、誰だ」

だが、龍之進は言葉に窮して俯く。

「何んだ、だんまりになって。言い難い相手なのか」

不破の問いに龍之進はため息で応える。しばらくしてから、「おれはいいとしても、仲間に断りを入れなければまずいことになります」と言った。

「仲間ってのは、見習いに一緒に上がった連中のことか」

「はい」

「お前ェが小者を持つのに、何んで奴らに伺いを立てなきゃならねェのよ」

「これには色々、込み入った事情がありまして……」

「だから、誰なんだと訊いているんだぞ」

不破は声を荒らげた。栄一郎は不安そうに不破を見る。お前ェを叱ったんじゃねェ、お前ェの父上がはっきりしねェから、この祖父はいらいらしているのよ、と不破は嚙んで含めるように栄一郎に言った。話が通じたのか、栄一郎は、めッ、と龍之進に言う。いなみときいは顔を見合わせ、ふっと笑った。

「薬師寺次郎衛です」

やがて、龍之進は決心を固めたように硬い声を洩らした。

「誰だ」

不破はその名をすっかり失念していた。

「お忘れですか。本所無頼派の首領だった男ですよ」

「ん？　旗本の倅か」

「はい。今は町人となり竈河岸で子供相手の駄菓子屋をしております」

「お前様がいつも駄菓子を買って来て下さる『よいこや』の主のことですか」

きいが、ふと気づいて口を挟む。龍之進は、ああ、と肯いた。

「また、お前ェも、とんでもねェ男を思いつくものだ」

不破は呆れた表情である。

「でも、次郎衛は使えます。おれの小者になっていいようなことも言っておりますし」

「仲間が承知しねェだろう」

不破は、ようやく仲間に伺いを立てたいという龍之進の気持ちが理解できたようだ。

「ええ。まずはそれが問題です。納得して貰うためには少し時間が掛かるでしょう。それに、竈河岸には、すでに他の者の縄張がありますので、それをうまく躱して次郎衛が入り込める余地があるのかどうかも問題です」

「他の者は思いつかぬか」

「おれが小者に使いたい者は他におりません。無理なら諦めます」

「なるほど」

不破は腕組みして考え込んだ。小者は様々な仕事に就きながら、合間に事件の聞き込みや、場合によっては捕縛の手助けもする。と言っても、あくまで同心が私的に使っている者達で、奉行所は表向き小者を認めてはいない。しかし、江戸千七百町で起きる事件を三廻り（定廻り・臨時廻り・隠密廻り）だけでは捌き切れない。事件解決の短縮を図る意味でも小者は必要な存在だった。

「しかし、次郎衛は幾ら腕が立つと言っても、すぐに縄張を任せるというのは無理な話だ。ここは信用の置ける岡っ引きに預け、しばらく修業するのが先だろう」

「できれば増蔵さんに指南をお願いしたい気持ちでもおります。いや、増蔵さんが小者を退くと聞いたので、ふと思いついたことですが」

「わかった。竈河岸の縄張はおれがそれとなく当たってみる。増蔵に指南させるのも、そう難しいことではねェだろう。問題は、やはり仲間の胸の内だな。悪くすりゃ、袋叩きか絶交だ。そういう覚悟があるのなら、おれは何も言わねェが」

「いや、仲間を敵に回してまでも次郎衛を小者にするつもりはありませんよ。仲間とは致仕するまでつき合わなければなりませんから」

「なるほど。仲間が反対したら、お前ェは引き下がるのだな」

確かめるように不破が訊くと、龍之進は悔しそうに唇を嚙んだ。

「まあ、やってみな。それでお前ェの気が済むなら」

「気が済むとか、そういう問題ではありませんよ。小者にしたい者がいるかと問われて、次郎衛しか頭に浮かばなかっただけです」

龍之進は、むきになって言う。

「相当に次郎衛を買っているぜ。その理由は何よ」

不破は茶化すように訊く。

「蛇の道はへび、という諺もありますから」

「ほほう。次郎衛はそれか」

「小者は皆、多かれ少なかれ、そういう部分があると思います」

「いかさまな。しかし、旗本の倅が駄菓子屋の親仁に身を落とし、しかも町方同心の小者にまでなるとはなあ。これも世の中か？」

不破は吐息交じりに言う。

「それもこれも父親に理由があります。次郎衛の父親は病弱な兄貴ばかりを可愛がり、奴が剣術の腕を上げても、素読吟味に合格しても、さして興味を示さなかったのです。次郎衛は父親を自分に振り向かせたくて、学問や剣術に励んでいたというのに」

「ほう、素読吟味を通っているのか。それは大したものだ」

不破はつかの間、感心した表情になった。

湯島の学問所で行なわれる素読吟味は武家の男子が通る道のひとつだった。残念ながら龍之進は自信がなくて、それを受けてはいない。

「まして、兄貴の代わりに薬師寺家の跡目を継ぐことにも父親は反対したのです。それほど父親に疎まれては、やけにならないほうが不思議ですよ。その話を聞いた時、おれはつくづく倖せだと思ったものです。何んだかんだ言っても、父上はおれが可愛いのだと感じておりましたので」

「奴に同情したのか」

「いいえ。父上は旗本の倅が駄菓子屋の親仁に身を落としたとおっしゃいましたが、次郎衛は今の暮らしに満足しております。ようやく寛げる場所を見つけたのですよ。この先は自分と同じような境遇の子供を見たら、何もできないが優しく声を掛けてやるつもりだと言っておりました」

「本当に改心したのでしょうか」

いなみが心細い声を上げた。

「そう信じております」

龍之進はきっぱりと応えた。

「おっ姑様、一度、よいこやへ一緒に行きましょうか。その次郎衛という方を見れば、おっ姑様なら、どういう人かおわかりになると思いますよ」

きいは、ふと思いついて言った。

「余計なことはするな」

龍之進は不愉快そうに声を荒らげた。

「あら、余計なことでしょうか。旗本のお屋敷に行く訳ではありませんよ。駄菓子屋を訪れるのに何んの不都合があるのでしょうか。これからお前様の小者となるかも知れない人には、母親と妻なら会っておきたいと思うものです。それに小者の掛かりを工面するのは、結局、あたし達になるのですから」

きいの理屈に龍之進は反論することができなかった。

「きいは口が達者になったものだ」

不破は苦笑しながら言う。いや、感心していたのかも知れない。

「龍之進さん、わたくし達が本当に次郎衛さんに会いに行ってもよろしいの？」

いなみは確かめるように訊く。

「母上も次郎衛に会っておきたいのですか」

「ええ、できれば」

「お好きなように」

龍之進は突き放す言い方をして、猪口の中身を呷（あお）った。

髪結いの伊三次は松の内を過ぎてから増蔵が詰める門前仲町の自身番を訪れた。

三

増蔵が伊三次の家を訪れて来た時、伊三次は急に客の呼び出しを受け、留守にしていた。帰ってから女房のお文に増蔵が十手を返上するという話を聞いた。

驚きが大きく、伊三次は気持ちの整理がすぐにつかなかった。京橋の松の湯に行き、留蔵とも話をしたが、留蔵は、年だってことよ、増の字はここらが潮時と思ったんだろう、と言った。自分も半分は隠居したようなもんだ、と言い添えて。手前ェは弥八がいるから、所詮、他人事なんだろうという言葉が喉許まで出ていたが、それは口にしなかった。

増蔵は伊三次にとって頼りになる男だった。

御用の向きだけでなく、これまでも色々と相談に乗って貰った。その増蔵が辞めるとなると寂しさはこの上もなかった。何日かひとりで考え込み、ようやくその日、増蔵に会う決心がついたのだ。

「ごめんよ」

自身番の油障子の前で声を掛けると、おう、と気軽な返答があった。油障子を開けて中に入ると、増蔵は火鉢の傍で煙管を吹かしていた。増蔵は一人だった。いつもいる差配と書役、子分の正吉もいなかった。

「明けましておめでとうございやす」

伊三次は畏まって挨拶した。増蔵は普段と変わらない表情で、返礼の言葉を口にした。商売道具の入った台箱を脇に置くと、伊三次は増蔵の傍に座った。増蔵は火鉢の縁で煙管の雁首を打ち、灰を落としてから茶の用意を始めた。

「構わねェで下せェ」

思わず硬い声になる。その拍子に増蔵は薄く笑い、おれが十手を返上するのがおもしろくねェか、と訊いた。伊三次の胸の内はお見通しだった。

「身体の具合が悪いんじゃ仕方がありやせんよ」

伊三次は自然、すねた口調にもなる。

「三年ほど前から膝と腰の調子が悪くてよう、鍼や灸をして貰っていたが一向によくならねェ。今じゃ、うちの奴に腕を引っ張り上げられねェと手前ェで朝起きることもできねェのよ。還暦までは何んとか踏ん張ろうと思っていたんだが、堪えられそうにねェ。それで思い切って辞めることにしたのよ」

増蔵はそう言ったが、見た目はそれほど具合が悪そうでもなかった。増蔵が淹れてくれた茶をひと口飲んでから、縄張を継ぐ人は見つかっているんですかい、と伊三次は訊いた。

「ああ」

それが増蔵の息子でないことは、訊かなくてもわかっていた。増蔵の息子の増吉（ますきち）は、昔から父親の仕事には興味を示さず、算盤（そろばん）と手習いの稽古に励み、十歳を過ぎると自分から材木問屋の奉公に出たいと言った。増蔵は反対しなかった。忙しく、危険を伴う割に実入りのさほどよくない岡っ引きよりも地道に給金が入るお店者（たなもの）のほうが増吉に合っていると、増蔵も思っていたからだ。

「おれが御用を退くのも時間の問題のような気がしますよ」

伊三次は遠くを眺めるような眼で言う。

「何言ってる。お前ェはまだ若（わ）けェ。旦那がお務めを続けている内、助（す）けてやらねェでどうする」

「正吉はどうなるんで？」

「うん。それが問題よ。おれが辞める話を持ち出してから、べろべろ泣いてばかりで手がつけられねェ。お米（よね）が心配して、日に一度はここへ顔を出すぜ。お父っつぁん、泣いてないかってな」

お米は正吉の娘で、確か十歳ぐらいになっているはずだ。伊三次も何度かお米に会ったことがあるが、利（き）かん気な顔をして、大きな声ではっきりものを言う子供だった。

「まあ、この先は正吉も家の稼業に精を出せばいいんですよ」

　伊三次はおざなりに言う。

「そいつは無理だ。正吉は米屋の倅のくせに、米が一升幾らするのかも知らねェんだぜ」

「そいじゃ、弁天屋も正吉の代で仕舞いですかい」

　弁天屋は正吉の見世の屋号だった。佐賀町に見世を構えている。見世はまずまず繁昌していた。

「お米がいるじゃねェか。お米はしっかり者だ。婿でも取りゃ、見世は続くさ」

　増蔵は意に介するふうもない。

「うまく行きますかねえ」

「ま、先のことを今から考えても仕方がねェわな。ところで、不破の若旦那がおれの代わりに小者を雇いたいとおっしゃってるそうだ。そいつが正吉を引き受けてくれるんなら御の字なんだが」

　増蔵はそんな話を持ち出した。

「誰なんで？」

「元は旗本の倅で、今は竈河岸で駄菓子屋をしている男らしい」

「旗本の倅？」

その時の伊三次には、ちょっと心当たりがなかった。

「ま、なるようになるさ。世の中、そんなもんだろう」

「さいですね。しかし、おれは心細くて仕方がありやせんよ。これで増さんと一緒に旦那の御用ができないとなると」

「お前ェも正吉と似たようなもんだな。おれはすぐに辞める訳じゃねェよ。縄張内のことを次の奴に伝えなきゃならねェし、新しい小者にも岡っ引きのいろはを教えなきゃならねェ。正吉の身の振り方もある。こうっと、半年ぐらいは今のまんまだ。伊三、くよくよするな。これでお前ェとの縁が切れる訳でもなし」

増蔵は屈託なく笑う。伊三次は労をねぎらうつもりでやって来たのに、反対に増蔵に慰められる始末だった。

四

務めを終えた龍之進は話があると言って、隠密廻り同心の緑川鉈五郎を八丁堀の提灯(ちょうちん)掛横丁(がけよこちょう)にある「侘助(わびすけ)」に誘った。侘助は贔屓にしている小料理屋だった。鉈五郎は急な仕事を抱えていなかったので、快く応じてくれた。

迎えに来た中間(ちゅうげん)の和助(わすけ)には少し遅くなると言って帰した。

侘助の暖簾をくぐり、小上がりの席に就くと、いやあ、この間は飲んだなあ、と鉈五郎は新年会のことを思い出して言う。

「家に帰ったら酒臭いと、うちの奴に嫌味を言われたよ」

龍之進は銚子の酒を鉈五郎に注ぎながら苦笑交じりに応える。

「おれも同じだ。娘達は鼻をつまむんだぜ。酒臭いならともかく、厠の臭いがするんだと」

鉈五郎が顔をしかめたので、龍之進は声を上げて笑った。突き出しは烏賊の塩辛だった。

おせち料理に飽きていたので、大層うまく感じられた。その他にひらめの刺身と焼き魚、卵焼きなども注文した。

「で、話って何んだ」

銚子をお代わりした頃、鉈五郎は真顔になって訊いた。

「うむ。深川の門前仲町の増蔵が十手を返上することになり、おぬしの小者が跡を継ぐという話を聞いた」

「ああ。それが不満か」

「いや。おぬしの息の掛かった小者なら間違いなかろうと、おれの父も賛成している」

「そうか……」

鉈五郎は、少しほっとして笑顔になった。

「父の小者は伊三次と京橋の留蔵の二人になった。それで、日本橋辺りに新たに小者を置きたいと考えている」

「そうだな。その辺りに小者がいれば何かと便利だ。しかし、それはおぬしとお父上が決めればいいことだ。おれにする話でもなかろう」

「いや、おぬしだけでなく、仲間にも了解して貰わねばならない男なのだ。とり敢(あ)えず、先におぬしに打ち明ける気になった」

「訳ありの男か？」

「ああ」

そう応えると、鉈五郎は思案顔になった。

小者の正体に考えを巡らせている様子である。

「もしかして……」

鉈五郎は龍之進の表情を窺うように口を開いた。勘のいい鉈五郎はすでに察しがついていると龍之進は思った。

「奴なのか？」

そう続けた鉈五郎に、龍之進はひょいと眉を動かしたが黙っていた。

「おれはともかく、他の奴らが承知しねェ」

鉈五郎は早口に続ける。

「おぬしは承知してくれるのか」

試すように龍之進が訊く。

「おれもできれば反対だ。だが、おぬしがどうしてもと言うなら敢えて反対はしねェ。おれの小者じゃねェし」

「よかった。これからひとりひとり、説得するつもりだ。おぬしが賛成だと言えば、他の奴らも強く反対しないだろう」

「おいおい、おれは賛成とは言ってねェぞ」

鉈五郎は慌てて言う。

「賛成にしておいてくれ」

「しかし、何んであの男なんだ？」

鉈五郎は先刻からその名を出していない。

言い難いのか言いたくないのか、それとも別の人間を頭に浮かべているのか、龍之進は俄（にわか）に心配になっていた。だが、龍之進もやはりその名をはっきりと口にできなかった。かつて八丁堀純情派だった自分達にとって、次郎衛は忌まわしい男である。年月が経っているとはいえ、何度も吠え面（ほえづら）をかかされた記憶は消えていなかった。

「昔、比丘尼橋（びくにばし）のももんじ屋で奴と話をしたことがある。材木仲買人の娘がかどわかされ、身代金を奪われた事件が起きた後のことだ。その時に色々と奴の事情を聞いた」

龍之進はぽつぽつと話を続けた。娘を無事に助け出したのは龍之進と鉈五郎だった。

だが、身代金の受け渡しまでは阻止できなかった。

「よっく覚えているぞ。あれが本所無頼派の最後の仕事だった」

鉈五郎は意気込んで応える。

「奪った金で、本所無頼派はそれぞれ、新たな道へ進んで行った。養子に行く際の仕度や持参金が主な遣い道だった」

「旗本の倅と言っても、親は次男、三男まで潤沢に金を遣ってやることはできないものなのだな」

「その通りよ」

「しかし、なぜ、奴だけが養子とならなかったのだ。確か、喜六の母親は養子の口があるようなことを言っていたではないか」

鉈五郎の口調から、次郎衛を指していることがわかった。やはり、勘違いしている訳ではない。龍之進は少しほっとした。

「相手は生まれつき、ろくに言葉も喋られない娘だったのよ。次郎衛は相手の娘に同情したが、夫婦となることはできないと思い、その話を蹴った。すると、父親は怒りのあまり、勘当を言い渡したそうだ」

「ひでェ話だな」

「おれもそう思った。奴はそれから町人となり、竈河岸で駄菓子屋を始めた」

「駄菓子屋か……かどわかしが起きた頃、おれ達も駄菓子屋を廻ったな」

鉈五郎はその当時を思い出して言う。かどわかされた娘が退屈しないように、本所無頼派の連中は駄菓子屋から菓子を買って与えていたふしがあった。恐らく次郎衛も一度ぐらいは駄菓子屋を訪れているはずだ。

「奴はその時、そんな商売もいいなと思ったのかな。存外、うぶなところもあるんだな」

鉈五郎は当時の次郎衛の気持ちに察しをつける。

「元々はいい奴なんだ」

そう言うと、鉈五郎は小さく噴いた。

「何がいい奴よ。あいつがいい奴なら、捕縛した下手人は皆、いい奴になる。下らねェことはほざくな」

「すまん」

「奴は本当におぬしの小者を引き受ける気があるのか？　もしかして、奉行所の情報をおぬしから引き出し、新たな悪事を企むつもりではあるまいな」

鉈五郎は不安を覚えているようだ。

「案ずるな。奴は改心した」

「改心？」

鉈五郎は、まじまじと龍之進の顔を見つめ、それから顎を上げて笑った。

「それほど可笑しいか」

龍之進は、むっとして鉈五郎に言う。

「ああ、これほど可笑しい話は久しぶりだ。本物の悪党でも改心するとはな」

鉈五郎は龍之進の話を真面目に受け取っていなかった。予想していたとはいえ、龍之進は意気消沈した。この様子では他の連中にも鼻でせせら笑われそうだった。やはり、無理な話だったのかと、気弱な考えも頭をもたげていた。

「おぬし、他の連中も、こうしてひとりひとり説得するつもりか。金も時間も掛かるぞ」

鉈五郎は真顔になって続ける。

「自信がなくなった。やはり無理な話なのかも知れぬ」

龍之進は俯きがちになって言った。

「諦めの早い男だ。次郎衛が本当におぬしの小者になったとしたら、極上上吉（ごくじょうじょうきち）の小者だろう。この江戸で一、二を争うほどの」

「貶（けな）したかと思えば、今度は褒めるのか」

「おぬしは、次郎衛が切羽詰まった情況でも、するりと躱した才覚に惚れているんだろう。悪党の気持ちは悪党がよく知っている。それを御用に生かしたいとおぬしは考えたのだな」

「………」

それだけではないと龍之進は思う。悪事の限りを尽しながら、どこか次郎衛には純なものが感じられてならない。しかし、それを鉈五郎には言わなかった。いかにも青臭い。

「ひとりひとりの説得など、時間の無駄だ。おれが仲間に招集を掛ける。そこでおぬしは手前ェの気持ちを伝えろ。もちろん、反対は覚悟しておけ。最後は多数の意見の方で決める」

鉈五郎の提案に龍之進は驚いた。ひとりでも反対する者がいたら、諦めようと思っていたのだ。

「どうだ？」

鉈五郎は龍之進の表情を窺うように訊いた。

ひとつ大きく息を吐いて、龍之進は、よろしくお願い致しまする、と畏まって応えた。

「ここの掛かりはおぬしの奢り（おご）でいいな？」

鉈五郎は抜け目なく言うことを忘れなかった。

「もちろん」

その時だけ龍之進は笑って言った。

五

集まる場所は龍之進の家になった。だが、銈五郎は、事前に次郎衛のことは連中に話さなかった。不意を衝く魂胆でもいたのだろう。

晩めしを終えた暮六つ過ぎの時刻に龍之進の仲間は普段着の恰好で不破家に集まった。定廻り同心の橋口譲之進、年番方同心の春日多聞、吟味方同心の古川喜六、例繰り方同心の西尾左内、それに銈五郎と龍之進が加わり、六人が集まった。新年会からさほど日にちは経っていなかったが、昔ながらの仲間が顔を揃えるのは、何んにつけても嬉しい様子である。

互いに軽口を叩きながら、最初の内は和気藹々とした雰囲気で菓子をつまみ、茶を飲んでいた。

菓子鉢にはきいが次郎衛の見世で求めた駄菓子が山盛りになっていた。たまにはこういうものもいいな、と橋口譲之進は嬉しそうだった。

いなみときいは龍之進が仲間と会合を開くと聞いて、急いでよいこやを訪れ、駄菓子を購入した。

まあ、それが次郎衛と会う口実にもなった。

いなみは次郎衛をひと目見て、身のこなし、眼配りから、相当に剣の修行をした者と感じたという。それに育ちのよさ、鷹揚さも、そこここに滲み出ているとも言っていた。きいは、最初、怖い男のように感じたが、栄一郎をあやす表情は優しかった。子供好きなのだろうと思ったという。駄菓子をあれこれ見繕い、勘定をしてから、いなみは龍之進の母親であると素性を明かした。きいも笑顔で、あたしは家内で、この子は息子の栄一郎です、と告げた。驚いた次郎衛は大きく眼をみはり、膝に掌を置いて、深々と頭を下げた。

「若旦那には、ひとかたならぬお心遣いをいただいております。お母上様と若奥様まで、このような小汚い駄菓子屋にお運びいただき、この次郎衛は何んと申し上げてよいかわかりませぬ。ありがとう存じます」

「お手を上げて下さいませ。息子はあなたを小者にしたいと申しております。お旗本の出の方に、そのような無理をお願いしてよろしいものかと、わたくしも嫁も心配になり、不躾ではございますが伺わせていただきました」

いなみがそう言うと、次郎衛はさらに驚いた様子になったという。

「若旦那からもその話を聞いたことはございました。しかし、それは今すぐということでなく、いずれ若旦那が家督を譲られたあとになると手前は考えておりました」

「主人の小者が一人、辞めることになりまして、代わりの者を探していたのですよ。あなたが引き受けて下さるのなら、息子は大いに助かると思います」

「こんな男が若旦那の御用をしてよろしいのでしょうか」

「大丈夫ですよ、あなたなら。ただ、十手の扱いは剣とは違いますので、最初はとまどうかも知れません。でも、それは指南する者がおりますので安心なさって下さい」

「あのう、主人のお仲間にまだ了解を取っておりませんので、お仲間の意見次第でどうなるかは今のところ、はっきり致しませんが」

きいが気後れした表情で口を挟んだ。次郎衛はきいを見つめ、それはそうでしょう、手前は決して褒められるようなことをして来なかった男ですから、と低い声で言った。

「でも、主人は何んとかお仲間を説得すると思います。普段は頼りない人ですが、いざとなったらそれなりの働きをしますから」

きいは、むきになって言った。

「若奥様、それは手前もよっく承知しております。しかし、お姑さんの前で、若旦那を頼りないなどとおっしゃるのは、いかがなものでしょう」

次郎衛は苦笑していた。

「あら、本当にそうですね。おっ姑様、申し訳ありません」

きいは恐縮していなみに頭を下げた。

「よろしいのよ。きいさんのおっしゃる通りですから」

いなみは意に介するふうもなかった。次郎衛はそんな二人を見て、よいお母上様と若奥様に恵まれ、若旦那はお倖せだ、とお世辞でもなく言った。

「詳しいことは、また、日を改めて。本日はありがとう存じます」

いなみがそう言って踵を返し掛けると、少しお待ち下さい、と言って次郎衛は慌てて大きな紙袋に駄菓子を追加していなみに差し出した。その量は買った物より多かった。

「これは手前の気持ちでございます。どうぞお持ち下さい」

「でも……」

いなみはとまどっていた。

「おっ姑様、遠慮なさっては却って無礼ですよ。ここは次郎衛さんのご厚意に甘えましょうよ」

きいは、ちゃっかりしたことを言った。

「そうです、そうです。若奥様のおっしゃる通りですよ。この先はどうなるかわかりませんが、よしんば十手を預かることにならなくても、手前はこれからも若旦那のお力になりたいと考えております」

次郎衛はいなみが感激するようなことを言ったという。

菓子鉢には、そんな次郎衛の心尽くしも添えられていた。琥珀飴、きなこ飴、みかん飴、きなこのねじり菓子、あんこ玉、のし烏賊、のし梅、煎餅(せんべい)各種。

「ええ、それではこれから会合を開きたいと思いまする。本日はお忙しいところ、お集まりいただき恐縮でござる」

鉈五郎が畏まって口を開いた。鉈五郎は本日の進行係を引き受けてくれた。

「いいぞ。滑(なめ)らかな口調だ」

譲之進がすぐに茶々を入れる。その拍子に龍之進以外の者は声を上げて笑った。龍之進は緊張のあまり、口から胃(い)の腑(ふ)が飛び出そうだった。

「畏れ入りまする。本日お集まりいただいたのは龍之進のお父上の小者が一人、体調が思わしくないことを理由に辞めることとなり、その代わりに新たに小者を抱えたいということで、おのおの方にご報告する次第でありまする」

──辞めるのは誰よ。京橋の湯屋の主か？

──わからん。髪結いかも知れぬ。

──髪結いは、まだ元気だぞ。となると深川の奴じゃねェのか。

──かも知れぬな。

こそこそと私語が飛び交った。

「その小者は龍之進のお父上でなく、龍之進がたって抱えたいと望んだ相手でござる。何卒、おのおの方も寛容な気持ちで了解していただきたいと存じまする」

鉈五郎は私語に構わず、声を張った。

「まどろっこしいぞ、鉈五郎。龍之進が抱える小者ってのは誰だ」

譲之進はいらいらした口調で先を急かした。

「そのう……」

言いながら鉈五郎は龍之進の顔色を窺う。

龍之進は肯いて、皆の顔を見回し、ひと息ついてから、薬師寺次郎衛です、と言った。

瞬間、不破家の客間は水を打ったように静まった。皆、すぐには言葉が出ない様子である。

「皆さんの気持ちはよっくわかっております。次郎衛は、今は町人の身分となり、竈河岸で駄菓子屋を営んでおります。拙者、昨年の春に偶然、次郎衛と再会致しまして、それから言葉を交わすようになりました。今の次郎衛は以前の次郎衛とは違います。まっとうな暮らしをしております。拙者、奴を駄菓子屋の親仁だけにしておくのは惜しいと考えるようになりました。父から家督を譲られたあかつきには奴を小者に抱えたいと思い、奴にもそれとなく胸の内を明かしておりました。まさか、こんなに早く、その機会が巡って来るとは、夢にも思っておりませんでしたが」

龍之進は夏でもないのに大汗をかいて皆に説明した。

「もはや決めたことなのか？　それなら我らが四の五の言う筋合いでもない」

春日多聞は醒めた眼でそう言った。

「いや、拙者の気持ちは決まっておりますが、皆さんには、それぞれに思うところもあるはずですので、この際、忌憚のないご意見を伺いたいと存じます」

「おれ達に賛成か反対か訊きてェのか」

譲之進は少し怒気を孕んだ声で言った。

「はい」

「反対に決まっておるではないか。奴に何度も煮え湯を飲まされたことを、おぬしは、まさか忘れた訳ではあるまいな」

「忘れてはおりません」

「だったらなぜ、そんなことを言い出す。おぬし、気は確かか？」

譲之進は顔を歪めて罵る。予想したこととはいえ、その反発が龍之進にはこたえた。

「蛇の道はへび、という諺がある。悪事に手を染めたことのある者は悪人の気持ちがわかるということだ。龍之進は、その諺に則り、次郎衛を御用に生かしたいと思っているのだ。最初はおれも、とんでもないことを言う男だと内心で龍之進に腹を立てたが、時間が経つ内に龍之進の気持ちが理解できるようになった。しかし、龍之進は皆が反対なら、この話は諦めると言っておる。そんな龍之進の気持ちを汲んでやってくれ」

鉈五郎は龍之進の肩を持つ言い方をした。

「諦めろ。それが利口だ。あんな者に十手を預けてみろ、何をするか知れたものではない」

譲之進は相変わらず自説を曲げなかった。

「わたしも反対です。龍之進さんの小者になれば、少なからず奴と話をする機会も増えるでしょう。わたしはできれば奴と顔を合わせたくないし、話もしたくないのです」

古川喜六は低い声で言う。かつて喜六も本所無頼派の一員だった。過去の苦い思いがそんな気持ちにさせるのだろう。

「なるほど。左内、お前はどうだ?」

鉈五郎は先刻から黙って皆の話を聞いているだけの西尾左内に意見を求めた。左内は首を傾げてから、どっちでもいいですよ、と応えた。

「どっちでもいいとは何んだ。あの次郎衛が龍之進の小者になるんだぞ。どっちでもいいという話があるか」

譲之進はすぐに左内に詰め寄る。

「次郎衛が龍之進の小者になったら、鬼に金棒だという気もするけどな」

左内は怯(ひる)まず、淡々とした口調で言った。

「何んだとう!」

「そこいらのなまくらな小者より、次郎衛はよほど使えるでしょう。次郎衛は我らの敵だったが、その敵を身内に引っ張り込むとなれば、これほど心強いことはありませんよ」

左内の言葉は涙が出そうなほど龍之進にとっては嬉しかった。

「奴に煮え湯を飲まされたことは数え切れないが、これから奴が御用の向きで手柄を立ててくれるのなら、奴の悪事は最後にチャラになるような気もする」

多聞もそんなことを言った。

「何んだ、チャラとは。おれは決して許さんぞ」

譲之進はこめかみに青筋を立てて怒鳴る。

「どうする龍之進。譲之進と喜六はあくまでも反対らしいぞ」

鉈五郎は仕舞いにうんざりした表情になった。

「拙者は反対する者がいるのなら、無理やり次郎衛を小者にするつもりはありません。次郎衛よりも皆さんとのつき合いのほうが大切だと思っております。無理を通しては我々の結束が乱れます」

龍之進はそう言って唇を嚙んだ。客間には居心地の悪い沈黙が流れた。

「どうして次郎衛なんですか。わたしには、それがそもそもわからない。偶然、再会したとしても、せいぜい当たり障りのない話をしてやり過ごすものではないですか。次郎衛が町人の身分になったからと言って小者に抱える話にまでならないと思います。やり

って来た。

龍之進は務め向きの話でもあるのだろうかと、客間に鉈五郎を上げた。

「少し飲むか？」

龍之進は酒を勧めた。

「いや、本日はいい。話ができなくなる」

そう応えたが、鉈五郎の表情は緊張しているようには見えなかった。むしろ明るかった。

きいが茶を出して引き下がると、この間、喜六と一緒に次郎衛の見世に行って来た、とぽつりと洩らす。

「えっ？」

「譲之進はあれから考えを変えた。おぬしがそれほど次郎衛を買っているなら、手前ェが意地を通して反対するのもおかしな話だと言ってな。まあ、あいつは、根はそれほどひねくれておらぬから、その内に賛成するだろうとは思っていたが」

「………」

「反対する者は喜六だけになった。それで、おれがひと肌脱ぐ気持ちで喜六を次郎衛に会わせたということだ」

「すまん。それでどういう話になった」

「うむ。結構、おもしろかったぜ」

鉈五郎はその時のことを思い出して悪戯っぽい眼になった。

「もったいをつけずに早く話せ」

龍之進は早口に言って鉈五郎の話を急かした。

喜六は最初、奉行所の権威を笠に着た言い方をして、龍之進には近づくなと言ったという。

「手前は若旦那に近づいた覚えはござんせん。若旦那のほうから通って下さる訳で」

次郎衛は殊勝に応えた。

「お前がそそのかしているからだろう」

今や町人の次郎衛に対し、何んの遠慮もいらぬと喜六は思っていたようで横柄な口を利いた。

「こいつはご挨拶ですね。手前が何んのために若旦那をそそのかすんで?」

「それはお前が次の悪事を企むために龍之進を利用しようと思っているからだ。そうだろうが」

「何も知らねェのに決めつけるようなことをおっしゃる。吟味方の役人てのは、皆、そのようにして下手人に白状させる訳ですかい」

「お望みなら、お前をしょっ引いて、死罪にすることも訳はないんだぞ」

「畏れ入りやす。料理茶屋の倅も役人となれば変わるものでございやすね。どうぞしょっ引いておくんなさい。どうせ惜しい命でもござんせんからね。ただし、黙って死ぬつもりはありやせんよ。お白洲ではお奉行様に、昔、一緒にばかをやった仲間にしょっ引かれ、命を落とす羽目となったと申し上げますぜ。まあ、それが手前の最後の意地ですな」

「貴様、おれを脅す気か」

喜六は激昂した声を上げた。鉈五郎は普段、決して仲間には見せない喜六の態度が意外に思えたという。

「脅しているのは喜六さん、あんたですぜ。あんたは、昔のことはなかったことにして、ものを言っていなさる。手前は違いやすぜ。皆、覚えている。決して忘れることはねェ。忘れていねェから、若旦那に情けを掛けられると、つくづくこたえるんでさァ。若旦那は昔の手前がしたことを承知でつき合って下さる。そんな若旦那を手前がどうしてないがしろにできやす？　恩を仇で返す真似などできやせん」

「口では何んとでも言える。そのうまい口で、今までさんざん、人を誑かしただろうが」

喜六は怯まなかった。

「そこまでおっしゃるなら、手前も申し上げますが、喜六さん、あんたがてごめにした娘達の始末をつけたのは誰だと思っていなさる」

次郎衛は思わぬことを言った。そういうことがあったのかと、銃五郎は心底驚いたという。さすがに喜六はぐうの音も出なかった。

「手前ェがやったことを、なかったことにはできねェと、先刻から申し上げているはずですがね」

旧悪が露見して、喜六の顔は真っ赤になっていた。

「おれは聞かなかったことにするから安心しな」

銃五郎は慰めるように口を挟んだ。喜六は悔しそうに唇を噛んだ。

「手前はこの先、道で出くわしても知らぬ顔を通しやす。喜六さんもそのほうがいいでしょう。手前は若旦那とだけつき合えばいいんですから。話はそれだけです。そいじゃ、ごめんなすって」

次郎衛はそそくさと話を結んで見世の中に引っ込んだという。

「喜六が次郎衛のことで何か言って来ることはねェから、おぬしは安心しな」

銃五郎は笑顔でそう言った。

「しかし、改めて仲間に伝える必要があるのではないか。この間の会合では結論を出さなかったので」

「その必要はない。所詮、小者は小者よ。おぬしも徒に次郎衛を持ち上げることはねェ。

顎で使え。誰の小者でもない、おぬしの小者なのだからな」

鉈五郎は鷹揚に言う。

「おぬしに借りができたな」

龍之進は低い声で言った。

「何んの。お互い様だ」

鉈五郎はそう言って腰を上げた。帰り際、鉈五郎は、貰った駄菓子に娘達が大喜びだったと言った。

「今度、買って来てくれとねだられた」

「そうしてやってくれ。ただし、歯磨きをさせねば虫歯になるぞ」

「わかっておる。それじゃ」

ひょいと頭を下げて鉈五郎は帰って行った。

龍之進の懐（ふところ）には房（ふさ）なしの十手と木の香も新しい鑑札（かんさつ）が収められていた。龍之進はきいの弟の小平太を伴（とも）にして、その日、竃河岸に向かっていた。浜町河岸を縄張にする伊勢（いせ）吉（きち）という岡っ引きに不破が話を通し、竃河岸周辺と松島町の縄張を次郎衛のために譲り受けた。

松島町は武家屋敷に囲まれた地域だが、武家出の次郎衛にとって、取り締まりは、それほど難しいことではないだろう。

伊勢吉はむしろ、松島町の縄張を手離すことに、ほっとしていたという。伊勢吉の縄張は広範囲に及んでいたので、少し荷が軽くなったとも言っていたそうだ。とはいえ、不破はそのために幾らか金を遣ったが、龍之進には大したことはないと、頼もしいことを言ってくれた。

「よいこやの主がこれから義兄上の小者になるんですね」

小平太は噂を聞いていたようで、何も言わなくても察してくれた。

「ああ」

「睨みが利くから、土地の御用聞き（岡っ引き）としては、うってつけですね」

「そう思ってくれるか。さすがおれの弟だな」

「てけてけも喜んでいるみたいですよ」

小平太は姉のきいのことをその渾名で呼ぶ。

「そろそろ、てけてけはやめろ」

「だけど、姉上って……言えませんよ」

「姉ちゃんでいいだろうが」

「姉ちゃんか……やっぱ、言えねェ」

小平太はかぶりを振ってため息をついた。

増蔵の十手はまだ返して貰っていないが、不破の家には予備の物があった。それは髪結いの伊三次のために取って置いたのだが、伊三次は十手も鑑札も持つことを拒んでいた。

なまじ縄張があれば廻り髪結いの仕事に支障が出ると思っているのだ。次郎衛の小者の話が纏（まと）まると、不破はそれを龍之進に差し出し、持ってってやれと言った。いつの間にか鑑札も誂（あつら）えていた。その内に日を改めて、小者の任を言い渡し、祝いの酒を振る舞うつもりでいると言い添えた。

これから龍之進は次郎衛に十手と鑑札を渡すのだ。小者の給金は年四両だということも伝えなければならない。次郎衛が十手を手に取り、ためつすがめつして、嬉しそうな表情をするのが今から眼に見えるようだった。

空は久しぶりに晴れていた。ようやく江戸もこれから春を迎える。頭上の空を見上げ、龍之進は眩しそうに眼を細めた。

「これからよいこやの主は竈河岸の親分と呼ばれるんですね」

小平太は笑顔で言う。

「ああ、そうだな」

「用事があったら、何んでもおいらに言いつけて下さい。おいら、すっ飛んで行きますから」

「お前ェ、奴の見世の琥珀飴にほだされているんだろう」

「さらし飴もうまいですよ。あそこの飴は川口屋から仕入れているんですよ。どうりでうまいはずです」

川口屋は飴の老舗だった。

「竈河岸の親分か……」

龍之進は独り言のように呟く。竈河岸の名の由来はよく知らなかった。昔、竈を作る職人が多く住んでいたせいだろうか。

「何んか言いやすいですよね。竈河岸の親分って」

「そうか?」

「おいらも本勤に直ったら、小者を持つのかな」

「定廻りに就くか? それなら父上に言っておくぞ。時期が来たら推挙して貰うがいい」

「どうですかねえ。うちの父上は危ない橋を渡るのを心配していますから」

「奉行所の役人はどこの部署でも危険がつきものだ。それを恐れていては役人など務まらん」

「ですよね。考えておきます」

小平太は思案顔で言った。久しぶりに龍之進は晴々とした気分だった。増蔵が小者を退くのは残念だが、その代わりに次郎衛を抱えることができた。存分に働いて貰いたいと思う。

よいこやの前に着くと、次郎衛は竹箒(たけぼうき)で見世前を掃除していた。龍之進に気づくと、ひょいと頭を下げる。

「本日はよいお日和(ひより)ですね。おや、義理の弟さんもご一緒ですかい。仲がよろしいこって」

「こいつはお前の見世の琥珀飴が贔屓だ」

「そいつは畏れ入りやす。ささ、休んで下せェ。今、茶をお持ち致しやす」

そう言って、次郎衛は奥に声を掛けた。

「はあい、ただ今」

女房のおのぶの弾んだ声が聞こえた。

見世前の床几に座り、龍之進はまた空を仰ぐ。その日、空は終日晴れていた。

車軸（しゃじく）の雨

一

十手と鑑札を預かり、文字通り土地の御用聞き（岡っ引き）となった次郎衛は北町奉行所定廻り同心の不破龍之進の眼からも大層張り切っているように見える。いや、張り切っているより、はしゃいでいると言ったほうが合っているだろうか。

縄張を持っている御用聞きに、特に恰好が定められている訳ではないが、次郎衛は女房のおのぶと一緒に富沢町辺りの古手屋（古着屋）に行き、唐桟縞の着物と羽織を見つけて来た。深緑色と鼠色の渋い色合いの縞で、それは次郎衛によく似合っていた。着物の後ろ裾を茶の博多帯に絡げ、紺の股引を中に穿き、足許は紺足袋に雪駄という絵に描いたような岡っ引きの姿になった。

「どうです、若旦那。乙でげしょう？」

次郎衛は若い娘のように品を作って龍之進に言った。龍之進が義弟の小平太とともに竈河岸にある次郎衛の見世に行った時のことだ。

次郎衛は竈河岸で「よいこや」という駄菓子屋を商っている。いつもと違う次郎衛の様子に見習い同心の小平太は口許を掌で覆って笑いを堪えていた。

「その唐桟は安くねェのだろう？」

龍之進は興味津々という表情で訊く。生地がしっかりして厚手だ。そんじょそこらの縞物とは明らかに違っていた。

「わかりやすかい。古手屋の親仁は最初、十両と吹っ掛けて来やがったのよ。おれァ、とんでもねェと眼を剝いた。誰が古着に十両もの金を出すかってね。ところがその親仁は、こいつはただの唐桟じゃねェ、古渡り唐桟と言って、はるばる南蛮から渡って来たもんだと抜かした。ただし、ご禁制の品じゃねェですよ。ちゃんと長崎の出島から手順を踏んで江戸に運ばれたものだそうだ。とある大店の道楽息子が五十両もの大金を出して着物と羽織に仕立てたが、道楽が祟って見世を手放す羽目となり、大事な唐桟も古手屋に売り払ったという訳ですよ。経緯はわかったが、十両は出せねェとおれは言った。すると、八両、七両と値を下げ、とうとう五両までになった。おれとしては五両でも高い。一両だったら、引き取るつもりだった。だが、うちの奴が古渡り唐桟なら一両じゃ無理だと言った」

「お前の女房は芸者をしているから着物の眼が肥えている。その通りなんだろう」

次郎衛の女房は浜町河岸の芸妓屋からお座敷に出ている芸者だった。次郎衛が十手を預かることになったと聞いて、おのぶは、それなりの恰好をさせたいと考えたようだ。しみったれた恰好をしていると縄張内の人間にばかにされると思ったのだろう。黄八丈か唐桟を張り込むつもりでいたらしい。

「古手屋の親仁はとうとう、三両まで値を下げた。それ以下では売れないと泣きそうな顔で言ったのよ。ここは諦めるしかないかと思った時、うちの奴が手を打ちましょうと太っ腹に言ったんでさァ。聞いていたこっちが驚きやしたぜ」

その時のことを思い出したように次郎衛は眼を丸くした。

「三両……すごいですね」

龍之進の傍にいた小平太がため息の交った声で口を挟んだ。

「三両もの着物なんざ、おれも袖を通したことがねェな」

龍之進も皮肉な口調で応える。

「しかし、着物と羽織の手直しやら、股引や雪駄も誂えると結構な掛かりになりやしたぜ」

次郎衛は得意そうに言った。元は旗本の息子だから、大層なもの入りでも、さほど気にしている様子はない。

「まあ、恰好は調ったんだから、これからは気張って働いてくれ」

龍之進は、おざなりに言った。

「へい。そいつは百も承知、二百も合点のことでさァ」

「ところで、深川の増蔵の所には通っているのか」

龍之進は話題を変えるように訊いた。近頃、次郎衛は増蔵から岡っ引きのいろはを指南されていた。

「へい。三日に一度は向こうに顔を出して、色々、教えて貰っておりやす。増蔵さんはいい人ですよ。あんないい人に初めて会った」

次郎衛はうっとりした表情で言う。

「そうか、いい人か。それはよかった」

龍之進は子供の頃から増蔵を知っているが、父親の手助けをすることを特別とは思っていなかった。深川に増蔵がいるのを当たり前だと受け留めていた。だから、次郎衛に改めていい人だと言われると、妙な気分でもあった。次郎衛の周りには増蔵ほどのいい人が、これまで存在しなかったのだろうか、と。

「おれの噂は聞いているはずなんですが、全く気にするふうもなかった。若旦那と同じで半鐘泥棒(はんしょうどろぼう)だな、と苦笑いしただけでさァ」

半鐘泥棒は大男をからかう時に遣う言葉だった。

「近所のうまい蕎麦屋にも連れて行ってくれたし、増蔵さんの家で晩めしまでごちになりやした」

　次郎衛は嬉しそうに続ける。

「へえ。次郎衛は増蔵に気に入られたらしい。あいつは滅多にそんなことはしねェ」

「さいですか。そこで不破様のお家のことも色々聞きやした。とにかく、増蔵さんは若旦那のお父上を心から尊敬しておりやすぜ。同心の小者をしていれば、不満のひとつやふたつぐらいあっても不思議じゃねェのに、あの人は、そんなことはおくびにも洩らさねェ。そういう関係を築き上げたお父上と増蔵さんは大したもんだと思いやした」

　次郎衛は感心した様子で頭を振った。さほど感心することでもないだろうと、龍之進は思ったが、それは口にしなかった。

「まあ、侍が町人になると色々、勝手が違うこともありますよ。おいらは逆に町人から同心の家の養子になったんで、それはそれで面倒臭いことが山ほどありましたよ」

　小平太は先輩面をして言った。

「坊ちゃんは出世なさいやしたね。おめでとうございます」

　次郎衛は畏まって頭を下げた。

「別にめでたくもないですよ。こいつはなりゆきに過ぎません。おいらの姉が義兄上の女房になったのもなりゆきですよ」

「なりゆきじゃねェですよ。そういうのはご縁があったと言うもんです」

次郎衛はさり気なく窘める。小平太は照れ臭そうに肩を竦めた。

「増蔵さんは十手を返上することに後悔はねェようですが、子分の正吉さんのことは気懸りらしいですぜ」

次郎衛は、ふと思い出したように言う。

「正吉なあ……」

龍之進は空を仰いで吐息を洩らした。如月の空は縹色（薄い藍色）に染まっていた。吹く風はまだ冷たいが、日中はずい分、暖かくなった。

「独り者だとばかり思っていたんですが、ちゃんと女房と娘がいて、それに結構でかい搗き米屋の倅だそうじゃねェですか。世の中、わからねェもんだと、つくづく思いやしたぜ」

「まあな」

「正吉さんの娘がおもしれェんですよ。娘のくせに、てて親にあれこれ指図するんですぜ。それが的を射ているもんだから、正吉さんは黙って聞くしかねェんですよ。かなりのしっかり者だ。坊ちゃん、正吉さんの娘を嫁にしたら、お家は安泰ですぜ」

「い、いやですよ。お米は一人娘だから、いずれ婿を取って見世を継ぐはずです。おいら、そう度々、仕事は変えたくないですよ」

小平太の言葉に次郎衛は機嫌のよい笑い声を立てた。

「それでね、増蔵さんは、おれに正吉さんを引き受けてくれねェかと頼んで来たんですよ」

次郎衛は真顔になって龍之進に言った。

「ええっ？」

龍之進は驚いた声を上げた。

「どうしたものかと悩んでいるんでさァ。別に正吉さんを嫌っている訳じゃありやせんよ。ちょいと気が利かねェだけで、増蔵さんに言われたことは、ちゃんとこなしておりやす。だが、そいつは深川だから続いた訳で、正吉さんが深川の佐賀町から竈河岸まで通うとなると、ちょいと骨ですからね。増蔵さんは、なに、永代（橋）を渡りゃ、竈河岸はすぐそこだと言っておりやすが、若旦那、どう思いやす？」

次郎衛は上目遣いで龍之進を見る。龍之進は返答に窮した。

「あいつは駄目です。足手纏いになるだけですよ。断ったほうが身のためです」

小平太が龍之進の代わりに応えた。小平太も龍之進と一緒に何度か門前仲町の自身番に行ったことがあるので、正吉と、その家族のことはよく覚えていた。

「そうですかねえ。だが、正吉さんを見てると何んだか可哀想になるんですよ。家の商売があるのに、まさかこれから増蔵さんの見世を手伝う訳にも行かねェでしょうし……」

「次郎衛は面倒を見てもいいと思っているのか？」

龍之進は試しに訊いてみた。

「ええ、まあ……正吉さんがうんと言ったらの話ですが。しかし、あの人はおれより幾つも年上だ。そろそろ四十が近いんじゃねェですかい。そういう人を子分にするのはどんなもんでしょうね」

竈河岸までの距離と正吉の年齢に次郎衛は拘っているようだ。龍之進も次郎衛の心配は無理のないことに思えた。

「次郎衛。すぐに結論を出すこともあるまい。おれも父上に相談して、何かいい方法はないか考えてみる」

龍之進はそう言った。内心では正吉のことなどどうでもいいと思うが、増蔵の気持ちを考えると放っておけとも言えなかった。

二

その日、髪結いの伊三次は京橋の「梅床」にちょいと顔を出し、午後から日本橋の客の所を廻るつもりだった。その前に、中食を摂りに玉子屋新道の自宅に戻ると、客が来ている様子だった。落ち着かないので、台所で汁掛けめしでも流し込むしかないな、と思いながら茶の間に上がると、見覚えのある顔が、兄さん、お久しぶりと笑顔で頭を下げた。それは正吉の女房のおこなだった。

　おこなは相変わらず若い娘が着るような派手な装いをして、こってりと化粧をしている。傍に十歳ぐらいの娘がにこりともせずに座っていた。娘のお米である。お米は母親と違い地味な臙脂の袷に黒の細帯を締めていた。

「深川からわざわざ訪ねて来てくれたんだよ。お米ちゃんが生まれた時にお祝いを届けて以来だから、嬉しくってねえ」

　お文は昂ぶった様子で言う。

「元気で暮らしていたか」

　伊三次も気軽におこなの傍に胡座をかいて座り、笑顔で訊く。

「ええ。何んとか見世を潰さずに続けておりますよ」

「そいつはよかった。お米坊、しばらくだったな。今日は手習いはなかったのけェ？」

　伊三次はお米の頭を撫でながら訊く。

「今日は大事な用があったから休みました」

　お米は、大きな声ではっきりと応える。

「そうけェ。八丁堀に大事な用があったのけェ」

「違います。お父っつぁんのことで小父さんに口添えしてほしくてわざわざやって来たんです」

「おれに？」

伊三次は怪訝な顔でお米を見た。正吉が何かドジを踏んだのかとも思った。

「これ、頼みごとをするのにわざわざやって来たなんて言い方があるかえ」

おこなは母親らしくお米を窘めた。お米は一瞬、不満顔をしたが、それもそうだと思ったのか、すみません、と謝った。

「いや、謝らなくていいぜ。深川からここまで来るのは確かに骨だからな。で、頼みごとってのは？」

伊三次はおこなとお米の顔を交互に見ながら訊いた。母娘はあまり似ていなかった。愛想のいいおこなに対してお米はむしろ仏頂面だ。だが、自分の言いたいことはおめず臆せず、はっきりと喋る。そこが頼もしいし、可愛いと伊三次は思う。

「仲町（門前）の親分が十手を返すことになると、子分のお父っつぁんも仕事にあぶれます。新しい親分がお父っつぁんを引き受けてくれるように口添えして下さい」

お米はおこなが何か言う前に喋った。

それは頼むと言うより命令しているような感じがした。しかし、伊三次は、いやとは思わなかった。お米が正吉を心底心配しているのは、よくわかっていたからだ。

「増さんの後釜になる親分は、不破の旦那の息が掛かった人じゃねェ。そいつが正吉を引き受けるのは、ちょいとできねェ相談という気がするのよ。おれもよく知らねェ人だし」

伊三次は気の毒そうな表情でお米に言った。

「無理なんですか」

「ああ」

肯(うなず)くと、お米は大袈裟にため息をついた。

「そしたら、お父っつぁん、これからどうしたらいいんですか。二六時中(にろくじちゅう)、見世にじっとしている人じゃないし、お父っつぁんがうろうろしていれば、おっ母さんも気になって仕事が手につかないんですよ。お祖母(ばあ)ちゃんが落ち着きな、とお父っつぁんに小言を言えば、喰って掛かり、挙句に手を上げようとするんです。このままだとお父っつぁんは気がおかしくなって、大川に飛び込むか、裏の納屋で首縊(くびく)りでもしかねません。あたいとおっ母さんは、それを心配しているんです」

お米は辛(つら)い話を泣きもせずに言う。反対に手巾(しゅきん)を眼に当てて涙ぐんだのはおこなだった。

「お米ちゃんはお父っつぁん思いですね。感心してしまいますよ」

傍で話を聞いていた女中のおふさも貰い泣きして言った。

「お前さん、何か手立てはないのかえ。このままだとお米ちゃんの心配が本当になりそうで怖いよ」

　お文も眉間に皺(しわ)を寄せて口を挟む。お文の言葉で伊三次は、次郎衛のことが頭に浮かんだ。それは手立てと言うほどのものでもなかったが。

「増さんの代わりに不破の若旦那は竈河岸で駄菓子屋をやっている男を小者に取り立てた。元は旗本の倅だ。昔は相当の悪(わる)だったんで親に勘当されて町人になったのよ。若旦那はどういう訳か奴を気に入り、是非にも小者にしたいと不破の旦那に頭を下げた経緯がある。なかなか肝の据(す)わった男だ。竈河岸周辺の縄張も持たされたそうだ。だが、何しろ小者の仕事は初めてのことなんで、増さんに色々と教わっているところだ。多分、正吉の顔も見ているはずだ。そいつが正吉を引き受けてくれるんなら御(おん)の字なんだが、まだ小者を始めたばかりの男に子分を預けるのは、どんなものかとおれは思っている。それに深川の佐賀町から毎度竈河岸に通うのもてェへんなことだしな」

「おっ母さん、竈河岸ってどこにあるの？」

　お米は相変わらず、にこりともせずに訊く。

「さあ、どこだろうねえ」

　おこなは自信のない声で応える。

「浜町堀(はまちょうぼり)の近所だよ。大川から浜町堀に入り、二つ目か、三つ目の橋を脇に折れた所が竈河岸さ」

お文が訳知り顔で言う。

「そいじゃ、舟を使えばいいんだね。うちは顔が利く船宿を知っている。油堀から舟を出して貰って大川を渡り、浜町堀から竈河岸に着けばいいのだろう？」

お米の眼が輝いた。

「しかし、毎日となると船賃の掛かりが相当だぜ」

伊三次は正吉一家の懐具合を心配する。子分の給金など、ないも同然である。めしを喰わせて貰い、時々、小遣いを与えられるのが関の山だ。船賃は片道二十文や三十文は掛かる。往復だと、その倍だ。月に換算すると千二百文から千八百文にもなる。そこまで金を掛けて正吉が次郎衛の子分をする必要があるのだろうかとも思う。だが、お米は膝の上で算盤を弾くような仕種をすると、おっ母さん、お父っつぁんのために月に一分（一両の四分の一）ほど出せるかえ、と訊いた。すばやく計算したらしい。

「ああ、それぐらいなら」

おこなはおずおずと応える。

「なら、決まりだ。『船清』の小母さんと相談して、できるだけ安くして貰っておくれ。毎日のことだと言えば、小母さんも悪い顔はしないだろう」

お米は有無を言わせぬ態度でおこなに言った。船清とは懇意にしている船宿のことだろう。

「お米ちゃん、お前ェ、算盤が達者なのか?」

伊三次は感心した顔で訊く。

「あたいは弁天屋の跡取り娘だからね、今からしっかり商売のことは覚えておきたいんです。まずは銭勘定を頭に叩き込むのが先だと思っています」

「大したもんだ。おこな、お米をよくここまで仕込んだな」

「いいえ、あたしは何もしておりませんよ。親が頼りないと子供はしっかりするものですかね」

「違いねェ」

「そういうことだから、小父さん、駄菓子屋の親分にお父っつぁんのことを頼んで下さい」

と、お米は伊三次にもずばりと言った。伊三次は黙って肯くしかなかった。

お米の目論みが功を奏して、正吉は次郎衛の子分になることがめでたく決まった。正吉は、それまでとうって変わり、張り切って毎日、竈河岸に通う。それを見て、周りの者はほっと安堵の吐息をついたものだ。

当分、深川通いが続く次郎衛にとっても正吉が留守を引き受けてくれるのは助かるはずだ。

次郎衛が深川から戻り、正吉に、もう引けていいぜと言うと、正吉はお米の土産に駄菓子の幾つかを紙袋に入れて代金を払う。金はいいから好きなものを持って行きなと言っても、正吉はそういう時だけ、やけに律儀で、そいつはいけやせん、それはそれ、これはこれですからと言って、決して次郎衛の好意に甘えようとしなかった。存外、真面目な男だと、次郎衛は龍之進に語っていたという。

最初は正吉を警戒していた女房のおのぶも次第に態度を和らげるようになった。正吉の女房が、元はお文の家の女中をしていたと知ってからは、なおさらである。

三

正吉が竈河岸に通うようになって十日ほど経った。その日も次郎衛は正吉がやって来ると、見世を頼むと言い置いて深川に向かった。

懐には帳面と矢立を押し込んでいる。増蔵の言ったことを忘れないように書きつけるためだった。

午前の四つ（十時頃）におのぶが茶を出すと、正吉は嬉しそうに、ありがとうございやす、と礼を言った。土間口前の掃除もまめにこなし、手が空くと、駄菓子を取りやすいように並べ替えたり、不足の菓子をすぐさま補充したりしていた。なまけたり、ずるをすることもない。存外、しっかりしていると思いきや、ものの値段がいつまでも覚えられず、いちいちおのぶに訊くのだけは困りものだった。

まあ、その内に慣れるだろうと次郎衛が言うので、おのぶもなるべく癇を立てないようにしていた。

「正吉さんのおかみさんは、文吉姐さんの所の女中をしていたそうだが、姐さんに会ったことはあるかえ」

うまそうに茶を飲む正吉におのぶは訊いた。

「へい、姐さんは元々、深川にいた人ですから、兄さんと所帯を持つ前から知っておりやす」

「姐さんの旦那は廻りの髪結いをしているから、深川で姐さんと知り合ったのかえ」

「らしいっす」

「姐さんは、もっとお金持ちと一緒になっても不思議はないのに」

「兄さんは男前だから、姐さんも惚れこんだんでしょう。おなごは男前が好きですからね。おかみさんもそうでしょう？」

正吉はにやにや笑いながら言う。

「うちの人は男前かえ」

「男前ですよ。それに太っ腹だ。深川の親分においらの面倒を見てくれねェかと言われると、ふたつ返事で応えてくれやした。おいら、嬉しくって涙がこぼれやした」

正吉はその時のことを思い出したのか眼を赤くした。おのぶは亭主を褒められて悪い気はしなかったが、興味は亭主ではなく、お文にあった。お文に対して色々、思うところが、おのぶにあったからだ。

「文吉姐さんのことをどう思う？」

さり気なく訊くと、正吉は真顔になり、普段は優しいけど、喧嘩となったら、決して謝らねェ人ですよ、おいら、正直、あの人はおっかねェ、と応えた。

「そうだねえ。いざとなったら怖い人だよね」

おのぶは遠くを見るような眼で言った。

日本橋の芸妓屋「前田」から浜町河岸に鞍替えさせられた時のことは今でも忘れられなかった。龍之進から自分を遠ざけるためにお文は前田のお内儀と相談してそういう策を講じたのだ。最初はお文を恨んでいた。匕首でぶすりとお文を刺す夢を何度も見た。実際にそういうことにならなかったのは、次郎衛と出会ったせいだ。荒れていたおのぶを次郎衛は何も言わず包み込んでくれたからだ。

あれは浜町河岸の料理茶屋のお座敷だった。

新参者のおのぶに芸者連中は冷たかった。どうせ、何か不始末をしでかして浜町河岸に流れて来たのだろうと、一様にその眼が言っていた。

たまたま、前田にいた頃の客がお座敷にいて、おのぶは懐かしさのあまり、ずっとその客の傍にいた。夜の五つ（午後八時頃）過ぎに、宴がお開きとなり、おのぶは見世前の通りまで出て、客を見送った。無事に駕籠に乗せ、さて、これから料理茶屋のお内儀に挨拶して帰ろうかと思っていた時、同じ芸妓屋にいる芸者の一人が、人の客を取るんじゃないよ、と文句を言って来た。

おのぶに、そんなつもりはなかった。知り合いのいないおのぶがその客を見て、ほっと安心しただけだった。言い訳しても相手には通じなかった。

おまけに、いただいたお花（祝儀）は本来、自分が受け取るべきものだから、こっちへ寄こせ、と相手は言った。そんなことは承服できなかった。それで摑み合いの喧嘩となってしまったのだ。

仲裁に入ったのが次郎衛だった。次郎衛も、たまたまその料理茶屋で親しい仲間と会食していたのだ。次郎衛はおのぶの手を取り、自分の小部屋に促した。

そこには四つの膳が出されていたが、他の三人の客は帰った後だった。

「まあ、飲め」

次郎衛はおのぶを落ち着かせるために猪口を差し出し、銚子の酒を注いでくれた。おずおずと酌を受け、そっと顔を窺うと、二重瞼のよく光る眼があった。体格がよく、龍之進と遜色のない大男だった。

「本日はおれが武士から町人となる節目の夜なのだ。そういう時にお前と会ったのも何か因縁を感じる」

次郎衛は独り言のように言った。

「お父上から勘当されたということですか」

おのぶはおそるおそる訊いた。

「言い難いことをはっきり言うのう。いや、まさにその通りだ」

次郎衛は苦笑交じりに応えた。前々から父親に勘当を言い渡されてはいたが、先のことを考えると、すぐに家を飛び出す決心がつかず、冷やめし喰いの立場のまま、三十路を迎えてしまったという。つまらない親子喧嘩をきっかけに、ようやく家を出る気になったそうだ。

「あたしは惚れた相手に振られ、日本橋から流れて来た芸者なんですよ。今まで何んにもいいことなんてなかった。酒喰らいのてて親には無心される一方だったし。おまけにこっちへ来てからも芸者連中には邪険にされる。いっそ、憎い相手を殺して、自分も死のうかと、毎日考えているんですよ」

おのぶは蓮っ葉な口調で言った。憎い相手とは本来、龍之進のはずだが、おのぶはなぜかお文にばかり怒りを募らせていた。

「やけになるな。やけになって短慮なことをしても何もならぬ。それにお前の細い腕で人が殺せるのか？　返り討ちに遭うだけだ」

そう言って次郎衛はおのぶの手首を摑み、値踏みするように眼の前に引き上げた。着物の袖がまくれ、おのぶの肘まで露わになった。

そういう仕種をされたことは今までなかった。おのぶの胸がきゅんと疼いた。

「幾つだ？」

手を離すと次郎衛は深々とおのぶの眼を覗き込んだ。吸い込まれそうな眼だった。

「十八です」

「十八で、もはや世の中をはかなんでいるのか。可哀想に」

「同情なんてされたくありませんよ。どうぞ、旦那、あたしのことはうっちゃっといて下さいまし」

おのぶは、きゅっと次郎衛を睨んだ。

「それだけ意地があるのなら大丈夫だ。お前はまだ死なぬ」

「………」

「世話になっている旦那がいるのか？」

次郎衛は、さり気なく続けた。

「そんな気の利いた者はおりませんよ」

「ほう。それでは、切るに切られぬ間夫が後ろについているとか」

「ばかにしないで！」

おのぶは、かっとして袖で次郎衛の頬を打った。次郎衛は一瞬、顔をしかめたが怒りはしなかった。

「なに、ちょいとお前の素性を知りたかっただけだ。許せ」

次郎衛は取り繕うように言った。

「素性を知ってどうしようとおっしゃるんですか」

「ふむ。おれの女房になってくれそうな女かどうか探ったまでのこと」

「ご冗談が過ぎますよ。あたしは今夜初めて旦那に会ったばかりだ。まだお互いに名前も知らない」

「これはご無礼した。おれは薬師寺次郎衛と申す。してお前は？」

「小勘ですよ。『梅木』という芸妓屋の抱え芸者でござんす」

おのぶは権兵衛名（源氏名）で応えた。

「おれが本名を明かしたのに、お前は権兵衛名で応えるのか。おれもまだまだ修業が足りぬな」

次郎衛は自嘲気味に応えた。

「だって、初めてお会いしたお客様に本名を明かす芸者はおりませんよ」

「それもそうだが、ひと目見ただけで、おれが信用できる男かどうか、お前ならわかると思ったんだが」

「無理ですよ。あたしには、それほど人を見る眼はありませんよ。何もこんな不見転芸者にお声を掛けなくても、旦那なら女房になってくれそうな人は他にたくさんいると思いますけど。なぜ、そうお急ぎになるんですか」

「手前ェから不見転芸者と言うこともあるまい。実は、おれはこれから駄菓子屋をやろうと思っている」

　次郎衛は突然、そんなことを言った。

「まあ、駄菓子屋ですか」

駄菓子屋と次郎衛はそぐわなかった。

思いつきで商売を始めるところは、いかにも侍だと思った。だが、次郎衛は機嫌のよい表情で、竈河岸に、すでに見世を借りた、と言った。

「一人でやるつもりでいたが、お前を見た途端、一緒にやりたい気持ちになった」

　次郎衛は笑顔で続ける。

「なぜ？」

　おのぶは訝しい気持ちで訊いた。

「朋輩芸者と摑み合いの喧嘩をしていたじゃねェか。必死の形相でよ。おれが女で芸者をしていたとしたら、きっと同じことをするだろうと、ふと思った」

「旦那が女だったら、あたし？」

「そうだ。お前が男だったらおれだ」

おのぶはつかの間、呆気に取られた顔になったが、その後で噴き出すように笑った。子供っぽいたとえが可笑しくて笑いが止まらなかった。次郎衛はおのぶの笑いを止めるために、腕を伸ばしておのぶを引き寄せ、口を塞いだ。

手足をばたばたさせて抵抗したが、次郎衛の力には敵わなかった。

「あたし、貧乏はまっぴらです」

おのぶは少し落ち着くと、次郎衛にはっきりと言った。すぐ間近に次郎衛の眼があった。

瞳に自分の顔が映っていた。

「おれだっていやだ。そうならねェように稼ぐのさ」

「あたしは当分、芸者稼業は続けるつもりです。旦那のおっしゃることをまともに取って、後でばかを見るのはいやですから」

「お利口さんだな」

次郎衛はそう言うと、さて、引けるか、と腰を上げた。そろそろ、料理茶屋も看板になる時刻だった。階下に向かい、料理茶屋のお内儀に勘定をした時、次郎衛の紙入れの中には、かなりの金が入っていた。それを見て、おのぶは、この人なら頼りにしてもいいかも知れないと、現金にも思った。

そのまま料理茶屋から次郎衛の見世に向かった。仕舞屋(しもたや)ふうの見世は掃除が行き届かず、散らかっていた。翌日から掃除をしなければと、すぐに胸で算段していた。

通りすがりの男に身を任せるのは、どんなものかと一抹の不安はあったが、いいさ、失敗しても、またやり直せばいいと、おのぶは気軽に考えていた。

ひと晩、次郎衛の所に泊まり、翌朝、芸妓屋に戻ると、案の定、お内儀から小言を言われた。しかし、前夜の経緯は聞いていたらしく、お花を寄こせとは、梅ヶ枝(うめがえ)も図々しいことを言う女だ、気にすることはないよ、と嬉しいことを言ってくれた。梅ヶ枝とは喧嘩した芸者の名だった。

「ゆうべは、お前のてて親がやって来て、かなりねばっていたんだよ。お前が帰って来なかったから、むしろ幸いだった。なに、前田の文吉からは、てて親がやって来ても相手にしないよう頼まれていたからさ」

お内儀は真顔になって続けた。

「文吉姐さんがそんなことを……」

「ああ、お前のことを心底心配していた。やけにならないように気を遣ってくれってね」

「そうですか」

「でも、また、てて親がやって来るかも知れないねえ」

「お内儀さん、よそに宿を見つけますので、当分、通いにしてくれませんか。お昼過ぎにはここへ来るようにしますから」

おのぶは思い切って言った。

「宿ってどこに？」

「近所です。でも、お父っつぁんには、くれぐれも内緒にして下さい」

「それはもちろん。そうだねえ、そのほうがいいかも知れない。その内にてて親は諦めるかも知れないし」

お内儀は存外、あっさりと許してくれた。

それからおのぶは大手を振って、次郎衛の見世の掃除をし、食事の用意を調えた。合間に得意の針仕事もして、次郎衛の浴衣や半纏（はんてん）を拵（こしら）えた。

次郎衛は翌年の春の人別（にんべつ）調べ（戸籍調べ）の折におのぶを女房として届けた。

おのぶはようやく女の倖せを手に入れたのだった。

次郎衛と出会えたことを神仏の加護と捉え、これからは互いにまっとうな暮らしを続けて行こうと決心してもいた。ただ、次郎衛が旗本の息子であることには、僅（わず）かな心配がつきまとっていた。ある日突然、次郎衛がお家に連れ戻されるのではないかという思いが拭（ぬぐ）い切れなかった。それならそれでいいとは、もはや思えない。三年も一緒に暮らした男だ。次郎衛がいなくなった自分は、おのぶには想像もできなかった。

四

二月の晦日(みそか)近くになり、いつものように次郎衛が深川に出かけた後、正吉がおかみさん、お客様ですよ、と声を掛けた。その夜、お座敷のあるおのぶは、正吉に食べさせる中食のかけうどんと、晩めしのお菜(さい)の下拵(したごしら)えをしていたところだった。

前垂れで手の水気を拭(ふ)きながら見世に出て行くと、羽織袴姿の武家らしい男が立っていた。年は五十の半ばぐらいだろうか。男の後ろに中間(ちゅうげん)らしい若者が控えていた。

「ここは次郎衛の住まいで間違いないか」

柔和な笑みを湛(たた)えた男は確かめるように訊く。

「さようでございます。どちら様でございますか」

そう訊くと、わしは次郎衛の叔父だと応えた。どきりと、おのぶの心(しん)ノ臓(ぞう)が音を立てた。

何用あって次郎衛の叔父が訪れたのだろうか。まさか次郎衛を連れ戻しに来たのではないだろうか。気になっていたことがおのぶの頭の中を駆け巡った。

「うちの人は、あいにく留守にしております」

おずおずと応えると、男は残念そうにため息をついた。

「仕入れか何かで出かけたのか」

男は見世の品物に眼を向けて訊く。

「いえ、うちの人は十手を預かることになりましたので、色々と深川の親分から教えを受けに通っているんですよ」

「次郎衛が岡っ引きになるのか。これはこれは」

男は心底驚いた顔で眼を丸くした。

「戻りは何刻になるかの」

「そうですね。夕方までには」

「さようか。本日は、ちと間が悪かったと見える。出直すか？」

男は中間を振り返って言う。それがよろしゅうございます、と中間は表情のない顔で応えた。

「差し支えなければ、どのようなご用件か、お訊ねしてよろしいでしょうか」

おのぶは遠慮がちに訊いた。

「差し支えとな？　差し支えは大いにある。お家の一大事なのだ。次郎衛が戻ったら、そのように伝えろ。あいつなら察しがつくはずだ」

「うちの人を連れ戻すおつもりですか」

おのぶは男を睨んだ。

「ほう、気の強そうなおなごだの。だが、ここでお前に仔細を打ち明けるつもりはない。それは次郎衛と会ってからのことだ」

「うちの人は何があってもお家には戻りませんよ。お家がそれほど大事なら、どうしてもっと前に、うちの人のことを親身に考えて下さらなかったんですか」

「事情は心得ているようだな」

男は低い声で言う。

「当たり前です。あたしは女房ですから」

「そうか。いい女房がいて次郎衛は倖せだ。まあ、とり敢えず、出直すことに致す。邪魔したな」

男はそう言って、去って行った。

緊張が解けると、おのぶは前垂れで顔を覆い、わっと泣いた。

「おかみさん、泣かねェで下さい。おいら、どうしていいかわからなくなる」

正吉が困った声で慰めた。

「だってさあ、さんざん邪険にしておいて、どうにもならなくなってから、うちの人を連れ戻すなんて、間尺に合わない話じゃないか」

「まだそうと決まった訳じゃありやせんよ。お武家ってのは、もったいつけるところがありやすから、花見にでも一緒に行こうと誘いに来たのかも知れやせんよ」

「ばか。呑気なことをお言いでないよ」

おのぶは癇を立てた。

「人をばかばか言うのは手前ェのばかを知らぬばか」

正吉は、ひとつ覚えのような諺を呟いた。

おのぶは情けない顔で、正吉さんの言う通りだね、ばかなんて言って堪忍しておくれよ、と言った。

「なに、おいら、気にしませんから」

正吉はにッと笑うと、駄菓子の整理を始めた。

「おいちゃん、おくれ」

ぽつり、ぽつりと子供が訪れる。おのぶは台所に向かい、料理の続きを始めた。

「おかみさん、みかん飴は一文でいいんですよね」

正吉が声を張り上げて訊く。

「飴は皆、ひとつ一文だ。いい加減、覚えておくれでないか」

荒い口調でおのぶは応える。見世に来た子供がその拍子にけらけらと笑った。

時々顔を出す近所の蕎麦屋の息子だ。年は六歳ぐらいだが、分別臭い顔をして一丁前の口を利く。

「おいちゃん、ここは一文見世と言うじゃねェか。菓子はたいてい、一文よ。高けェのは風車や独楽で四文よ」

子供のほうがよく覚えている。

「みかん飴は三つでいいのか？　さらし飴はどうでェ」

「さらし飴は柚子の味がするから、おいらは好かねェ」

「おいらも同じだな。柚子は嫌ェだ」

正吉と子供のやり取りは、普段なら微笑ましい気持ちになるのに、その時のおのぶは、心ここにあらずという態だった。

おのぶがお座敷から戻ると、次郎衛が箱膳を出して遅い晩めしを食べていた。

「おや、まだ食べてなかったのかえ」

「ああ。深川で喧嘩沙汰があって、仲裁を手伝っている内、存外、刻を喰っちまった。暮六つ（午後六時頃）過ぎに戻ると、やけに見世が混んでいたのよ。何んでも近くの剣術の道場で紅白試合があったそうで、勝ち組の子供達がご褒美に親から駄賃を貰い、ここに駆けつけて来たのよ。正吉を帰してからも、なかなか客は切れなかった。見世を閉め、後片づけをして、ようやく晩めしにありついたという訳だ。明日は少し仕入れしなけりゃならねェな」

次郎衛は口をもぐもぐさせながら言う。

「正吉さんから聞いたかえ」

おのぶは次郎衛の前に座り、次郎衛の表情を窺いながら訊く。

「何を」

「お前さんが出かけている間に叔父さんという人が訪ねて来たんだよ」

「客が来ていたとは聞いたが、誰かわからなかった。そうか、叔父上がいらっしゃっていたのか」

次郎衛は納得したように肯いた。

「用件を訊ねても応えなかったよ。だが、お家の一大事だそうだ」

おのぶがそう言うと、次郎衛はめしに汁を掛けて、そそくさと啜り込んだ。

「お家の一大事と言えば、お前さんなら察しがつくはずだと言っていたよ」

おのぶは急須を引き寄せ、火鉢の上の鉄瓶から湯を注ぎながら続ける。その間、次郎衛は黙ったままだった。志野焼の夫婦茶碗は梅木のお内儀から所帯を持つ時に贈られたものである。おのぶは大層気に入っているが、その時は、二つ並んだ茶碗が妙に白々しいものにも感じられた。おのぶの不安がそう見せていたのだろう。

「今さら何んだと言うんだ」

次郎衛は怒気を孕んだ声を洩らした。

「あたしもそう思った。それほどお家が大事なら、どうしてお前さんのことを親身に考えてくれなかったのかと言ってやった」

「叔父上は他に何かおっしゃっていたか」

「今日は間が悪かったから、また出直すと言っていたよ」

「そうか……」

「お前さん、お家に戻るのかえ」

おのぶは切羽詰まった表情で訊く。

「先に着替えをしな。いい着物が汚れちまうぜ」

次郎衛は、おのぶの問い掛けには応えず、はぐらかすように言った。

「よう、あたしは訊いているんだよ。お家に戻るのか、戻らないのか」

「わからねェ」

「わからねェって、そんな言い方があるものか。あたしはどうなるのさ。三年も一緒にいたあたしは」

「おのぶとはいつまでも一緒だ」

次郎衛はそう言ったが、おのぶの視線を避けていた。

「いい加減なことをお言いでないよ。お家に戻るつもりなら、芸者のあたしは邪魔者だ。別れるしかないよ」

「おのぶ、落ち着け」

次郎衛はおのぶの手を取ろうとしたが、おのぶは邪険に振り払った。それからしばらく、二人の間に居心地の悪い沈黙が続いた。

「何んで今なんだろうな。勘当されて町人になったが、おれァ、その内に家から迎えが来るかも知れねェと、心のどこかで思っていた気がする。三年も過ぎて、もはやそのようなことはあり得ないと、ようやく思いを断ち切ることができたから、十手を預かる気にもなった。父上や兄上とも、これできっぱり縁が切れたと、むしろ清々しい気持ちでもいたのだ」

やがて次郎衛は口を開いた。

「跡継ぎがいなけりゃ、お家は潰れちまうのだろう？」

「恐らくは父上か兄上に不測の事態が起きたのだろう。あの叔父上だけは昔からおれのことを心配してくれていた。叔父上は薬師寺家のためにひと肌脱ぐつもりでもおるのだろう。しかし、叔父上の言葉じゃねェが、いかにも間が悪い」

「どうするのさ」

「さあ、どうしたらいいものか。とり敢えず、明日、叔父上の家に行って話を聞いて来るつもりだ」

そう言って、次郎衛はすまなそうな顔でおのぶを見た。その表情を見て、この人は自分に同情していると思った。同情はいらない。

おのぶがほしいのは、家に戻るつもりはないから安心しな、という言葉だけなのに。

「お帰りよ、お家に」

おのぶは醒(さ)めた眼で言った。

「えっ？」

「所詮、お武家のすることには敵わないよ」

おのぶはそう言うと、奥の間に入り、帯揚げを外し、帯を解き、腰紐を引き抜いた。手を動かしながら、おのぶの眼から、はらはらと涙がこぼれた。次郎衛は考え込んでいる様子で、茶の間からはもの音ひとつしない。代わりに外から按摩(あんま)の笛がもの悲しく響いた。

やり切れぬ夜だった。

五

翌朝、次郎衛は正吉がやって来ると、風呂敷を携(たずさ)えて出かけた。叔父の家に寄った帰りに仕入れをするつもりだという。

見世前の掃除をしていた正吉は、おかみさん、雲行きが怪しくなって来ましたぜ、と言った。

台所の煙抜きの窓から外を見ると、朝方は晴れていたのに、俄(にわか)に暗くなって来た。

「困ったねえ。うちの人は傘を持って行かなかったんだよ」

「雨に降られりゃ、品物も濡れちまう」

次郎衛から仕入れして来ると聞いていたので正吉も心配顔だ。

「正吉さんだって、帰りは困るよね。泊まってもいいが、娘さんが寂しがるだろうし」

「さいです。いつも船着場で待っているんですよ。なに、土産の菓子がお目当てなんですがね」

話をしている内に雷が鳴り、たちまち激しい雨になった。正吉は慌てて外に出していた床几(しょうぎ)を引っ込め、油障子を閉めた。

正吉は中食と厠(かわや)に行く時以外、中には入って来ない。結構、おのぶに気を遣っているのだ。見世と内所(ないしょ)（経営者の居室）の間には上がり框(がまち)があって、客がいない時、正吉はそこへ腰を下ろしている。

「娘さんはお米ちゃんという名前だったね。しっかり者だと聞いているよ」

おのぶは朝めしの後片づけを済ませると、茶を淹(い)れた。正吉は上がり框に座って腰の莨(たばこ)入れを取り上げ、一服つけた。

「誰に似たんだか、娘はしっかり者ですよ。最初に嬶(かか)アよりもおいらのことをちゃんと呼んだんですぜ」

「へえ。可愛がっていたんだねえ」

おのぶは湯呑を差し出しながら言う。ぺこりと頭を下げ、正吉は無邪気な笑みを洩らした。

「おしめが外れると、おいらが家にいる時は、しっこもうんこもおいらに世話してくれって聞かねェんですよ」

「珍しいね。普通は母親に頼るものなのに」

「この間まで湯屋にも一緒に行っておりやしたが、今年になると、もう子供じゃないから男湯には入(へ)ェらねェって生意気を言い出しましてね」

「そういう年頃なんだよ」

「さいですかねえ。ちょいと寂しい心地がしやすよ」

「おかみさんとは所帯を持つまでつき合いが長かったんだってねえ」

おのぶは次郎衛から聞いた話をした。

正吉は苦笑して鼻を鳴らした。

「お袋と親父が反対したもんで、一緒になるまで時間が掛かったんですよ。でも、おいらもうちの奴も、それならそれでいいやって、めしを喰いに行ったり、八幡様の祭りになると一緒に見物したり、たまに曖昧宿(あいまいやど)にしけ込んだりしておりやした」

「あらあら」
　臆面もなく言った正吉におのぶも苦笑する。
「不思議に餓鬼ができなかったんですが、十年前に、うっかりうちの奴が孕みやして
ね」
「うっかり？」
「へい。うっかり……いや、ちゃっかり。ちょいと違うような気もするな。とにかく、
うちの奴の腹はでかくなる一方だった。うちの奴は女中奉公していたんですが、孕んだ
ことがばれると首になっちまったんです。深川の親分にどこかヤサ（家）を探さなきゃ
ならねェと言ったんでさァ。すると親分はヤサを探すよりおいらの親に相談するのが先
だと言いやして、一緒について来てくれたんですよ」
「いい親分だ」
「おいらもそう思いやす。お袋と親父は渋い面をしておりやしたが、餓鬼に罪はねェと、
渋々許してくれたんですよ。お米が生まれた途端、二人は掌を返したようにお米に夢中
になってしまいやした」
「孫は可愛いのだねえ」
「だからおかみさんも早く餓鬼を拵えることですよ」
「そう都合よく行かないよ。三年も一緒にいて、さっぱりその兆しがないのだもの。あ

たしは石女なのかも知れない」

「んなことありやせん。おかみさんは滅法界、色っぽいから、その内にできますって」

「うっかり？」

「いや、そのう……」

「ちゃっかり？」

「からかわねェで下さい」

正吉は少しむっとした顔で煙管の雁首を灰落としに打ちつけた。

夕方になっても次郎衛は戻って来なかった。

正吉はいつものように娘の土産を懐に入れると帰って行った。見世前の堀には迎えの舟が来ている。船頭は蓑と笠の恰好だった。

叩きつけるように雨が降る。その日、お座敷がないのは幸いだったが、次郎衛のことが案じられた。叔父との話が長引いてるのだろうか。雨で足止めを喰っているだけだと思いたかったが、どうしてもそれはできなかった。

その夜、次郎衛はとうとう戻って来なかった。いや、次の日も、そのまた次の日も。

これはいよいよ、いよいよだと思った。

おのぶは半病人のような顔で次郎衛を待ち続けていた。そんな折、龍之進が義弟の小平太とともに見世を訪れた。

龍之進の顔を見た途端、おのぶは涙を堪えることができなかった。

「どうした。何があった」

龍之進は心配そうに訊いた。

「うちの人が、うちの人が……」

そう言ったきり、言葉が続かなかった。龍之進は優しくおのぶの背中を撫でた。

「次郎衛がどうした」

「叔父さんの家に行ったきり、戻って来ないんですよ。きっとお家に連れ戻されたんだ」

おのぶはつっかえながら、ようやく喋った。

「次郎衛は勘当されて町人となったのだ。そのようなことはないと思うが」

「てて親や身体の弱い兄さんに何かあったとしたら、薬師寺のお家はうちの人を連れ戻すはずですよ」

「それらしいことがあるのか」

「叔父さんはお家の一大事だと言っておりました」

おのぶがそう言うと、龍之進はつかの間、黙ったが、すぐに言葉を続けた。

「奴の家に行ってみるか。屋敷の者が事情を明かさなくても、近所の辻番が何か知っているやも知れぬ。小勘、あまり思い詰めるな。幽霊みてェな面をしているぜ」

「こんな時にひどいことをおっしゃる。若旦那は冷たい人だ」

「そう言うな。まずは行って来る」

龍之進はすぐに見世から出て行った。

「おかみさん、品物がいよいよ底を突きそうですぜ」

正吉が心配そうに言った。

「正吉さんは仕入れができるかえ」

「本所の問屋には一度行ったことがありやす」

「じゃあさあ、よいこやの者だと言って、品物を分けて貰っておくれよ。うちの人がいないから支払いは後ですると言えば、承知してくれるだろう」

「へい。若旦那の後を追いまさァ」

正吉は慌てて出て行った。

静かになった見世で、もしもこのまま次郎衛が戻らなかったとしたら、どうしたらいいのだろうと、おのぶは考えた。芸者を辞め、一人で見世を続けるか、はたまた見世を畳んで芸者稼業に徹するか。そのどちらも心許ない気がした。家に亭主がいるということが、どれほど心強かったかと、改めて思う。意地を張ったところで、女のすることは高が知れている。世間だって独り者の女を下に見る。

そう思うと、俄にお文のことが思い出された。子持ちの年増芸者と罵られても、お文は涼しい顔でお座敷をつとめていた。

家計の不足を補うためでもあろうが、お座敷のない時は、一家の女房であり、二人の子供の母親だ。お文はそれをまっとうな女の生き方だと思っているのだろう。しっかりした土台の上に立っているから迷うこともないのだ。

姐さん、今なら姐さんの話が素直に聞けるような気がする。姐さん、今のあたしを助けて。しっかりしろと叱って。

おのぶは遠くにいるお文に向かって心の中で叫んでいた。

空がまた濡れて来た。目の前の堀は水嵩が増し、今にも通りに溢れそうだった。いっそ、死のうか。あらぬ考えも頭をもたげる。死ねば、何も彼も楽になれるような気がした。後のことなんてどうでもいい。

気がつけば、おのぶは流しに砥石を出して、出刃包丁を研いでいた。刃先が銀色に光るまで、おのぶは研ぎ続けた。雷鳴が轟き、雨脚はさらに強くなっていた。

六

しかし、次郎衛はそれからも戻って来ず、徒に日が過ぎて行くばかりだった。龍之進も本所の薬師寺家に様子を見に行ったはずなのに、さっぱり事情はこうだったと知らせに来ない。おのぶは、正吉に、しばらく見世を休んでおくれと言った。次郎衛が戻って来ない内は正吉を見世に留め置くのも無駄なことに思えたからだ。正吉が仕入れをしてくれたので、当分、滞りなく見世は続けられる。子供の相手をしている時だけ、おのぶは余計な考えをせずにいられたが、一人になれば、今日死のうか、明日死のうかと、頭はいっぱいだった。芸妓屋の梅木のお内儀にも、しばらくお座敷を休ませてくれと伝えていた。

しかし、大きな宴会の予定が入り、芸者の人数が足りないと梅木の若い衆が呼びに来た時は、どうしても断ることができなかった。

正吉もいないので、昼で見世を閉め、湯屋に行ってから梅木に向かった。

おのぶの顔を見て、梅木のお内儀はひどく驚いていた。

「あんた、いったいどうしたのさ。真っ青な顔をしているよ。悪い病にでも罹ったのかえ」

「いえ、うちの人が帰って来ないので、心配なだけです」

無理に笑顔を拵えたが、唇の端が引きつった。何日も笑っていなかったせいだ。

「ともかく、お座敷に出ている間は愛想よくしておくれ」

気がはやっていたお内儀は、おのぶの事情を深く聞かず、仕度を急かすばかりだった。

おのぶも昨日今日芸者になった女ではない。

内心の思いを微塵も客に感じさせることなくお座敷をつとめるつもりだった。場所は江戸橋近くの料理茶屋で、何んでも魚河岸の旦那衆が一堂に集まるという。悪い天気が続き、魚の水揚げも少なくなっているので、水天宮に大漁祈願した後で、派手に宴会を開いて不景気を吹き飛ばそうということらしかった。

梅木の芸者衆は列をなして浜町河岸から江戸橋へ向かった。

歩く道々、雨で堀の石垣が崩れている所が幾つもあった。その日は雨こそ降らなかったが、堀の水は茶色に濁ったままだった。

よその芸妓屋の芸者にも声が掛かったようで、内所に入り切れない芸者衆は階段の下や廊下で出番を待つ者が多かった。

おのぶはその中にお文の姿を見た。お文は前田の抱え芸者と一緒にやって来たようだ。留袖の着物に緞子(どんす)の帯を締め、相変わらず貫禄を感じさせる。お文は若い芸者衆と何やらひそひそと話をしていたが、その内におのぶの視線に気づいたのか、ふと、こちらを向いた。そして、ふわりと笑顔を見せた。そしらぬ顔をされるだろうと思っていただけに、その笑顔は意外に思えた。

お文は、おのぶの傍にやって来ると、元気にしていたかえ、と気軽な言葉を掛けた。

「お蔭様で」

おのぶは、おずおずと応える。

「所帯を持ったそうじゃないか。不破の若旦那から聞いたよ」

「ええ、何んとか」

「何んとかって話があるかえ。お前のことは気になっていたんだが、さぞ、わっちを恨んでいるかと思や、会いに行くのも気が進まなくてね、堪忍しておくれな」

「そんな、姐さん。梅木のお内儀さんにはよくしていただいております。皆、姐さんのお蔭ですよ」

そういう言葉が素直に出た。

「お父っつぁんは亡くなったそうだね」

「ええ……」

「死んだ者を悪く言いたくないが、これでお前の気懸りもなくなったことだろう。ご亭主のためにも、しっかりお稼ぎよ」

「はい」

「そいじゃ……」

踵を返し掛けたお文に、姐さん、とおのぶは切羽詰まった声を上げた。

「何んだえ」

「うちの人が帰って来ないんです。お家に連れ戻されたかも知れません。あたし、どうしたらいいかわかりません」

　そう言った途端、噴き出すように涙がこぼれた。お文は一瞬、とまどった表情になったが、懐から手巾を出し、おのぶの涙を拭ってくれた。

「気をしっかりお持ち。こんな可愛い女房を置き去りにする亭主がいるものか」

「でも……」

「信じるんだよ」

　お文は、きっぱりと言った。おのぶは唇を震わせていたが、こくりと肯いた。

　そうだ、信じるしかない。次郎衛は、自分を置き去りにする男ではない。おのぶは、ようやく身体に力が入ったような気がした。

　お文に出会ったお蔭で、その夜のおのぶは張り切ってお座敷をつとめ、過分な祝儀も手にした。帰りは行きと比べて、ずい分、気持ちが軽くなっていた。梅木の芸者衆の冗談にも声を上げて笑うことができた。

　梅木のお内儀に挨拶して、おのぶは家に戻った。勝手口から中に入ると灯りがついていた。最初は行灯(あんどん)をつけたまま出かけたものかとも思った。だが、そうではなかった。次郎衛が茶の間でしんみり酒を飲んでいたのだ。

「おや、自分の家は忘れていなかったようだね」

　嬉しさで胸がいっぱいになったが、おのぶは皮肉な口調で言った。

「すまねェ、何日も見世を空けてよう」

「少しは気にしてくれてたのかえ」

「当たり前だ。だが、知らせをやろうにも、皆、手が塞がっていて、どうしてもそれはできなかったのよ」

「いったい、どうしたって言うのさ」

おのぶは次郎衛の前に横座りした恰好で訊いた。

「父上が亡くなった」

思わぬことにおのぶは言葉に窮した。

すると、次郎衛の叔父がお家の一大事だと言ったことが俄に腑に落ちた。叔父は無理やり次郎衛を実家に連れて行ったらしい。

「病に倒れて危篤状態が続いていた。おれが実家に行った夜に眠るように亡くなった。何んとか死に目には逢えた」

次郎衛の叔父は薬師寺家の跡継ぎのことをすぐさま考えなければならなかった。次郎衛の兄は、務めができる男ではなかった。次郎衛の母親は叔父にすべてを任せると言ったそうだ。そこで、次郎衛が家に戻って家督を継ぐか、叔父の次男坊が薬師寺家の養子となるか、どちらかの選択を迫られた。叔父はもちろん、次郎衛に家を継いではしいと思っていた。それが自然な流れであると。しかし、意識のある内、父親の耳許で叔父が跡目は誰が継げばよいのかと訊ねると、父親は大吾に、と応えるばかりだった。

　大吾は次郎衛の兄の名である。

「大吾は無理だ。次郎衛にするぞ」

　叔父がそう続けると、父親は何も応えない。それでは、わしの倅を養子にするしかないぞと言えば、仕方がないと応えたそうだ。

「おれのことを父上はとうに忘れていたようだ。もはや考えるまでもなかった。おれは叔父上に家督を継ぐつもりはないから、従弟を養子にしてくれと頼んだ。しかし、弔いにおれがいないのは世間体が悪いゆえ、最後の親孝行と思って、ここにいてくれと叔父上はおっしゃった。承知するしかなかった」

　次郎衛は吐息交じりに言う。

「さぞ、辛かっただろうね」

「ああ、辛かった。おまけにあの雨だ。誰も彼も、ぐっしょり濡れて、ひどい弔いだった。あれほど父上に疎まれていたはずなのに、やっぱり死んだとなれば泣けたな」

「無理もありませんよ」

　おのぶは次郎衛の気持ちを心底慮る。

「激しい雨に濡れながら菩提寺に向かう時、ふと『平家物語』の一節が頭に浮かんだ」

　そう言われても、おのぶにはピンと来ない。

今まで読本とは無縁で過ごしていたからだ。

「どういうこと？」

「源氏に敗れた平氏が落ち延びる時、激しい雨に襲われたそうだ。それを平家物語には車軸の雨と書かれている」

「車軸の雨……」

「車軸のように太く激しい雨ということになる」

「ああ、なるほど」

「雨に打たれながら、源氏に敗れた悔しさで涙もこぼれる。仕舞いには雨なんだか、涙なんだか、訳がわからなくなって歩き続けたんだろうな」

「お前さんは平氏で、お父上は源氏かえ？」

そう言うと、次郎衛は呆気に取られたような顔になった。それから顎を上げて笑った。

「おのぶの言う通りだ。おれは源氏に敗けた平氏だ。何を言われても、あい、その通りと従うしかねェのよ。そう考えると気が楽になるわ」

「本当に戻らなくていいのかえ。あたしのことはいいんだよ」

「無理をするな。無理をすれば身体を壊す」

「無理なんてしていないよ」

「そうか？　流しのぴかぴかに研いだ出刃はどういう意味よ」

痛いところを突かれて、おのぶの胸はどきと音を立てた。

「あれは、退屈凌ぎだよ」

「退屈凌ぎに出刃を研ぐとは、お前ェも変わった女だ。もしも自害なんてされたら、おれは、この先、どうしていいかわからねェ。お前ェが無事でよかった」

「本当にそう思っているんですか」

ああ、と肯いた次郎衛に、おのぶはぶつかるように抱きついた。次郎衛はおのぶの勢いに少しよろけた。だが、力強い腕でおのぶをしっかり抱き寄せ、首筋に唇を這わせる。おのぶは、うっとりと眼を閉じた。

車軸の雨はおのぶの悩みをきれいさっぱり流してくれたのだろうか。

「明日は鳶職の頭の所に行って、堀の修理を頼まなきゃならねェな」

次郎衛は早くも岡っ引きの顔に戻り、縄張内のことをあれこれと考えている。

(信じるんだよ)

お文の言葉が思い出された。あい、姐さん、あたしはうちの人を信じて待っておりましたよ、褒めておくんなさいな。おのぶはお文にそう言いたかった。

暇乞い

一

下谷・新寺町にある蝦夷松前藩の上屋敷は久しぶりに賑わっていた。このほど国許の松前にいた藩主の松前道昌が参勤交代のために江戸へ出府したからだ。大名は武家諸法度により、一年在国、一年在府が義務づけられている。しかし、松前藩はわが国の最北に位置するため、幕府から格別の温情を賜り、三年に一度、出府すればよいことになっていた。

今年はその出府の年に当たった。雪解けを待って藩の御手船で松前から津軽の三厩まで渡り、そこから野辺地を経て奥州街道を進んで来たのである。

江戸までは二十六日の行程で、片道、およそ二千両の出費を余儀なくされる。この出費に耐え兼ね、当初は百七十人だった伴の家臣や中間を八十人ほどに減らしてはいるが、それでも参勤交代の掛かりは他藩よりはるかに多く、三年に一度の出府でも家老達は掛かりの捻出に頭を抱えていた。

松前は米の穫れない土地なので、藩は蝦夷地の海や山を家臣達に与え、そこから収穫したものを禄としていた。松前城下には近江商人の出店（支店）が軒を連ねている。近江商人は家臣達の収穫物を金に換える仲介役である。干鮭、干鱒、干鱈、身欠き鰊、煎海鼠、鮑、昆布、わかめ、ふのりなどの他、鹿皮、熊の皮、熊の胆なども取り引きされている。

それらは北前船で大坂や京に送られ、そこそこの利を得ていた。とはいえ、この度の参勤交代は近江商人の組合に御用金を課して、ようやく実行できたというありさまだった。

そういう藩の事情は別にして、下谷・新寺町の上屋敷では久々に殿のご尊顔を拝することができると、家臣の誰もが喜び、連日、歓迎の宴が催されていた。道昌は旅の疲れも見せず、上機嫌で宴を楽しんでいた。

道昌は上屋敷でしばらく休んだ後、登城して将軍徳川家斉に拝謁し、蝦夷地の名産を差し出し、出府の挨拶をする予定になっている。その後は前年に亡くなった嫡子松前良昌の一周忌の法要が控えていた。

本所・緑町の下屋敷には三省院鶴子の息子である蠣崎昌年が挨拶に訪れ、そのまま下屋敷に留まっていた。昌年は鶴子と八代藩主松前資昌との間に五男として生まれたが、代々、家老職を継ぐ蠣崎家の養子となっていた。この度、昌年も道昌の件で江戸にやって来たのである。しかし、数年前に労咳を患い、本復したとはいえ、二十六日もの長旅は相当に身体にこたえ、江戸に着くと体調を崩していた。

道昌はそんな昌年を案じ、しばらく下屋敷で静養せよと、温かい言葉を掛けてくれたのである。

道昌と昌年は異母兄弟であるが、兄弟仲はよかった。道昌は資昌と、すでに亡くなっている正室との間に生まれた。昌年は松前藩の家老を務めている。実の弟が家老を継いでいるのは、道昌にすれば心強いことでもあるはずだ。

鶴子は久しぶりに息子と同じ屋根の下で過ごせるのが嬉しく、あれこれ世話を焼いて昌年にうるさがられていた。先代藩主の側室で下屋敷の長である鶴子も息子の前では一人の母親だった。

そういう一面を発見して、鶴子に仕える茜は微笑ましい気持ちでもいた。

昌年は起床すると、鶴子と一緒に仏壇を拝み、その後も鶴子と朝食を共にする。それから中食までのひととき、縁側のある部屋で写生をする。昌年は絵の趣味があった。いや、昌年の絵は趣味の域を超えていた。特に蝦夷（アイヌ民族）を描いた「蝦夷之図」は江戸でも評判になり、京の天皇の上覧を得たという。

そんな昌年に茜が興味を覚えたのは、やはり幼なじみの伊与太のことがあったからだ。

伊与太も絵師の修業中だった。

茜は昌年が絵を描く傍に、そっと控え、時々、水菓子を勧めたり、茶を淹れ換えたりしていた。それは昌年から言いつけられていたことでもあった。

昌年の年は三十近くだろうか。細面は鶴子とよく似ている。身体は病を抱えて来たせいか痩せて小柄だった。

四月になった江戸は陽射しも暖かく、その日もよい天気だった。時々、雀の鳴き声が聞こえていた。

「ここは存外、静かであるな」

昌年は絵筆を動かしながら独り言のように呟いた。

「さようでございまする。ご隠居様もこのお屋敷をお気に召しておられます」

茜は低い声で応えた。昌年に言葉を掛けられ、僅かに緊張してもいた。ご隠居様とは鶴子を指している。

「一昨年、わしの叔父がここを訪れたと思うが、覚えておるか」

「ご執政（首席家老）の村上監物様でございますね」

「うむ。叔父は下屋敷に勇ましき女中がおるとおっしゃっていたが、そちのことか？」

そこで昌年はこちらを向き、茜の顔をつかの間、見つめた。少年のように澄んだ眼だった。

「畏れ入りまする」

茜は赤面する思いで頭を下げた。

「そちを良昌殿の側室とするために、やかましき連中があれこれ策を弄したようだ。さぞ、辛かったことだろう。堪忍袋の緒が切れて、そちは敵の間者に制裁を加えたそうだな」

「もはや済んだことでございます。それ以上は平にご容赦のほどを」

「ああ、悪かったな。したが良昌殿は可哀想なお方よ。わしも傍にいてお慰めしたい気持ちは山々だったが、何しろ、己の身体も思うようにならず、どうすることもできなかった。まさかわしより先に身まかるとは思いも寄らなかった」

昌年の言葉にため息が交じった。良昌殿という言い方は藩主の嫡子に対して礼を欠いているように思えたが、昌年にとって良昌は甥に当たる。叔父としての情が、そう呼ばせているのだと茜は納得している。

「若様は誰を恨むこともなく、そっとあの世へ旅立たれたのでございます。あのお優しいお人柄を思い出すと今でも目頭が熱くなりまする」

「病を得ると人は謙虚な気持ちになるものだ。そちは見たところ丈夫そうであるから、その気持ちは理解できないだろうが」

「ご家老様もお国許で病に臥していらしたとお聞き致しました。若様のお気持ちをお察してできるのも、そのせいでございますか」

「ふむ。わしは殿にたってと頼まれ、蝦夷の絵を描いた。それが思わぬほど評判となり、京の天皇の上覧を得るまでとなった。わしはそれを得意に思うつもりはなかったのだが、少しは、そういう気持ちもあったと、後で気づいた。病に倒れると、あれほど波音殿、波音殿と持ち上げていた連中は潮が引くように去って行った。わしはひどく寂しい思いを味わった。しかし、わしはその時悟った。賞賛はいっときのものに過ぎん。それに浮かれていては己を見失うとな」

一介の女中に胸の内を明かす昌年に茜は少し驚いていたが、昌年の言葉は素直に伝わっていた。

波音は昌年の雅号だった。

「おっしゃる通りでございます。人の心はうつろい易いものでございますゆえ。しかし、若様は生まれながらに謙虚なお方でございました。今さら詮のないことを申し上げますが、せめて、いっときでも人々の賞賛を浴びることがあれば、それを励みに、もう少し息災でいられたものをと、悔やまれてなりませぬ。若様には、実の姉のように慕っていただきましたが、わたくしは若様のために何も、何ひとつ、お力になれませんでした」

「良昌殿はそちを姉のように慕っていたのか。それが側室になる話にまで進むとは、いささか呆れる」

昌年は真相を知って驚いた表情になった。

「わたくしが不祥事を起こして上屋敷から下屋敷に移されますと、若様は、やはりお寂しい思いをなさっていたのだと思いまする。お亡くなりになる少し前にお見舞いに上がりますと、今生の頼みを聞いてほしいとおっしゃいました。恐らくは、若様の眼の届く所にわたくしを置きたかったのでございましょう」

茜は敢えて側室という言葉を避けて言った。

「して、そちは何と応えたのだ」

「即答は控えました。お身体が丈夫になり、上様に次期藩主としてお認めいただいてから、改めて若様のお頼みをお聞きしたいと申し上げました」

「まことに利口なやり方であったな」

そうは言ったが昌年は少し不満そうだった。

うそでも承知すると茜に応えてほしかったのだろう。それに気づくと、茜はつッと膝を進め、若様は、ご自分には真実を告げよと、前々からおっしゃっておりましたので、と早口に続けた。

「真実とな？」

「さようでございまする。たとい若様に不利な情況が起きたとしても、ご自分には真実を明かせと約束させせられました」

「何と健気なお方であることよ。そちの話を聞いて、なおさら良昌殿が不憫に思える」

昌年は、そこで、ぐすっと水洟を啜った。

画帖には庭の樹木が描かれていたが、木漏れ陽が地面に落ちている様が美しかった。

「ご家老様は幼い頃から絵がお好きだったのでございますか」

茜は話題を変えるように訊いた。

「まあ、好きだったのだろうな。自分ではあまり気づいていなかったが。あれはわしが幾つだったのだろうか。八つか九つの頃かのう。国許の馬場で、殿が乗馬の稽古をなさっていた。殿のお姿が勇ましく、わしは思わず懐紙に指で殴り描きしたのだ。家臣の一人がそれを見て、殿に申し上げた。昌年様には絵の才があるとな。殿はそれからわしを江戸に出し、絵の修業をさせて下さったのだ。殿の後押しがなければ、わしは今でも絵を続けていたかどうかわからぬ」

「殿はご家老様の兄上様でもありますので、弟を思うお気持ちはよくわかりまする。でも、絵は才がなくては続かないと思いますので、あとはご家老様の努力の賜物でございましょう」

「わかったようなことを言う。そちの周りに絵を描く者でもおるのか？」

「幼なじみが歌川派の絵の修業をしておりまする」

「歌川派……浮世絵だな」

「絵のことは詳しく存じ上げませぬ」

「読本や黄表紙の挿絵をしたり、美人画や役者絵などを絵草紙屋で売ったりするもので、わしの絵とは趣が違う」

「浮世絵の絵師は駄目なのでしょうか」

「駄目とは言うておらぬ。葛飾北斎や歌川豊国など、手練れの絵師もいる。絵の流儀は人それぞれだから、そちの知り合いが歌川派で修業しているのなら、その流儀が気に入っておるのだろう」

「……………」

伊与太は絵の流儀については何も言っていなかった。絵が好きだから続けているのだと茜は思っていたのだ。

「もはや、その者は絵草紙屋から注文が来ておるのか」

「いえいえ、まだそこまでは行っておりませぬ。師匠の家に寄宿して、雑用をしながら修業をしているだけでございます」

「幾つになる」

「十九です」

「十九か……わしがその年頃には、藩から襖絵や掛け軸の絵を任されていたものだが」

「才がないのでございましょう」

茜の口調に皮肉なものが含まれた。昌年に、伊与太には才がないと言われたようで気が滅入っていた。

「その者はどこに住んでおるのだ」

「日本橋の田所町と聞いております る。確か師匠は歌川国直という絵師でございまする」

「歌川国直か。その名は聞いたことがある。まだ若いがなかなか評判になっている絵師だそうだ」

「さようでございますか」

「幼なじみをここへ呼ぶことはできぬか」

「えっ？」

昌年の思わぬ言葉に茜は、そう言ったきり、黙った。何んと返答してよいかわからなかった。

「もうしばらく、この屋敷に厄介になるつもりゆえ、その者が絵師としてやって行けるかどうか、今のわしなら少しは判断がつくと思うぞ」

「もったいないお言葉、畏れ入りまする。しかし、向こうは素町人でありますれば、このお屋敷に呼ぶなど、できない相談と思いまする」

「何を固いことを言うておる。母上のところには女中奉公をしていたおなごどもがやって来ているではないか。そちが呼ぶのではない。わしが客として呼ぶのに何んの不都合があるものか」

昌年は鷹揚な表情で笑った。伊与太に会える。会ってふた言、み言、話ができる。茜は舞い上がりそうなほど嬉しかった。しかし、一方で、昌年が伊与太に絵の才がないと判断したら何んとしよう。それを考えると恐ろしい気もした。

「本当によろしいのでしょうか」

茜は確かめるように訊いた。

「うむ。それでその者の何か役に立てれば、わしも嬉しいがな」

「さっそく手紙をしたためます。中間に届けさせ、都合のよい日を教えて貰います。ありがとうございます」

「そち、自分のことのように喜んでおるぞ」

昌年はからかうように言った。

「幼なじみでありますれば、きょうだいと同じように先行きが案じられるものでございまする」

精一杯弁解する茜を昌年は笑って見ていた。

二

伊与太は困惑していた。茜から初めて届けられた手紙は、もちろん嬉しかったが、その内容がよく理解できなかった。松前藩の家老の一人で御用絵師でもある蠣崎波音が江戸に出て来て、ただ今は本所の下屋敷に逗留していて、自分に会いたがっているという。茜は世間話のついでに自分の話をしたのだろうが、その人物が自分に会いたがる理由を訝しんだ。藩の中間が田所町の歌川国直の家に手紙を持って来て、都合のよい日を知らせてほしいと返事を急かしたが、伊与太は先生に相談してみないとわからないと言って中間を帰した。あいにく、その時、国直は板元に出かけていて留守だった。三十がらみの中間は再び訪れることに煩わしい様子を見せたが、伊与太は、自分では判断ができず、そう応えるしかなかった。中間は二、三日後にまた訪れると仕方なく言った。

国直はその夜、五つ（午後八時頃）過ぎに帰宅した。小腹が空いたという国直に伊与太は茶漬けを拵えた。

うまそうに茶漬けを啜る国直に伊与太はおそるおそる口を開いた。

「先生、ちょっと相談があるのですが」

そう言うと、国直は怪訝な眼で伊与太を見た。羽織を脱いで、着物の襟元が、はだけている。かなり飲んで来たようだ。身体のために少し酒を控えたほうがよいと伊与太は忠告するが、聞いてくれたためしはなかった。

「何んだよ、改まって。まさか修業を辞めると言うんじゃゃねぇだろうな」

「そんなことは言いませんよ」

「そうか。だったら何んだ」

「知り合いが松前藩に女中奉公に出ているのですが、この度、藩の家老で御用絵師でもある蠣崎波音という人がおいらに会いたがっていると手紙が届いたんですよ」

「蠣崎波音？　誰だ、そいつは」

「おいらもよくわかりません。恐らくは本画の絵師だと思いますが」

「本画の絵師、蠣崎波音……まてよ、昔、聞いたことがあるような気がする。何かの絵が評判を取ったんだ。何んだったかなあ」

国直は天井を睨んで思案したが、駄目だ、思い出せない、と言って悔しそうに頭を振った。

「先生は酒の飲み過ぎですよ。まだ若いのにもの忘れするなんて、先が思いやられます」

「ばかにすんな。しかし、本画の絵師がお前を呼ぶなんて、訳がわからねぇ。どういうつもりなんだか」

「知り合いが話のついでにおいらのことを話したのかも知れません。絵の修業をしている者がいると」

「知り合いって、お前ェがお嬢と呼んでいた娘けェ？」

国直と一緒に本所の葛飾北斎の住まいを訪れた帰り、偶然、茜が藩のお偉いさんの伴をしているところに出くわしたことがあった。

伊与太はその時、思わず茜に呼び掛けたのだ。国直はそのことを覚えていたらしい。

「はい。お嬢はおいらの幼なじみです」

「そのお嬢はお前ェのことを張り切って喋ったんだろう。それで本画の絵師は、お前ェがどれほどの腕を持っているのか興味を持ったのかな」

「ご冗談を。おいらはまだ、人に見せられるような腕は持ち合わせておりませんよ」

「やけに皮肉なもの言いだ。そいつは芳太郎（よしたろう）に対するあてつけけェ？」

芳太郎は伊与太と同じで、国直の家に寄宿している弟子のことだった。絵の才に長（た）け、すでに歌川派の大師匠から国華（くにはな）という雅号まで貰っていた。伊与太には、まだ雅号がついていない。大師匠にとって、伊与太はものの数にも入っていない弟子なのだ。

「あてつけているつもりはありません。本当のことを言っているだけです。先生だって、芳太郎とおいらの腕の差は十分に承知しているはずですよ」

「お前ェに腕がねェのなら、とっくにお払い箱にしているわ。いつも言っているだろ？

焦るなって」

「はい。それは肝に銘じております」

国直は、そそくさと茶漬けを食べ終えると、乱暴な仕種でめし茶碗を置いた。伊与太は茶を淹れるために急須(きゅうす)を引き寄せた。

「もしもよ、松前藩の絵師が、歌川派の修業を辞めて本画に転向しないかと言って来たらどうする」

国直は、ふと気づいたように訊く。

「まさか。師風を変えることは仁義に外れます。板元は先生から離れた弟子に仕事を回してくれませんよ。凧(たこ)絵やおもちゃ絵の仕事があるだけでも、おいらはありがたいんですから」

浮世絵師の仕事は読本、黄表紙、役者絵や美人画ばかりとは限らない。子供相手の手遊びの玩具に絵を描くこともある。それらをおもちゃ絵と称していた。時々、板元を介しておもちゃ屋から仕事が持ち込まれる。結構、小遣い稼ぎになるので、ばかにできない。

「だけど、藩に抱えられたら、まとまったものが入るし、別に歌川派の顔を潰すことにはならねェと思うぜ」

「手紙にはそんなことまで書かれておりませんよ。退屈凌(しの)ぎじゃないでしょうか。江戸に出て来て、普段は交流のない浮世絵師の世界をちょっと覗いてみたい気になったんですかね」

「そうかも知れねェな。ま、何んだかわからねェが、お前ェが言う通りにすれば、お嬢の顔も立つと思うから行ってきな。ああ、描きためたもんを何枚か持って行くといい」

「はい、そうします」

「ところで、そのお嬢、お前ェに惚れているのか？」

国直は悪戯っぽい顔で訊く。そんなんじゃねェですよ。伊与太はぷりぷりして国直の言葉を制した。

「怒るなって。ちょっと言っただけじゃねェか。色恋の話になると、お前ェはすぐに眼を逸らす。それじゃあ、いけねェよ。この世は男と女しかいねェんだ。色恋に溺れるのも絵師にとっちゃ悪いことでもねェ」

「陰間を好む人もいますよ」

「ほう、お前ェはその口なのか？」

からかう国直に伊与太は返事をしなかった。

再び松前藩の中間が訪れた時、伊与太はこれから一緒に行きます、と言った。中間は、これからですかいと、とまどった表情になった。弟子の身分であるから、そうそう自由な時間は取れないのだと言うと、中間は仕方なく肯いた。日本橋に出て、船着場から猪牙舟に乗って本所をめざした。

道中、茜の仕事ぶりを訊ねると、中間は声を潜め、上屋敷で端女が狼藉を働いたことに腹を立て、茜はその端女を顔が腫れるほど殴りつけたと教えてくれた。そのために茜は下屋敷に移されたのだという。

「そんなことがあったんですか」

伊与太は仰天した。下屋敷の中間まで覚えていたということは、藩内でもかなり噂になったのだろう。

「だが、下屋敷のご隠居様は茜様をお気に召して、いつも傍に置かれておりますよ。まあ、茜様は亡くなった若様に惚れられておりやしたので、粗末にもできねェと思われているのでしょう」

中間は訳知り顔で続けた。自分の知らない間に、茜には大きな変化が幾つも起きていたようだ。端女を殴りつけた茜の胸中はいかばかりであったろう。単なる我儘や意地悪でそうしたとは思えなかった。茜には許せない理由があったのだ。そう思うと、伊与太は切ない気持ちになった。

黙りがちになった伊与太に中間は、手前が余計なことを喋ったと言わねェで下せェと、慌てて釘を刺した。

三

本所緑町の松前藩の下屋敷に着いた時、伊与太は何も手土産を用意して来なかったと気づいて、少し後悔した。道中で菓子折でも求めるべきだと思ったが、遅かった。中間の話に気を取られていたせいだ。

内玄関で待たされ、中間は奥に客が来たことを伝えに行った。ほどなく、茜が急ぎ足でやって来た。

「お嬢、お言葉に甘えてやって参りました」

伊与太はわざと朗らかに挨拶した。茜は感極まった表情で、もはや眼を潤ませていた。

「お待ちしておりました。ずっとお待ちしておりました」

涙を堪えて茜はようやく応えた。

「元気そうで何よりですよ。恙なくお務めを続けているようで安心しました」

そう言った伊与太に茜は肯くばかり。

「波音先生はご在宅ですか」

「どうぞ、お上がり下さいませ。ご家老様も伊与太が訪れるのを楽しみにしておられましたので」

声を励まして茜は応えた。履き物を脱いで上がると、茜の耳許に、泣き虫、毛虫、挟んで捨てろ、と伊与太は小声で悪態をついた。

茜はくすりと笑い、伊与太の二の腕を少し強い力で叩いた。

波音こと蠣崎昌年は縁側のついた客間で写生をしていた。茜が声を掛けると、昌年は、ゆっくりと振り返った。御納戸色の着物に対の袖なしを着ている。伊与太は縞の着物の上に紋付羽織を重ねていた。

「お初にお眼に掛かります。手前、歌川国直師匠の家で修業しております伊与太と申す者です。この度はお招き、ありがとうございます」

伊与太は畏まって頭を下げた。

「なになに、固い挨拶は無用である。気楽になされればよろしい。これ、茜。伊与太殿に茶をお出ししなさい」

後ろに控えている茜に命じた。

「気がつきませんで」

茜は慌てて茶の用意をするために客間を出て行った。

「いかがですかな、絵の修業は」

昌年はさり気なく訊いた。

「一生懸命励んでいるつもりですが、さっぱり上達せず、師匠に呆れられております」

伊与太は自嘲気味に応えた。昌年は愉快そうに声を上げて笑った。

「絵の道は一生が修業でござる。焦らず腐らず修業するのが肝腎ですぞ」

「はい。北斎先生にも同じことを言われておりました」

「そち、葛飾北斎を存じておるのか」

昌年は驚いた表情になった。

「うちの師匠は北斎先生に私淑しておりまして、時々、本所のお住まいに伺います。その時、何度か手前も伴をしたことがございます」

「どのような御仁であるか」

昌年は興味深い眼で訊いた。大北斎の声望は津々浦々まで伝わっているようだ。

「どのようなとおっしゃられても、見た目は普通の年寄りですよ。でも、日がな一日絵を描いて、倦むことを知らない方です。そこがすごいと、手前は思います」

「確かにすごい。それを聞いただけでも並の御仁ではないな」

昌年はひどく感心していた。

「どんな世界でも、上には上があるものです。それを知っただけでも絵師の修業をしてよかったと思っております」

「北斎先生は、そちに対して助言などもあったのか」

「助言ですか？　そうですね。手前が絵師は才がなければ駄目だということを申し上げますと、ご立腹なさいました。毎日描くから上達するのであって、才は二の次だとおっしゃいました。しかし、北斎先生は才に溢れた方なので、そのご意見を素直に受け取ることはできませんでした。でも、北斎先生は娘さんと一緒に暮らしておりまして、その娘さんも絵を描きますので、手前には死ぬ時に絵師と認められたらいいのだとおっしゃいました」

「その娘は確か葛飾應為（おうい）という雅号ではなかったかな」

「おっしゃる通りです。北斎先生の代筆もなさっております。美人画の腕は北斎先生より上だと言う人もおります」

「いやいや、ここでそんな話を聞けるとは思わなんだ。伊与太殿、礼を言うぞ」

昌年は律儀に頭を下げた。

「とんでもない。お礼を言われるまでもありませんよ」

伊与太は慌てて昌年を制した。

そこへ茜が茶菓（さか）を運んで来た。干菓子に抹茶だった。

「ささ、遠慮なくいただきなさい」

昌年は如才なく勧めた。しかし、伊与太は心細いような顔で茜を見た。

「お嬢、どうやっていただいたらいいのかな」

そう訊くと、茜は、お好きなように、と応える。

「あとで礼儀知らずだと笑われるのはいやだよ」

そう言うと、茜は茶碗を手前に二度回し、三口半で飲み切るように、と教えてくれた。

二人の様子を昌年は微笑ましい眼で見ていた。幼なじみというものは、よいものだ、と言い添えて。

「さて、そちの絵を何か見せてくれるかな」

茶を飲み終えると、昌年は改まった表情で伊与太に言った。伊与太は緊張しながら、懐から丸めた画仙紙(がせんし)を取り出し、昌年の前に拡げた。古式ゆかしい装束を纏(まと)った老夫婦の人物画と風景画だった。

「そちは歌川派の修業をしていると聞いたが」

昌年は怪訝な様子で訊いた。

「はい、そうですが。それが何か……」

描いた絵に不首尾があったのかと伊与太は心配になった。

「これは、浮世絵ではない。本画に近い。そちは絵の流儀を誤っているのではないか」

思わぬ言葉が昌年から出て、伊与太は、つかの間、言葉に窮した。今までそんなことを言った人間はいなかった。

「これだけの腕があれば、そちを御用絵師に取り立てたいという大名や旗本はすぐにも現れるはずだ。わしにも弟子はいるが、ここまで描ける者はおらぬ。そちの師匠は、そちの才に気づいておらぬのではないか」

「そんなことはないと思います」

「わしは世間知らずであったやも知れぬ。世の中は、そちが言ったように、上には上があるものだ。浮世絵と舐めて掛かったところがわしにもあったと気づいた。いや、勉強になった」

「畏れ入ります」

伊与太は恐縮して頭を下げたが、妙な気持ちでもあった。伊与太は常々、品はいいけれど訴えるものが弱いと言われ続けていた。しかし、別の絵師から見れば、また違う意見もあったからだ。どちらが正しいのか伊与太には判断できなかった。

「わしの絵も見るか？」

昌年は遠慮がちに訊いた。

「是非！」

伊与太は張り切って応えた。昌年は違い棚に収められていた塗りの箱を茜に運ばせた。塗りの箱は、いわゆる文箱より、かなり大きなものだった。昌年は箱の蓋を開け、薄紙に包まれていた人物画を取り出した。描かれていた人物は独特の風貌をして、美麗な衣裳に身を包んでいた。とにかく鮮やかな赤が伊与太の眼を惹いた。だが、絵の寸法は並の人物画より小さく、伊与太は、もう少し大きくてもよかったのでは、と感想を持った。

「これは蝦夷地に住む蝦夷と呼ばれる民族の首長達だ」

昌年は絵の説明をした。

「異国の人間ですか？」

「いや、かつてはみちのく地方にもいたらしいが、今は蝦夷地にしか残っておらぬ。彼らはわし達のことを和人と呼ぶのだ。わが松前藩は、この蝦夷と交易して、鮭や獣の皮を手に入れておる」

「衣裳も独特ですね」

細かい刺繡が施されている衣裳で、伊与太が初めて見るものだった。

「それは蝦夷錦と呼ばれ、蝦夷を介して、わが藩が手に入れたのだ。上様にも献上して大層喜ばれておる」

昌年こそ、本画の枠に収まらない絵師だと伊与太は思った。力強い筆さばきに鮮やかな色、醸し出される独特の情緒が伊与太を圧倒した。

「模写してもよろしゅうございますか」

伊与太はおそるおそる訊いた。

「わしの絵に興味を持ってくれたか。それは嬉しい」

昌年は相好を崩した。それから一刻（約二時間）余り、伊与太は数枚の人物画を模写した。やって来てよかったと、伊与太はしみじみ思った。機会があれば北斎にも見せてやりたかった。違う景色を求める北斎はきっと喜んでくれるはずだ。

やがて、名残り惜しい気持ちで伊与太は暇乞い（いとまごい）をした。中食も振る舞われ、伊与太の気持ちは久しぶりに満ち足りていた。

四

結局、茜とは、話らしい話はできなかった。

しかし、それでよかったのだと思う。二人が昔と同じ調子で話をするのを見て、つまらない噂が拡がることを伊与太は恐れた。

帰り際にそっと、「今日はありがとう。絵の勉強にもなったし、お嬢の顔も久々に見られてよかった」と言った。

「わたくしも」

茜は低い声で応えた。

「いいかい。くれぐれも短慮な行動をしてはいけませんよ。それは言っておくよ」

「久しぶりにお会いしたというのに、お説教？」

茜は不満そうに言う。

「そんなつもりはないけど、おいらはお嬢の性格を知っている。だから心配なんだよ」

「それはご親切様。でも、子供じゃないのですから、いちいちおっしゃらなくても結構ですよ」

「そうかい。それならいいけど」

「それより、ご家老様が伊与太のことを褒めていらしたので、わたくしも安心致しました」

「お世辞をおっしゃっただけだよ」

「そんなことはないと思います。自信を持って修業なさって下さいまし」

「ありがとう。ずい分、もの言いが丁寧になったね」

「お務めをしておりますから、それは当たり前ですよ」

「それに、とてもきれいになった」

「……」

「きれいだよ、お嬢」

もう一度、伊与太は笑顔で言った。褒め言葉が苦手な茜は小さく首を振った。

だが、頬が少し赤くなっていた。

「ああ、忘れるところでした。これはご家老様からのお気持ちです。お受け取り下さいまし」

茜は傍らの風呂敷包みを差し出した。

「お土産までいただけないよ」

伊与太は慌てて制した。

「中身は絵筆と絵の具です。ご家老様はとても上等のお道具をお使いになります。きっと、伊与太の修業の足しになればと思われたのでしょう」

昌年の心遣いがありがたかった。

「喜んでいただきます」

伊与太は張り切って礼を述べた。

「またお会いする機会があればよろしいのですが」

名残り惜しそうに茜は言った。内玄関の外では中間が見送りのために待ち構えている。時間がなかった。

「お宿下がりが許されたら、また会えるかも知れないよ。その時は知らせてくれ。小遣いを貯めておくから、鰻でも奢るよ」

「はい、楽しみにしております」

茜はそう言って、頭を下げた。そのまま伊与太が門の外に出て行くまで、式台に正座して伊与太を見送っていた。

「いかがでした」

中間は興味津々という表情で伊与太に訊いた。

「ご家老様にお会いして、色々、勉強になりました」

「そうじゃなくて、茜様のことですよ。久しぶりにお会いなすったんでげしょう?」

中間は自分と茜が親しそうにしていたのが気になるのだろう。

「兄さん、お嬢のことで余計な勘繰りはしないで下さいよ。また、お屋敷で騒ぎにならないとも限りませんから。頼みますよ」

伊与太は砕(くだ)けたもの言いで、中間に言った。

「あっしは別に、そんなつもりで言ったんじゃねェですよ」

「じゃあ、どんなつもりなんですか」

「仲がいいなあと思っただけでさァ」

ほら、やっぱり勘繰っている、と伊与太は思った。

「お嬢は気性の激しい人です。それに剣の腕を持っている。兄さんが何か喋って、それがお嬢の怒りを買ったら、ばっさりやられるかも知れませんよ」

「まさか、そこまでしねェでしょう」

「いいや、油断は禁物ですよ。ようく肝に銘じておいて下さい」

伊与太は口止めの意味で言った。中間は笑ってごまかしたが、それから船着場に着くまで何も喋らなかった。薬が効いたようだ。

中間は船頭に手間賃を渡すと、そのまま下屋敷に帰って行った。ほっと安堵の吐息が出た。

それにしても昌年の言ったことが思い出される。江戸では自分の腕はまだまだだと思っていたが、地方に行けば、その腕が通用するかも知れないのだ。また、絵の流儀を誤っているのではないかと言われたことも気になる。

浮世絵ではなく、本画を目指すべきだったのだろうか。今の自分には、その答えがわからない。国直に訊いても埒は明かない気がする。余計なことを考えるんじゃねぇと怒鳴られるのが落ちだ。そこまで考えて、ふと北斎の皺深い顔が脳裏をよぎった。あの人なら自分が納得できることを言ってくれるかも知れない。近い内に北斎を訪ねようと伊与太はひそかに思っていた。

田所町に着いて、風呂敷包みを解くと、絵筆が三本と朱色と藍色の絵の具が上等の容器に入っていた。朱色は昌年の気に入りで、藍色は俗に濃べろ、花紺青と呼ばれる異国から持ち込まれたものだった。いずれも高価で、修業中の弟子には、おいそれと手が出せない。

芳太郎は目ざとく気づくと、図々しくも分けてくれと言った。伊与太はそれをあっさり断った。そこまでするほど伊与太もお人好しではない。

「同じ弟子仲間じゃないか」

芳太郎は口を尖らせる。

「これはおいらがいただいたものだ。大事に使うつもりだから、悪いが諦めてくれ」

そう言って、伊与太は押入れの行李の中にそれらを仕舞った。だが、北斎には藍色を少し持って行くつもりだった。

それきり、芳太郎は絵筆と絵の具のことを忘れてくれたものと、伊与太は思っていたが、そうではなかったようだ。


芳太郎は板元から眼を掛けられ、次第に仕事が増えて行った。さる旗本が茶会を開くので、客を迎える玄関に山水画の衝立を置きたいと考え、近頃、評判になって来た芳太郎を指名した。芳太郎にとって初めての大仕事だった。芳太郎は国直と相談して、幾つか見本を描き、最終的に国直がその中の一枚を選んだ。

芳太郎は大きな画仙紙に薄墨で下絵を描いた。小さな東屋に唐風の衣裳を纏った二人の男が談笑していて、傍を川が流れている。上流には滝も描かれていた。川はくの字曲りに流れ、下流では菅笠を被った船頭が小舟を操っている。川の両岸には松や楓の樹木を配した。衝立にすれば、変化に富んだ構図で、見る者の眼を喜ばせるに違いなかった。芳太郎は全体を墨で纏め、樹木に僅かに色を入れるつもりだと言った。

できた上がった絵は表具屋に回されて衝立になる手はずである。芳太郎は張り切って仕事に没頭した。国直は自分の仕事の合間に芳太郎の絵を見て、時々、助言を与えた。伊与太は凧絵の仕事をしながら、その様子を見ていた。自分も早く大きな仕事がほしいものだと思いながら。

仕事が佳境に入ると、芳太郎は板元に通うようになった。板元の意見も聞きたいということなのだろう。その内に板元に泊まり込んで田所町に帰って来ない日々が続いた。画料は正確に知らないが、両の値がつくことは間違いないだろう。

「芳太郎の仕事はずい分、掛かりますね。あいつの腕なら、とっくにでき上がっていても不思議じゃないのに」

国直と晩めしを食べながら、伊与太はそんなことを言った。国直は晩酌をする習慣があった。

「客が、幾ら山水画でも、色気もそっけもねェから、もう少し派手にしてくれと文句を言ったそうだ。素人(しろうと)はこれだから困る。山水画ってのは、そもそも色気もそっけもねェものだろうが」

国直はほろりと酔った顔で言う。

「そいじゃ、芳太郎は今頃、大慌てですね」

「ああ。樹木の緑の他に、滝と川に藍を盛大に入れて、ようやく恰好がついたと言っていた。あと二、三日もすればけりがつくだろう」

国直の話を訊いて、伊与太は妙な気分になった。藍と聞いて、もしやという思いが拭い切れなかった。

「どうした。顔色が悪いぜ」

黙り込んだ伊与太に国直は訊いた。

「何んでもありません」

「芳太郎に悋気（嫉妬）しているのけェ？」

「まあ、していないと言えばうそになりますが。あ、行儀が悪いですが、ちょっと気になることを思い出したので、中座します」

晩めしが終わるまで待っていられなかった。

押入れの行李の中を早く確かめたかった。

「厠けェ？」

国直は銚子の酒を大事そうに飲みながら、からかうように言った。

自分の部屋に入り、押入れの行李の蓋を開けると、伊与太の心配は不幸にも的中してしまった。濃べろの容器と絵筆が二本なくなっていた。芳太郎が持ち出したのは間違いないだろう。伊与太に見つかるのを恐れ、芳太郎は板元で仕事をしたのだ。客に文句を言われたから絵の具と絵筆を持ち出したのではなく、仕事が来た時から、そのつもりだったのだろう。怒りが湧き上がった。才があれば何をしてもいいと言うのか。人の物を盗んでもよい絵を描けば許されるのか。伊与太はぎりぎりと唇を嚙んだ。悔し涙もこぼれる。

その時、伊与太は茜が怒りのあまり端女を殴りつけた気持ちがわかった。立場も理由も違うが、怒りの質は同じだ。これから先、芳太郎と一緒に修業などしたくない。ここにいたくない。伊与太は強く思った。

行李を元通りにすると、伊与太は茶の間に戻った。

「先生」

「おう、長い厠だったたな。手を洗ってめしをよそってくれ」

国直は呑気な表情で言った。

「芳太郎がいれば、別においらがいなくてもいいですね？」

「何を言ってる」

「おいら、芳太郎と同じ屋根の下で暮らしたくありません」

「何んだ、今さら。お前ェの言うことがわからねェ。冗談はよしちくれ」

「冗談を言っているつもりはありません。弟子を辞めさせて下さい」

伊与太は決心を固めて言った。

「お前ェ……」

言葉に窮して、国直はまじまじと伊与太を見つめた。

「理由は何んだ」

「それは芳太郎に訊いて下さい。おいら、明日の朝、この家を出て行きます」

伊与太が本気だと知ると、国直は真顔になった。

「焦るなと、いつも言ってるだろうが」

「そういう意味じゃありません」

「だったら理由を言え、理由を。辞めますと言われて、はいそうですかって、おいらが応えるとでも思っているのか！」

「絵師として世に出るためには、人を押しのけることもあるでしょう。おいらには残念ながら、それがありません。才がないのは承知してます。しかし、理不尽な思いを我慢してまで修業は続けられません」

「何が理不尽よ。いつ、おいらがお前ェにそんなことをした」

「……」

「こら、応えやがれ」

国直は伊与太の襟元を摑んで頰を張った。

新たな涙が湧いた。

「すみません、先生。おいらの我儘を許して下さい」

伊与太はそれしか言えなかった。芳太郎のしたことを告げるのは簡単だったが、国直の許を去ることは、それだけではないような気がした。ずっと前から心の奥で考えていたようにも思える。

自分の絵が歌川派にふさわしいのか、そうでないのか。それは外に飛び出してみなければわからない。たとい、自分にとって不利な情況になろうとも、ここでうじうじと悩むよりましだ。

「もう、いい。手前ェの面なんざ見たくもねェ。明日の朝と言わず、たった今、出て行け！　この業晒し、下手くそ、紙屑絵師」

悪態をついた挙句、国直は仕舞いに箱膳を蹴り上げて吼えた。

「お世話になりました」

深々と頭を下げた伊与太に国直は、それ以上、何も言わなかった。盛んに水洟を啜るばかり。国直は伊与太に去られることが、よほど悔しく、寂しかったのだろう。

（先生、おいらを許して下さい。できるなら、ずっとずっと先生の傍で修業がしたかったのです。でも、いつか、こんな時が訪れると予想もしていたような気がします。先生に守られて修業して来た年月は倖せでした。この先、おいらに茨の道しか残されていなくても、そこを進んで行くしかありません。先生、お元気で。お酒を飲み過ぎないように。早くおかみさんを迎えて下さい）

伊与太は言えない言葉を胸で呟き、腰を上げた。

散らかった茶の間は、明日、通いの女中が来たら片づけてくれるだろう。

伊与太は自分の部屋に戻り、大風呂敷に身の周りの物を包み、それをかついで、勝手口から外に出た。

月も出ておらず、春の生ぬるい風が頬を嬲(なぶ)った。実家に戻ろうか、どうしようか。しばし、悩んだが、伊与太の足は自然に本所に向いていた。北斎の住まいのある本所に。

五

国直には伊与太が去って行った理由が、もうひとつ理解できなかった。最初は芳太郎が一人前の絵師として認められて行くのがたまらなくなったのだろうと思っていた。芳太郎に伊与太と何かあったのかと訊いても、別に心当たりはないと応えた。喧嘩をした様子もないようだ。

あの夜、伊与太は晩めしの途中で座を外した。それまで変わった様子はなかったと思う。

戻って来てから、いきなり弟子を辞めさせてほしいと言ったのだ。国直は少し酔っていたが、伊与太を傷つけることは言わなかったはずだ。すると、原因はやはり芳太郎なのか。

確かに芳太郎の腕は伊与太より一枚も二枚もうわ手だ。だが、それは伊与太も承知しているはずだ。才が花開く時は人それぞれで、伊与太にも必ずやその時が訪れるものと国直は思っていた。それをことあるごとに伊与太に言って来たつもりだ。なのに、このていたらく。弟子の気持ちを斟酌できなかった自分を国直は、しばらく責めてもいた。

永寿堂という板元の番頭が国直を訪ねて来たのは、暦が変わって五月になってからだった。中年の番頭は、北斎先生が折り入って話があると用件を伝えて来た。しばらく無沙汰が続いていたので、国直は、いなり寿司でも手土産にしてご機嫌伺いしようか、という気になっていた。

舟を両国橋の袂に着けて貰い、国直はそこから亀沢町を目指した。北斎の住まいは亀沢町にある榛の木馬場のすぐ近くだった。

その日は天気がよく、気温も上がっていたせいで、北斎の家の油障子は開け放たれていた。

「先生、おりやすかい。鯛蔵です」

土間口前で国直は気軽に呼び掛けた。鯛蔵は国直の本名である。おう、と返答があったが、先に顔を出したのは北斎の娘のお栄だった。

「忙しいのに呼び立てて悪かったね。ささ、上がっておくれ」

お栄は気さくに中へ招じ入れた。相変わらず散らかった部屋の奥で、北斎は尻を持ち上げた恰好で絵を描いていた。

「ばたばたと野暮用ばかりが立て込んで、すっかりご無沙汰してしまいました」

国直はいなり寿司の包みを差し出して言った。

「なになに、それはお互い様よ。お、いなり寿司か。ちょうど小腹が空いていたところだ。お栄、開けてくんな」

昼になるには少し早かったが、北斎はよく食べる男だ。その代わり、酒は嗜まない。

「いつもすまないねえ」

お栄は言いながら、包みを開けた。北斎はそれを嬉しそうに頬張りながら、お前ェの所の弟子のことだが、と改まった顔で言った。

「もう、ご存じだったんですか。何んだか知らねェが、突然、辞めさせてくれと言ったんですよ。全く今まで眼を掛けていた恩を忘れやがって」

国直は苦々しい表情で応えた。

「おれがとこへやって来たのよ」

「えっ？　そいじゃ、今、先生の所にいるんですかい」

「いや、あいつを旅に出した」

「旅って……」

「信州によ、おれの贔屓がいるのよ。ちょいとした分限者で、時々、来い来いと手紙をよこす。そいつの屋敷に逗留して、何か描いて貰いてェということなんだろう。気持ちはありがてェが、長い道中を考えると及び腰になってな、生返事をしていたのよ。伊与太の奴、行く所がないと泣いていたから、おれの代わりに行かせた」

「先生に縋りつくなんて、大した度胸だ」

「そんな言い方をしたんじゃ、坊やが可哀想だよ。他の土地なら坊やもうんと言わなかったはずだ。鯛蔵の生まれ故郷だから、その気になったんだよ。坊やの気持ちを察しておやりよ」

お栄が横から口を挟んだ。国直は信州の出身だった。

「だからって」

国直は伊与太のやり方が気に喰わなかった。

自分に詫びを入れるのならともかく、北斎に頼るなど、図々しいにもほどがある。

「もう一人の弟子は大した評判になっているそうじゃないか。坊やが凧絵をやっている横で、次々と注文が入るのを見たら、心持ちもおかしくなるよ。何んたって、まだ十九の若者だ。了簡しろと言うのも無理があるよ」

「あいすみやせん。おいらの気配りが足りやせんでした」

お栄の言葉で、国直はようやく怒りが少し和らいだ。

「わかってくれたかえ。坊やにとっちゃ、いいきっかけだったのさ。向こうで頭を冷やせば、戻って来た時、鯛蔵の所へ改めて顔を出すと思うよ。その時は温かく迎えておくれ」

「はい」

「ちょうどよう、知り合いで信州に行く者がいたんで、それに同行させたから心配しなくていいぜ。道中手形も存外、早く出た。路銀が心細かったんで永寿堂に借りた。おれの画料が入ったら払うつもりだ」

三つ目のいなり寿司をつまみながら北斎は言った。

「それはおいらが払います。伊与太はおいらの弟子なんで」

国直は慌てて言った。

「ほう。妙なことを言う。お前ェ、弟子を持つつもりはねェと、常々、言っていたじゃねェか。伊与太は居候なんだろ?」

「それはそうですが」

「信州へはおれの弟子として行って貰った。雅号も前につけてやったしな」

「えっ？　伊与太は先生に雅号をいただいていたんですかい」

そんなことは、全く知らなかった。

「坊やは何も言わなかったんだろ？」

お栄は訳知り顔で言う。

「はい」

「お父っつぁんがつけた雅号を遣ったんじゃ、鯛蔵の顔を潰すことになる。坊やは、ちゃんと心得ていたんだよ。ばかじゃないよ、あの子は」

「ちなみに、その雅号てのは」

「結髪亭北与だ。あいつの親父は髪結いだからよ。どうでェ、いい雅号だろ？」

北斎は得意そうに応えた。確かにいい雅号です、と言いながら、国直は泣けていた。大北斎に雅号をつけて貰いながら、それを得意そうに触れ回ることもせず、じっと心に秘めていたのだ。大いばりでそれを遣う日を夢見て。そんな伊与太の気持ちがいじらしかった。

「何を泣くことがある。おれがちゃんと面倒見てやったんだから、めそめそするな」

北斎は宥めるように言った。そうだよ、とお栄も相槌を打った。

「それでな、何もお返しができねェからって、伊与太の奴、おれに絵の具を置いて行った。この間、松前藩の家老から頂戴したものだとよ。本当はおれが好きな濃べろを持って来たかったが、なくしてしまったんだと。ちょいと見てみろ。家紋入りの容れもんに入っているんだぜ」

北斎は道具箱の中から武田菱の紋が入った容器を取り出して見せた。中は眼の覚めるような朱色だった。

「昔よう、松前藩の絵師が蝦夷の絵を描いて評判を取ったことがある。特に赤い色が鮮やかだった。波音の赤と本画の絵師達は褒めていたのよ。濃べろに未練は残るが、この赤もいいぜ。いいもんを貰ったよ」

「そうですか。それがせめてものあいつの気持ちだったんでしょう」

国直は、しみじみとした口調で言った。

「結局、最後は人柄がものを言う。坊やは、腕はまだまだでも、人としてはまっとうだ。今はそれだけでいいのじゃないかえ」

お栄の言葉に国直は深く肯いていた。

一刻ほど過ごして、国直は暇乞いをした。とり敢えず、伊与太に進むべき道があったことは幸いだった。信州でどんな修業をするかわからないが、求めに応じて描き続けていれば、腕が落ちることもないはずだ。先生、先生と持ち上げられて、天狗になることは心配だが、伊与太なら大丈夫だと、国直は信じていた。

田所町の家に戻ると、芳太郎が掛け軸の注文が来たと張り切って告げた。

「ほう、そいつはよかったな。旗本屋敷の衝立を見た奴が手前ェもほしくなったのかな」

「先生、その通りですよ。同じもんを描いてくれって言われて弱りましたよ。まあ、似たようなもんにはしますが、全く同じにはできねェでしょう」

芳太郎は苦笑いして言う。下絵を描き終え、これから本格的な線にするのだろう。下敷きの傍にはすでに絵の具の用意もしてあった。その中に、北斎の家で見た容器と同じものがあった。

「これは？」

怪訝な顔で芳太郎を見ると、芳太郎は少し落ち着かない様子になったが、兄さんに貰ったんですよ、とあっさり応えた。

「貰った？　いつ？」

「いつだったかなあ。だいぶ前です」

「お前ェ、この絵の具がどんなものか知っているのか？」

「濃べろですよね。江戸ではあまり出回っていねェそうです。永寿堂の番頭さんも、よく手に入ったな、と驚いておりやした」

「伊与太はそれを北斎先生に差し上げるつもりだったんだ。どうしてお前ェがそれを持っているのよ」

国直の疑惑が膨らんだ。

「それは、おいらに大仕事が来たんで、役に立ててくれって……」

「おきゃあがれ！　おいらの眼は節穴じゃねェぞ。手前ェの仕事のために人のもんを盗んだのか」

「ちょっと、借りただけです」

芳太郎は青ざめた顔で言い訳した。国直は乱暴に絵の具の蓋を開けた。すでに半分ほど使われていた。

「そりゃあ、新しい注文も来るはずよ。何しろ、滅多にお眼に掛かれねェ色だからな」

「すんません、弁償します」

「弁償しますだァ？　同じもんがおいそれと手に入ると思っているのか、このう！」

「だったら、どうしろと」

芳太郎は仕舞いに開き直った。

「これはおいらが預かる。伊与太が帰って来たら返す」

「先生、後生だ。この仕事が終わるまで使わせて下せェ」

「いいや、そいつはならねェ」

「兄さんは弟子を辞めたんでしょう？　だったらいいじゃねェですか」

「伊与太はな、お前ェに大事なもんを盗まれて、心底、がっかりしたのよ。そいで、ここにはいられねェと思ったんだ。そんなあいつの気持ちも知らず、のうのうと絵の具を使うお前ェの心持ちがおっかねェわな。辞めるのは伊与太じゃなくて、お前ェだったのかも知れねェ」

「兄さんが濃べろを持っていても、宝の持ち腐れですよ」

芳太郎は怯まず言う。国直は、かッとした。

「お前ェ、何様よ。舐めた口を利くじゃねェか。それほど腕に自信があるのか。こいつは畏れ入る」

「おいらは日の本一の絵師になります。誰にも負けたくありやせん」

そう言った芳太郎を国直は醒めた眼で見た。

絵のためなら何んでもする今の芳太郎は、かつての自分だった。それに気づいて国直はやり切れなかった。

「兄さんは、今、どこにいるんですか。おいら、正直に言って許して貰います」

芳太郎は、ようやくそう言った。

「あいつは、江戸にはいねェ」

「そいじゃ、どこに」

「信州よ。北斎先生の弟子として向こうに行った。向こうには北斎先生の金持ちの贔屓がいてよ、伊与太は屋敷に逗留して、襖絵や掛け軸、衝立の仕事をするそうだ。雅号も北斎先生から頂戴している。結髪亭北与だとよ。乙にすてきな雅号だわな。江戸に戻って来た時は、家の一軒や二軒を建てられるだけの金を手にしているはずだ。人の運なんて、つくづくわからねェものよ。なあ、そう思わねェか」

国直の問い掛けに芳太郎は返事をせず、悔しそうに唇を嚙んでいた。

「あいつは北斎先生とお栄さんに可愛がられている。そこもよかったんだな」

国直は大袈裟に伊与太を褒め上げた。そうすることが伊与太に対するせめてもの償い（つぐない）だった。

「おいらも、おいらも北斎先生の所に連れて行って下せェ。お願いします。きっと、おいらの絵を気に入ってくれるはずです」

芳太郎は切羽詰まった表情で国直に縋った。

「そいつはならねェ。お前ェは歌川の大師匠から国華という雅号をいただいているんだぜ。北斎先生の所に顔を出したと知ったら、大師匠は臍（へそ）を曲げるぜ」

「先生だって通っているじゃねェですか」

「おいらが通うのは同業のよしみよ。それ以上でも、それ以下でもねェ。お前ェが雅号をいただく前だったら、連れて行ってもよかったんだが」

芳太郎は心底がっかりした様子を見せたが、その眼は国直が手にしている絵の具の容器に注がれていた。隙あらば、それを使う魂胆だ。眼に触れない場所に隠さなければならないと思った。

「さて、早く絵を仕上げてやんな。客が首を長くして待っているぜ」

国直は、そう言って芳太郎の傍を離れた。

縁側から見上げた五月の空は抜け上がったように晴れていた。この空の下を伊与太は信州に向かっているのだと思う。いや、すでに向こうへ着いたかも知れない。すると、普段は忘れていた故郷の景色が甦った。どこまでも続く緑の田圃、青い山々の連なり、白く細い道、野の花、小高い丘に建つ寺、そこから聞こえる鐘の音。日中は暑いが夕方から冷えて来る気候。

(風邪を引くなよ。元気で戻って来い)

国直は遠くの伊与太に心の中で呼び掛けた。その先に何があるのか国直には予想もつかない。

芳太郎には伊与太の運が向いて来たような言い方をしたが、それは国直の期待に過ぎなかった。

先のことがわからないのは国直にとっても同じだ。芳太郎は口にこそ出さなかったが、自分を追い越してやろうと、ひそかに思っているはずだ。芳太郎に追い越され、臍を嚙む自分も微かに見えるような気がした。そうならないためには励むしかない。

笑った伊与太の顔がちらちらと浮かぶ。伊与太が傍にいたことで慰められていた自分がいたと改めて気づいた。自然に涙がこみ上げた。国直は、ぐすっと水洟を啜ると、仕事をするために自分の部屋に向かった。描くぞ、と気合を入れて。

ほろ苦く、ほの甘く

一

雲が厚く空を覆(おお)い、今しもひと雨降りそうな朝だった。八丁堀・玉子屋新道にある伊三次の家では、女房のお文が長火鉢の傍(そば)に座って食後の茶を飲んでいた。亭主の伊三次と娘のお吉(きち)は、とっくに出かけていた。台所では女中のおふさが洗いものをしている。鍋でも磨いているのか束子(たわし)をガシガシ擦(こす)る音が聞こえていた。

「今日は雨になるのかねえ」

独り言のように言ったお文の声が聞き取れなかったようで、おふさは「はい？」と振り返った。

「だから、雨になるのかと言ったんだよ」

すると、おふさは煙抜きの窓から外を眺め、お内儀(かみ)さん、もう降っておりますよ、と応えた。

なるほど、耳を澄ませば、さあっと地面を叩く雨の音がする。

「いやだねえ、朝からこんな空模様は」

「今夜はお座敷があるんですか」

おふさは心配そうに訊く。

「いいや。今夜はお声が掛からなかったよ」

「それじゃ、雨だろうが嵐だろうが、よろしいじゃありませんか」

おふさの言葉に、お文は、くすっと笑いが込み上げた。おふさはものごとを深刻に考えない質(たち)だ。いつも都合のいいように解釈する。

時々、そういうおふさの人柄が羨(うらや)ましく思える時がお文にはある。

「うちの人は傘を持って行ったかえ」

ふと、伊三次のことが気になった。

「いいえ。朝方は降っておりませんでしたので、親方は傘を持たずに出かけました。きぃちゃんは、ちゃんと持って行きましたが」

「そうかえ」

「傘の一本や二本、どこに行っても借りられますって」

おふさは意に介するふうもなく言った。

だが、その朝のお文は雨のせいでもなく、どうも気分がすっきりしなかった。

二杯目の茶を淹れようと急須を引き寄せた時、土間口から訪いを告げる男の声がした。

「はあい、ただ今」

おふさは前垂れで手の水気を拭うと、土間口に出て行った。

「お内儀さん、伊与太ちゃんの先生が見えました」

おふさは早口でお文に伝えた。

「おや」

お文も慌てて腰を上げた。伊与太の師匠がやって来るなど、初めてのことだ。何んの用だろうかと訝しい思いもした。

「まあ、先生。いつも息子がお世話になっております」

お文は内心の思いを顔に出さず、三つ指を突いて頭を下げた。

「いえいえ、何も世話なんざしておりやせんよ。やあ、すっかり濡れちまいやした。こちとら傘を持つのが面倒臭ェ質で、大丈夫だろうと思って出て来やしたが、ちょいと考えが甘かったみてェです」

歌川国直は悪戯っぽい顔で応える。ちょいと見には、どこにでもいる普通の若者だが、戯作者がこぞって挿絵に使いたがるほどの売れっ子絵師だ。

「散らかっておりますが、どうぞ上がって下さいまし。まあまあ、羽織もすっかり濡れて」

お文は如才なく中へ招じ入れた。国直はさほど遠慮することなく、そいじゃ、お邪魔致しやす、と言って、下駄を脱いだ。上等の桐の下駄も、すっかり雨に濡れていた。おふさはすぐに国直の羽織を脱がせ、衣紋竹に通して鴨居に吊るした。それから、雑巾で国直の下駄を拭いた。お文は乾いた手拭いを国直に渡した。

「よく拭いて下さいまし。風邪を引きますので」

「すんません。雑作をお掛け致しやす」

国直はぺこりと頭を下げる。年は二十五、六と聞いているが、小さな顔は十代の少年のようにも見える。だが、背丈は六尺近くもある。お文は国直の顔と高い背丈がそぐわないような気がした。

「何もこんな天気の日にお出かけにならずともよろしかったんじゃございませんか」

お文は新しい茶葉を急須に入れて言った。

「はい。おっしゃる通りなんですが、手前も毎日、何んだかんだと野暮用がございやして、今日を逃すと、次はいつになるか見当もつかねェもんで、えい、やっと思い切った訳です」

「息子のことで何か……」

おそるおそる訊くと、はい、と国直は真顔になって応えた。

「見込みがなくてお払い箱にしたいということですか」

お文は先回りして訊いた。

「いや、お内儀さん、そんなことを言うためにやって来た訳じゃありやせんよ。ちょいと心配させちまいやしたね。あいすみやせん」

「そうですよ。伊与太ちゃんは真面目な子ですからお払い箱になんてなるもんですか」

おふさは羊羹を載せた菓子皿を国直の前に差し出しながら口を挟んだ。国直はそんなおふさに、にッと笑顔を見せた。

「母親は子供のことになると、つい余計なことを考えてしまうものなんですよ。自分のことだと、何が起きても平気なんですが」

お文は自嘲気味に応える。

「実は、伊与太は信州に行っておりやす」

茶をひと口飲んでから国直はずばりと言った。

「信州？」

お文とおふさの声が重なった。

「はい。向こうには葛飾北斎先生の贔屓がおりやして、伊与太は先生の代わりに行きやした。向こうでは、その贔屓の家に逗留して、襖絵や衝立などの仕事をするということです」

「葛飾北斎って、あの絵の大家の葛飾北斎ですか」

おふさは眼を丸くして訊く。

「そうですよ。伊与太は北斎先生に可愛がられておりやしたんで」

「すごいですね、お内儀さん。伊与太ちゃんに運が巡って来たんですよ」

おふさは昂ぶった声で言う。だが、お文は、おふさの言葉を素直には受け取れなかった。

胸騒ぎと言うほど大袈裟なものではないが、依然として気分はすっきりしていなかったからだ。

「息子は先生に絵を指南されていたはずです。どうしてそこに北斎先生が出て来るのでしょうか」

お文は素直な疑問を口にした。

「これには色々と事情がございやして」

国直は言い難そうに首の後ろに手をやった。

「聞かせて下っし」

お文は、つっと膝を進めた。

伊与太は不破茜を介して、松前藩の御用絵師であり、家老でもある蠣崎波音に会い、大層褒められたという。帰りには高価な絵の具と筆まで進呈された。伊与太はますます張り切って修業に専念するつもりだったが、同じく国直の家に寄宿している弟子が、伊与太が貰った絵の具と筆を盗んでしまった。伊与太は心底がっかりし、もう、その弟子と一緒に暮らしたくないと思い詰めた。それで、その先どうしたらよいか悩み、北斎に縋(すが)ったという。北斎は伊与太に同情を寄せ、信州行きを提案したようだ。

「息子は道具を盗んだ弟子を問い詰めなかったんですか」

お文は低い声で訊いた。

「はい。何も言いませんでした。だから、手前も、しばらくは伊与太が出て行った事情がわかりやせんでした」

「伊与太が何も言わず出て行ったとおっしゃるんですか」

お文は驚いた声を上げた。伊与太が自ら出て行ったのなら、それはお払い箱になることと、さして違いはないと、お文は思った。

「はい」

「なぜですか」

「それは……」

国直は言葉に窮して、つかの間、黙った。

どう言ったらお文に納得して貰えるかと言葉を選んでいる様子にも見える。

「そっちのお弟子さんは当然、お払い箱にしたんでしょうね」

おふさは悔しそうな表情で訊いた。

「いえ、面目ありやせんが、それはできやせんでした。そもそも、おいらは弟子を持つ柄じゃありやせん。伊与太もそいつも一緒に絵の修業をしている仲間だと思っておりやすんで」

「弟子じゃないとおっしゃったところで、世間はそう見ませんよ。息子も先生の弟子のつもりでおりました。息子が何も言わなかったのは、それ相応の理由があったはずですよ。たとえば、相手の弟子が息子より才に長けていたなら、強くは言えないでしょうし」

お文がそう言うと、国直はぎくりとした表情でお文を見た。それから、敵いませんね、お内儀さんには、と応えた。

お文の言ったことは図星のようだ。

「そういうことなら仕方がありませんね。才のある者には手癖が悪かろうが、女癖が悪かろうが、誰も文句は言いませんからね。芸の世界はそんなものでござんしょう」

お文のもの言いは皮肉めく。大事な絵の道具を盗まれ、何も言えず国直の家を飛び出した伊与太の気持ちを考えると胸が塞がるような思いだった。

「あいすみやせん」

国直は詫びの言葉を繰り返した。

「それで、息子は信州に行ったきりになるんですか」

お文はそれが肝腎(かんじん)とばかり訊いた。

「いいえ。いずれ江戸に戻ると思いやすが、それが半年なのか一年なのかは、ちょいとわかりやせん」

「一年も……」

「大丈夫ですよ、お内儀さん。北斎先生の贔屓は、向こうではかなりの分限者と聞いておりやす。造り酒屋で財をなした人のようですから」

国直はお文を安心させるように言う。

「信州のどこに息子はいるのでしょうか」

「小布施(おぶせ)という静かな所です」

小布施は国直が次に北斎の家を訪れた時に教えて貰ったという。国直は信州の出身だが、その場所は訪れたことがないと言った。

「小布施……」

お文も初めて聞く地名だった。田舎なのか町なのかもわからない。そんな所にたった一人でいる伊与太が不憫でたまらなかった。

「きっと、戻って来た時にはひと廉(かど)の絵師になっているはずです。お内儀さん、どうぞ、長い眼で見てやっておくんなさい」

国直はお文を安心させるように言った。

国直は小半刻《こはんとき》（約三十分）ほどして帰ったが、帰る時も雨はやまなかった。お文が差し出した番傘を国直は、ひょいと持ち、小走りに去って行った。

「伊与太ちゃんは大丈夫でしょうか」

おふさは不安そうにお文に訊く。

「大丈夫でも大丈夫じゃなくても、わっちにはどうすることもできやしない」

お文はやけのように応える。

「ちょっと、ここへ立ち寄って、これから信州に行くと言えなかったんでしょうか」

おふさは未練がましく言った。

「わっちもそう思ったけどさ、伊与太には気持ちの余裕がなかったんだろう。ここへ来れば、わっちは小言のひとつも出るだろうし。どうせ、大きくなれば、親なんて面倒臭いだけさ。ばからしいね、親なんて」

「親は幾つになっても子を案じるものですよ。お内儀さん、くよくよ考えるのはよしにしましょうよ」

おふさは気を取り直すように言った。

「そうだねえ」

「何んとかなりますって」

おふさは景気をつけるように強く言った。

二

雨は夕方になって、ようやく上がった。伊三次は、いつもより早めに帰宅した。雨で仕事も早々に切り上げたのだろう。おふさは慌てて晩めしの仕度をした。お吉もほどなく帰って来た。

焼いた鰺（あじ）、ひじきの煮つけ、青菜のお浸（ひた）しが膳に載った晩めしが間もなく始まった。

おふさは晩めしを出すと、自分の住まいに戻って行った。

「今日は伊与太の先生が見えたんだよ」

お文はさり気なく切り出した。

「何んか用事があったのか？」

伊三次は怪訝そうにお文を見た。

「それがねえ、伊与太は信州に行ったんだよ」

「信州？」

「ああ。葛飾北斎って、偉い絵師がいるじゃないか。伊与太は、その北斎先生に可愛がられていて、その先生が信州のご贔屓さんの家に伊与太を行かせたらしい」

「何んでまた」

「国直先生の所に伊与太と一緒に修業している弟子がいるんだが、その弟子が伊与太の絵の道具を盗んだそうだ。その道具というのが、松前藩のご家老様から頂戴した品だそうだ。伊与太は文句も言えず、先生の家を出て、北斎先生に今後のことを相談したらしい。それで信州に行けということになったそうだ」

「松前藩は茜お嬢さんが奉公しているお屋敷だ。伊与太は茜お嬢さんと会ったのかな」

「ご家老様にお会いしたのは、お嬢さんの口利きだから、向こうで顔は合わせていると思うよ」

お吉はすぐには事情が呑み込めないらしく、伊三次とお文の顔を交互に見ながら話を聞いていた。

「よほど上等な道具だったらしいな。修業中の弟子には、おいそれと手が出せねェような」

「兄さん、文句を言わなかったの？」

ようやくお吉が口を開いた。

「ああ」

お文は低い声で応えた。

「どうして？　兄さんはおとなしいけれど、大事なものを盗まれて黙っている人じゃないよ」

「相手の弟子は伊与太より才があるらしい。だから伊与太は何も言えなかったんだよ。先生も叱りはしたが、追い出すことまではしなかったらしい」

「ひどい。何よ、それ」

お吉はむっとした表情で言う。

「いい機会だったんじゃねェか」

だが、伊三次はぽつりと言った。

「お父っつぁん、何がいい機会なのよ。兄さんは貧乏籤(くじ)を引いただけじゃない」

お吉は伊三次に口を返した。

「そのまま先生の所にいたら、相手の弟子はその気になって伊与太を虚仮(こけ)にする。伊与太の気持ちも、その内におかしくなって、修業にも差し障りが出るというもんだ」

「お前さんも梅床(うめどこ)の義兄(にい)さんに逆(さか)らって見世を飛び出したことがあるから、伊与太の気持ちがわかるんだろう」

お文は訳知り顔で言う。

「そんなことがあったの？」

お吉は驚いた顔になった。

「昔の話だ。お文、余計なことは喋るな」

伊三次は慌てて制した。

「でも、伯父さんはお父っつぁんが見世を手伝ってくれるから助かるってあたしに言ったよ」

お吉は伯父の十兵衛の肩を持つ言い方をした。

「あいつが本心でそう思っているもんか！」

「梅床の義兄さんの話になるとお父っつぁんの機嫌が悪くなるから、お吉、その話はおやめ」

お文はお吉にそう言った。

「うん、わかった。だけど、茜お嬢さんは兄さんが信州に行ったこと知っているのかしら」

「さあ、どうだろうねえ。落ち着いたら手紙でも書いて知らせるだろうよ」

「それはどうかしら。お屋敷奉公している女中さんに手紙なんて届けたら、周りの人が妙な眼で見るじゃないの」

「へえ、お吉。お前ェ、存外に世間のことを知っているじゃないか」

伊三次は感心した顔でお吉に言った。

「そんなこと、当たり前じゃない。男の人から手紙が届くなんて外聞が悪いし」

「伊与太の信州行きは茜お嬢さんに関係のないことだから、わざわざ知らせなくても構わないのじゃないかえ」

お文は面倒臭そうに言う。

「ううん。知らせたほうがいいと思うよ。ほら、不破の若奥様は時々、茜お嬢さんの所へ差し入れにいらっしゃるから、お父っつぁんはそれとなく若奥様に申し上げて、茜お嬢さんにお知らせしたら？」

「余計なことだよ」

お文はきっぱりと制した。

「だって、茜お嬢さんは昔から兄さんのことを頼りにしていたのよ。茜お嬢さんにとって、兄さんは大事な人だと思うの。二人が一緒になるかどうかはわからないけど、今でもお互い、心の中では支え合っているのよ。それはお父っつぁんもおっ母さんも感じているはずよ」

「茜お嬢さんはお武家の娘だ。伊与太とどうにかなるなんて、できない相談なんだよ」

お文は低い声で言った。

「決めつけるのはよくないよ。茜お嬢さんは、こうと決めたら、押し通す人よ。誰にも文句を言わせないと思う」

お吉の言葉に、お文はそれもそうだと思ったのだろう。

「いやだねえ。この先、すったもんだがあるかと思や」

お文はくさくさした表情で言った。

「今はそっとしておくこと。それしかないよ」

お吉は宥めるように二人に言う。

「大の大人が仕切られちまったぜ」

伊三次は冗談交じりに言う。

「本当だね」

お文も情けない顔で薄く笑った。

翌朝、伊三次は不破家の髪結いご用を終えると、龍之進の妻のきいに、近々、茜お嬢さんの所にいらっしゃいやすか、と訊いた。

きいは少し怪訝な表情になったが、今月はまだ伺っておりませんが、そろそろお姑様が届け物をしてほしいとおっしゃるかも知れません、と応えた。傍には息子の栄一郎が、きいの前垂れの端を摑んで揺すっている。何かしてほしいことがあるようだ。

「はいはい、おんもは後でね」

きいは宥めながら、茜さんに折り入ってお話でもありましたか、と訊いた。

「へい。つまらねェことですが、うちの倅が信州に行ったんで、ちょいとお知らせしておきたいと思いやして」

「まあ、信州。遠い所に。それは絵のお仕事で？」

「ええまあ。別にお知らせしなくてもいいと、手前もうちの奴も思っていたんですが、娘が若奥様に伝えて、知らせたほうがいいと言うもんですから」

「まあ、お吉ちゃんは気が利くこと。伊与太さんのことは茜さんも案じておりますので、お知らせすれば喜ぶと思いますよ」

「お喜びになりますかねえ」

「もちろんですよ。そういうことでしたら、あたしが承りました。この次に茜さんのお屋敷をお訪ねした時、忘れずにお伝えしますね」

　きいは快く引き受けてくれた。

　伊三次は、ほっと安堵したが、茜がそれを聞いてどう思うかが気になった。粗相をして信州に飛ばされたのではあるまいかと、悪いように解釈しなければよいが、と思った。詳しい話はきいに伝えなかった。それこそ心配の種になるからだ。茜が伊与太を松前藩の家老に会わせたのは、伊与太の腕を家老に判断してほしかったのだろう。絵の道具を進呈されたとすれば、さほど悪い印象は持たれなかったはずだ。いやいや、それは親の欲目だ。無駄に期待しては伊与太の気持ちの負担になる。伊三次は期待したがる自分を戒めた。

　それにしても、もう一人の弟子に、盗みの癖があるとすれば、この先、師匠の国直も苦労することだろう。それとも、その弟子は高価な絵の具だから、伊与太が使うより自分が使ったほうがいいと思ったのだろうか。

そうだとすれば、傲慢な考えだ。しかし、国直がその弟子を家に置き続けているのは、かなりの腕だからに違いない。情けない。やり切れない。伊三次は奥歯を嚙み締めて思う。

一流の絵師になんてならなくてもいい。前途を悲観してやけになってほしくない。ただ、伊与太が絵師であり続ければ自分は満足だ。伊三次は改めてそう思うのだった。

三

本所・緑町の蝦夷松前藩の下屋敷は閑散としていた。下屋敷の長である三省院鶴子が息子の蠣崎昌年（波音）と一緒に西国三十三所の巡礼の旅に出たからだ。西国三十三所は観音信仰の霊場の総称で、それら霊場の札所を廻る巡礼は、わが国では歴史のあるものだった。三十三所を参拝すれば、現世で犯した罪業が消滅し、極楽往生できると信じられている。鶴子はかねてより、その巡礼をしたいと希望していた。

体調を取り戻した昌年が藩主の松前道昌に伺いを立てると、最後の親孝行だと思って鶴子の願いを叶えてやれと、温かい返答があった。昌年は道昌にとって、腹違いの弟にも当たる。

お許しが出たので、昌年はさっそく旅の準備を始めた。高齢の鶴子を慮り、無理のない行程を考えると、旅は自然、長期になりそうである。少なくとも二、三か月は掛かるだろう。

西国三十三所は紀伊国の青岸渡寺から始まり、大坂、奈良、京、近江国などの札所を廻り、最後は美濃の華厳寺で終わる。まずは紀伊国を目指すが、大坂、奈良のあとは、旅の疲れを癒すために、京で少し長い休養を取る。京では昌年と交流のある円山派の絵師達と再会する予定でもあった。

　巡礼と言っても、二人だけで出かけるのではなく、もちろん、伴の家臣が何人かつく。鶴子の側仕えの楓も当然、同行する。他に女中が三人。茜も鶴子の警護のために同行をほのめかされたが、昌年付きの馬廻りの家臣がいるので、その必要がないとのことで、残念ながら留守番をすることになった。江戸から外へ出たことのない茜は少しがっかりしたが、務めのことに文句を言えるはずもなく、鶴子には、しっかり留守を致します、と明るく応えた。もしもの時のために昌年は藩の医師も一人同行させた。

　鶴子が出立するまで、何かと気忙しい日々が続いた。札所で参拝のあと、写経と納経料（お布施）を納め、納経帳に宝印の印影を授けて貰うのだが、その納経帳をどこへ仕舞い込んだかわからないと鶴子が言い出し、女中達が大慌てで探すやら、普段使っているへちま水が足りない、飲み慣れた茶葉も携えたいとやら、こまごまとした要望があった。そのようなものは旅先にもございますので、ご心配なさらずに、と楓が宥めても鶴子は承知しなかった。楓がいらいらして少し甲高い声を上げるのを、茜は苦笑交じりに眺めていた。

ようやく一行が出立すると、下屋敷は、まるで空き屋敷になったかのように静かになった。

台所の女中達の大半が、手の足りない上屋敷に助っ人として出向いたものだから、なおさらだった。鶴子がいなくても、いつも通り、朝になれば先祖を祀っている仏壇に灯明をともし、供え物をしてお参りすることは欠かせない。

それは鶴子からきつく命じられていた。とはいえ、緊張の度合いは普段と格段の差があった。この機会に剣術の稽古に精を出そうと思い、茜は上屋敷の道場へ出かけることも多くなった。警護役の仲間と竹刀を交え、汗を流すのは気持ちのよいものだった。

そんな折、上屋敷で台所の仕事をしていたさの路という女中が下屋敷にやって来た。下屋敷の女中が上屋敷に行くと、逆に人手が余り、さの路の仕事がなくなったという。それでも下屋敷の女中達は戻ると言わないので、仕方なく自分が下屋敷へ行くことにしたらしい。まあ、茜にも会えるし、よい気晴らしになるだろうと考えてのことでもあった。

夜はさして仕事もないので、茜はさの路を自室に迎え、菓子などをつまみながら世間話に興じた。それは結構楽しい時間だった。

その夜もさの路は茜の部屋に訪れていた。

「ご隠居様は、今頃、どの辺りにいらっしゃるでしょうか」

さの路は旅先の鶴子に思いを馳せる。さの路は茜よりひとつ年上である。礼儀正しい女中なので茜は好感を持っていた。さの路の父親は幕府の小普請組手代を務めているが、その昔、父親は茜の母方の祖父が開いていた道場の門人でもあった。そういう経緯があるので、茜は、さの路に対し、他の女中達より心を開いていた。それに今まで特に親しい女友達がいなかったので、茜にとってさの路は初めて友達と呼べる存在だった。

「そうですね、小田原か熱海に着いたでしょうか」

茜は茶を淹れながら応える。

「熱海は温泉がありますから、ご隠居様も温泉に浸かっていることでしょうね」

「西国巡礼とは初めて知りました。結構、盛んに行なわれているそうですね。わたくしはお伊勢参りしか存じませんでした」

茜は、そんなことを言う。

「お伊勢参りも、あちこちで盛んに行なわれておりますね。旅の御師の道案内で行くそうです。一人一両と二分ほどの掛かりになりますが、お土産を買うとなれば、もっと掛かりますでしょう。死ぬまでに一度はお伊勢参りをしたいものだと、人は誰しも考えるようです。でも、巡礼は本当に信心深い方達がなさいます。西国三十三所だけでなく、四国八十八箇所霊場、秩父三十四箇所霊場などもございます」

「さの路はもの知りなこと」

「いえいえ、父の受け売りでございます」

さの路は恥ずかしそうに笑った。

「ところで、ご家老様がこちらのお屋敷にいらした間に、茜様のお知り合いの絵師が訪れたとお聞きしましたが」

さの路は、ふと思い出したように続けた。

「お耳の早い。どなたからお聞きになったのですか」

「下屋敷の女中さんが話しておられました。茜様とは大層、仲がよろしかったご様子だったとか」

「人の口に戸は閉てられないと申しますが、余計なことを」

茜の言葉にため息が交じった。

「ご気分を害されたのでしたら申し訳ありません」

さの路は慌てて謝った。

「いいえ、別に気分を害してなどおりませぬ。ご家老様に幼なじみが絵師の修業をしていると申し上げますと、興味を持たれたご様子で、このお屋敷に招いて下さったのです。

大層、褒めていただきました。幼なじみも勉強になったと喜んでおりました。しかし、そのことであらぬ噂を立てられるのは、正直、困ってしまいます」

「そうですね。若様が息災であられましたら、ちょっと大変なことになったやも知れませぬ」

　さの路はそう言って眉根を寄せた。若様とは前年に亡くなった藩主の嫡子良昌のことだった。

「本当に、あの時は大変でした。若様ご自身は他意のない方ですのに、周りがあれこれと詮索致しまして、若様を追い詰めてしまったと、わたくしは考えております。今でも申し訳ない思いでいっぱいなのですよ」

「お気持ち、お察し致します」

「でも、さの路も、わたくしが若様の側室になるものと思っていたのでしょう？」

　茜は上目遣いでさの路に訊いた。

「茜様には、気をしっかりお持ちなさい、側室になるためにお屋敷奉公に上がった訳ではないでしょう、と申し上げましたが、藩の意向がそういうことであれば、茜様も拒否できないものと考えておりました」

「正直な方ですね、さの路は」

「申し訳ありません。勝手なことばかり申し上げて。でも、上屋敷の雰囲気はそういうものだったので、ただただ、茜様がお気の毒でなりませんでした」

「わたくしの本心は側室になる気持ちなど微塵もありませんでしたが、若様のお傍におりますと、その気持ちがしばしば揺らぎました」

胸の内を明かす茜に、さの路は熱心に耳を傾ける。

「若様はご自分のお立場をよく理解していらしたのです。ご自分より弟君の章昌様が次期藩主にお就きになれば、万事丸く収まると考えておられました。健気と申し上げるより不憫でなりませんでした。ですから、わたくしは常々、ご膳をたくさん召し上がり、壮健なお身体となって次期藩主にお就きなさいますようにと申し上げておりました」

茜は当時のことを思い出してしみじみと語った。

「でも、茜様も最後は……」

「ええ。わたくしがしおりに乱暴を働き、下屋敷に移されてから、若様はお寂しい思いをなさっていたのでしょう。お見舞いに上がると、珍しく弱音を洩らされたのです。ご自分も下屋敷に移り、わたくしの傍で過ごしたいとおっしゃいました」

しおりとは、茜の身辺を探っていた老女の藤崎付きの女中のことだった。

「それが側室を承知したものと藩は解釈したのですか」

「恐らく」

そう応えると、さの路はため息を洩らした。

「それでもわたくしは、若様のお言葉を遮り、次期藩主としてお認めいただいてから改めて若様のお願いをお聞きしたいと申し上げました。若様はわたくしのために気持ちの上で無理をなされたのかも知れません。それが今でも悔やまれます」

茜は、そう続けた。

「いいえ、若様は茜様のお言葉を希望と捉えていたものと思います」

「希望？」

「ええ。お寂しい思いをなさっても、茜様がいらっしゃる限り、生きる張りになったでしょうから」

「さの路にそう言って貰えると、わたくしも気が楽になります」

「でも、若様がお亡くなりになっても、どういう訳か茜様の動きに眼を光らせる者がおります。どうぞ、くれぐれもお気をつけて」

さの路は注意を促した。

「ありがとう。気をつけます」

「幼なじみの絵師の方は今も修業を続けていらっしゃるのですね」

さの路は話題を変えて訊いた。

「ええ。そうです。もの心つく頃から、わたくしの身辺におりました。わが家の出入りの髪結い職人の息子なのですよ」

「まあ、父親の仕事を継がずに絵師になったのですか」

さの路は少し驚いた顔になった。

「幼い頃から絵を描くのが好きだったのです。父親は伊与太の好きなようにさせているのです。本心は跡を継いでほしかったでしょうが」

「伊与太さんとおっしゃるの？」

「ええ。いつもわたくしに小言を言うのですよ。この間も短慮なことはするなと釘を刺して帰りました。伊与太はわたくしのことを一番よく知っている人なのです」

茜は伊与太の名前を掌に人差し指でなぞって、さの路に教えた。

「いずれ、お二人はご祝言を挙げるのですか」

さの路は、当然のような表情で訊く。それには茜がうろたえた。

「まあ、さの路は存外、金棒引き（かなぼうひ）だこと」

慌ててはぐらかした。金棒引きは世間の噂好きな者を言う。

「ご無礼致しました。今はそれどころではありませんね。伊与太さんは修業中の身でありますし、茜様には大事なお務めがありますもの」

さの路は取り繕うように応えた。

時刻になり、さの路が名残り惜しそうに女中部屋に引き上げたが、茜はさの路の言葉が妙に心に残った。

伊与太と祝言を挙げる――それは、お務めに就いてから久しく考えることはなかった。以前なら、ぼんやり思っていたことだが。

伊与太が一人前の絵師となったあかつきには、そうなってもいいかと思っていた。生計に不足が出るのなら、自分は町道場で子供達に剣術を指南して不足を補おうと甘い夢を見ていた。

年を重ねる内、それが難しい問題であると察しがつくようになった。大人の分別が甘い夢を打ち砕く。自分はこれからどうなるのだろう。今の茜には答えがわからなかった。

ただ、伊与太が別の娘を女房に迎えるのだけはいやだった。それは自分に耐えられそうもない。しおりにした狼藉を相手の娘に再び働くかも知れない。そんな自分が恐ろしい。

だが、自分がもしも他の男と一緒になったとしたら、伊与太はどうするだろう。黙って自分の前から姿を消すのだろうか。その答えもまた、わからなかった。

しかし、伊与太の描いた絵が脳裏に甦（よみがえ）った。翁（おきな）と媼（おうな）を描いたものだ。お互い、年寄りとなった時、傍に伊与太がいればどれほどいいだろう。天気のよい日、縁側で絵を描く伊与太に茶を淹れてやる自分が見える。互いの両親もとっくに亡くなり、たった二人だけ。

「本日はよいお天気で」

そう言うと、伊与太は、そうだね、と応える。庭の樹木から鳥の鳴き声が聞こえる。婆さん、目白が来ているよ、あれは去年も来た目白だろうか、などと他愛ない会話が続くのだ。

「そろそろお昼になりますが、何を召し上がりたいですか」

「そうだねえ、蕎麦がいい」

「では、さっそくご用意致します」

茜はそそくさと腰を上げる。何が起こる訳でもない平凡な日々。昨日と同じような今日がある。それを茜は待ち望んでいた。それまでにひと波乱も、ふた波乱もあっただろうが、その時はすべて忘却の彼方に押しやられている。人生は長い。長過ぎる。若い茜はそう思わずにはいられなかった。

夜も更けた。明日もまた務めがある。そう思うと、茜は寝間着に着替え、蒲団に身を横たえた。

その時の茜は、まだ伊与太が信州に赴いたことは知らなかった。

四

江戸は梅雨に入ったのだろうか。しとしとと雨が続く。茜は朝と夕に下屋敷の周りを見廻る。怪しい人間がいないか、盗人が忍び込みそうな壁の破れはないか、野良犬や野良猫が巣を作っていないかと、注意深く見るのだ。

何か気がつくことがあれば下男なり、中間なりに伝えて対処して貰う。昨年は軒下に蜂が巣を作り、大騒ぎになった。

気の毒に下男の一人が蜂に刺され、腕が丸太ん棒のように腫れ上がってしまった。その下男は、今度再び蜂に刺されたら命を取られるかも知れないと、ひどく恐れている。そういう言い伝えがあるらしい。本当なのかどうか、茜にはわからない。下男のためにも蜂の巣には気をつけなければならない。今のところ、その心配はないようだが。

ひと通り、下屋敷の周辺を見廻ると、茜は正門前に戻った。すると、蓑と笠の男が脇の通用口の戸を叩いているのに気づいた。

「何者である」

茜は少し厳しい声で訊いた。

「へい、あっしは手紙を届けに参りやした」

「飛脚か」

「へい」

「どれ」

茜は拳で戸を強く叩き、門番を呼び出した。ほどなく、面倒臭そうに門番兼中間が戸を開けた。

「やけに手間取る。ご隠居様がおらずとも、お屋敷に用事のある者は多い。怠けることはならぬぞ」

茜はちくりと小言を言った。門番の男は、そこに茜がいたので、大慌てで申し訳ありやせん、と謝った。おおかた、仲間とさいころ博打にでも興じていたのだろう。門番は、国許から連れて来たのではなく、口入れ屋（周旋業）を介して雇い入れた者だ。少し暇ができると、すぐに下らない博打を始める。何度注意しても、なかなか言うことを聞かない。

門番が飛脚から手紙の束を受け取るのを見て、茜は先に通用口から中へ入った。少し喉が渇いたので、茶が飲みたかった。

門番が通用口を閉じるとともに、茜様、と呼び掛ける声が聞こえた。振り向くと門番は、手紙が届いておりやす、と告げた。

母親からのものかと思い、かたじけない、と礼を言った。

「他のは女中さんにお渡ししておきやす」

「いや、ついでだから、わたくしが預かろう」

茜は気軽に受け取り、勝手口に廻った。

台所では、さの路が他の女中と一緒に中食の準備をしていた。茜も飛脚と同じで褒と笠を身に着けていた。手紙の束を台所の板の間に置いてから、笠を取った。その拍子に雨の雫が盛大に落ちた。

「茜様、ご苦労様です」

さの路がやって来て、蓑を脱ぐ茜に手を貸した。それから雨に濡れた蓑を壁の釘に掛けてくれた。

「手紙が届けられた。わたくし宛のものもあるゆえ、お部屋で読みたい。お手数だが、茶を一杯いただきたいのだが」

「承知致しました。すぐにお持ち致します」

さの路は、笑顔で応えた。茜に届いた手紙は母親からのものではなかった。普通の状袋より、ひと回りも大きく、嵩張っている。中身が飛び出さないように、わざわざ麻紐で括ってあった。

差出人は結髪亭北与と書いてある。傍に信州にて、と小さい字が添えられていた。信州の結髪亭北与。心当たりがなかった。

訝しい思いで部屋に戻り、鋏で中を開けた。

すると、手紙ではなく、画仙紙に描かれた絵が現れた。拡げると畳半畳ほどの大きさにもなった。それは雄鶏と雌鶏がいて卵を産む図だった。

伊与太だ。茜はようやく察しがついた。ならば結髪亭北与は雅号となるのだろう。

だが、伊与太は歌川派の修業をしていたはずだ。雅号には「国」の字がついてしかるべきだろう。北与ではなく、国与になるのが自然だ。茜はさらに怪訝な思いがした。怪訝な思いは、それればかりではなかった。絵の内容もよく理解できなかった。

立派なとさかを持つ雄鶏が絵の左上方に描かれ、その隣りに雌鶏がいる。二羽はつがいで、卵が産まれる。二個の卵。雌鶏は卵を温める。一個はすぐに孵ったが、もう一個はなかなか孵らない。雌鶏は孵らない卵に業を煮やし、後足で蹴った。草叢に放っておかれる卵。その間にも、雌鶏は次々と卵を産み、たくさんのひよこが孵らない卵をおもちゃにして遊んだ。そこへ野良着姿の男が現れ、孵らない卵を取り上げ、家に持ち帰る。その男の家でも鶏を飼っていた。男が雌鶏の傍に持ち帰った卵を置くと、雌鶏は小首を傾げ、考えるようなそぶりをした後に、卵を温め出した。

昼も夜も雌鶏は辛抱強く卵を温める。そして、とうとう、ひよこに孵った。そのひよこは普通より数倍も大きく、やがて、若鶏になり、立派な雄鶏となって、最初の雄鶏に戻る。

一連の絵は双六のように、左から右へ、右から下へ、下から左へ、そして左から上へと続く。中央には山の連なりと、名も知らない愛らしい草花が描かれていた。

(伊与太、わたくしに何が言いたいの？)

茜は胸で呟いた。

そこへ、さの路が茶を運んで来た。目ざとく茜の拡げた絵に気づき、幼なじみの方の絵ですか、と訊く。

「ええ、そのようですが、わたくしには絵の意図が汲み取れないのですよ」

茜はそう言って吐息をついた。

「謎掛けでしょうか」

さの路は、茜に茶を出すと、そんなことを言う。見られて問題のある絵ではなかったので、慌ててしまうことはせず、さの路が覗き込んでも、そのままにさせていた。

「謎掛け？」

「ええ。この絵には茜様におっしゃりたいことが描かれていると思うのですが」

謎掛けと言われ、ふと亡き良昌としたなぞなぞ遊びが思い出された。もう一度注意深く茜は絵を見つめた。

孵らない卵――帰らない。そこに行き当たった。伊与太が信州にいるとすれば、当分、帰らないと言いたいのだ。そして、いつかは帰る。その時には一人前以上に成長していると。それに気づくと、不意に茜の眼から大粒の涙がこぼれ落ちた。

「茜様……」

さの路は驚いて茜の背中を撫でる。

「ごめんなさい。突然、意味がわかってしまったものですから」

茜は涙声で言った。

「よろしければお聞かせ下さいまし」

「ええ」

茜は、ぐすっと水洟を啜り、伊与太は今、信州にいるようです、そこで修業するので、当分、帰ることはできないと知らせて来たのですよ、と説明した。

「まあ、そうなのですか。わたくしには、まだ呑み込めませんが」

「卵が孵らないのは、信州から当分帰らないという意味だと思います。さの路が謎掛けではないかと言ってくれたのでピンと来ました」

「でも、それは茜様だからこそ伊与太さんのお気持ちが伝わった訳で、他の人なら、とてもとても」

「手紙を届けては、色々差し障りがあると伊与太は考えたのでしょう。こういう絵なら、誰が見ても妙な憶測はしないでしょうから」

「伊与太さんは利口な方ですね」

さの路は感心した表情で言う。

「でも、まだわからないことがあるのですよ」

「それは何んでしょうか」

「雅号の結髪亭北与が謎のままなのです。伊与太は、どうして、この雅号を遣ったのかと」

「伊与太さんは、今までどの派の修業をなさっていたのですか」

「歌川派です。師匠は歌川国直という人です。ですから、雅号も国の字のついたものになるはずなのです。ということは、伊与太は今まで修業していた師匠の許を離れたとも考えられます」

「言われてみると、そうですね。雅号には北の字が入っておりますね。北の字を遣う絵師と言えば……」

　さの路は、そこで思案するようにつかの間、黙り、天井を睨んだ。

　しばらくして、さの路は、おもむろに口を開いた。

「父の知り合いに魚問屋(うおどんや)の主(あるじ)がおりまして、その方は葛飾北斎の一番弟子とも言われております。確か、雅号は魚屋北渓(ととやほっけい)でした。魚問屋だから、ととやになるのですね。伊与太さんのお父様は髪結いとお聞きしましたから、結髪亭北与となるのでしょう」

「では、伊与太は葛飾北斎の弟子になったのですか」

「自信はありませんけれど、そうではないかと、ふと思いました。魚屋北渓には生業(なりわい)を匂わせるものがございます。ちょっと滑稽な響きも感じられます。結髪亭北与と通じるものもあると思いませんか」

「確かに」

「伊与太さんは信州におりますが、いつか帰るということなのでしょうね」

「ええ、多分」

「お帰りになるまで茜様はお待ちできますか」

「……」

「お待ちしましょうね」

返事をしない茜に、さの路は念を押すように言った。

「もう、本日のさの路は少し意地悪ですよ。言い難いことを言わせようとする」

「申し訳ありません。でも、この絵は美しいだけでなく、とんちにも富んでおります。きっと伊与太さんは偉い絵師におなりですよ」

「ありがとう。さの路にそう言って貰えると、何んだか嬉しくなります」

「その絵は伊与太さんがお帰りになるまで大事になさって下さいまし」

「ええ、もちろん。伊与太の絵は他にも持っております。さの路、よろしければお務めが終わった後にお見せしますよ」

「是非！」

さの路は嬉しそうに応えた。

それにしても、自分だけでは伊与太の絵の意味はわからなかったと思う。良昌となぞなぞ遊びをしたことも役に立った。それは、良昌の導きにも茜には思えた。絵を畳むと、茜は仏間に向かった。仏壇の中の良昌に礼を言うつもりだった。

五

それから間もなく、茜は差し入れに来たきいから、伊与太が信州に行ったことを改めて告げられた。

きいは息子の栄一郎をおぶっていたが、茜にだっこさせるために下ろした。

「わたくしは誰？」

茜は栄一郎を抱き上げて訊く。栄一郎は不安そうにきいを見る。

「あなたの叔母様ですよ」

きいは笑顔で教える。「おば」と鸚鵡返しにする栄一郎が可愛く、茜はその頬にぷうをした。栄一郎は嬉しそうにけらけらと笑い声を立てた。

「栄一郎は誰に似ているのかしら。眼はきいさんだと思いますけど」

「お舅っ様に似ているとよく言われます」

「いやですね。大きくなったら大酒飲みになるのかしら」

茜は顔をしかめる。

「うちの人もご酒は強いですから、この子も恐らく……」

「そうならないように、きいさんはしっかり躾(しつけ)して下さいね」

「はい、承知致しました」

「ところで、伊与太が信州に行ったのは、何か特に理由があったのですか」

「いえ、詳しくは存じません。伊三次さんは娘さんから茜さんに伝えるようにと、強く言われただけです」

「あのチビ、気が利くこと」

「もう、チビじゃありませんよ。背丈も伸びて、女髪結いの修業を一生懸命にしております」

「息子が伊三次の跡を継がなかったから、娘が代わりに髪結いになるとは、世の中、なるようになるものですね」

茜の言葉に、きいは、本当に、と相槌(あいづち)を打った。きいが持って来た風呂敷包みには何が入っているのだろうか。それを開けるのが楽しみだった。暇乞(いとまご)いを告げたきいに、茜は栄一郎を背負わせた。それから懐から紙入れを出し、小粒（一分金）をきいに握らせた。

「そのようなこと、お気遣いなく」

きいは慌てて制する。

「よろしいのですよ。お屋敷におれば、お金を遣うこともありませんから。何かおいしいものでも買って皆で召し上がって」

「ありがとうございます」

きいは礼を言って、茜を眩しそうに見た。

「茜さんは、ずい分、女らしくなったようで」

きいは、そんな感想を洩らした。

「世辞のよい。きいさんこそ、同心の奥様ぶりが板につきましたよ。これからも兄上と栄一郎の世話を頼みますよ」

「お舅っ様とおっ姑様のことは？」

きいは悪戯っぽい表情で訊く。

「それも、もちろん」

そう応えると、きいは弾けるような笑い声を上げた。

「帰りに鰻の蒲焼きを買ってお土産に致します」

きいは嬉しそうに言った。

「それではお金が足りないでしょう」

「ご心配なく。安くておいしい鰻屋さんを知っておりますから」

「相変わらず、きいさんはしっかりしていらっしゃる」

「ええ、町家の出ですから」

「あなたがいらっしゃるお蔭で、わたくしも安心してお務めができるというものです」

「まあ、本当にそう思っていただけるのですか」

きいは感激した声で訊く。

「ええ、もちろん。さすがに兄上が見初めた方ですよ」

「嬉しい！　初めて茜さんに褒められました」

「あら、わたくし、あなたを褒めたことがなかったでしょうか」

「ありません」

応えたきいに、茜が思わず噴いた。それにつられて、きいも声を上げて笑った。栄一郎も笑う。

茜は去って行くきいと栄一郎にゆらゆらと掌を振って見送った。きいは何度か振り返って頭を下げる。

「栄一郎、いい子でね」

茜は大きな声で呼び掛けた。

「おば！」

栄一郎はそれに応える。何んて頭のよい子だろうと茜は思った。叔母の意味はまだわからないはずなのに、そう応えれば茜が喜ぶとわかっているのだ。嬉しくてたまらなかった。

兄の結婚は、当初、茜に一抹の寂しさを感じさせたものだ。大人になれば、大好きな兄も妻を迎え、その妻を自分以上に大事に思う。

それが何んともやり切れなかった。しかし、今は栄一郎がいる。兄の血を引く息子で、茜にとっては甥だ。可愛くない訳がない。そう思うと、自然にきいを受け入れる気持ちにもなっていた。我ながら、そういう気持ちの変化が不思議だった。

二人の姿が見えなくなると、茜は持ち重りのする風呂敷包みを抱えて自室に戻った。中には母親のいないなみが手ずから縫った肌襦袢や手拭いの束、へちま水のほか、駄菓子が何種類か入っていた。近頃、駄菓子の類が多い。

駄菓子屋に贔屓でもいるのだろうかとも思う。さの路にもお裾分けしよう。きっと喜んでくれるはずだ。茜はいそいそと、差し入れの品を仕舞い、客間に向かった。その日は鶴子の兄がやって来る予定だった。恙なく巡礼の旅を続けているかどうか、様子を知りたいのだ。

茶菓を振る舞い、世間話にもつき合わなければならない。それも苦手なことではあるが、奉公しているとなれば、いやとは言えない。

鶴子に留守を引き受けた以上、しっかりとこなさなければならないのだ。

来客で緊張した気持ちは伊与太の絵を眺めることで癒された。茜は、日に一度は伊与太の絵を取り出していた。

（孵らない、帰らない）

呪文のように呟いてもいた。毎日、毎日、伊与太の絵を眺めている内、茜は次第に息苦しい気持ちになって行った。果たして、本当に伊与太は帰って来るのだろうか。それまで、自分は伊与太を待っていられるのだろうかと。

つかの間、不安がよぎる。信州で年頃の娘がいて、優しく世話をするとしたら、伊与太だって男の端くれだ。悪い気はしないだろう。

縁談に進むことも考えられる。逗留が長きに亘っては、伊与太と自分の気持ちにも変化があるはずだ。一年後の自分、三年後の自分の気持ちはわからない。

するど、苦いものも込み上げた。帰りを待っていたいが、待てない事情が生まれるかも知れない。そうなった時、茜は伊与太に知らせるだろうか。いや、自分なら何もしない。

自分は卑怯な女だと、茜は思う。伊与太の優しさに甘えるばかりで、伊与太を慮ることはしなかった。それが今さらながら悔やまれた。

茜は伊与太の絵を畳み、行李の奥に仕舞った。もはや絵を眺めることはやめようと思った。世の中は、自分の思うようには進まない。

それは松前藩に奉公に上がり、様々な人々と出会ってわかったはずだ。ただ、世の中の流れに身を任せることだけは決してするまいと心に誓ってはいたが。

歌川国直はいなり寿司の包みをぶら下げ、本所・亀沢町の北斎の住まいを訪れた。連日の雨が久しぶりにやんだ日だった。

伊与太が信州で恙なく絵の仕事をしているか、また、北斎の贔屓に伊与太が気に入られたかどうかも知りたかった。向こうから、何かしら連絡があるような気もした。

榛の木馬場では武士が乗馬の稽古に余念がなかった。ひづめの音が快く耳に響く。北斎の住まいは、その榛の木馬場のすぐ近くだった。

土間口前に立って、国直は思わず、あっ、と声を上げた。油障子には墨の色も新しい「かし家」の貼り紙がしてあったからだ。

引っ越しを頻繁に繰り返す北斎には珍しいことではないが、その家はこれまでの裏店と違い、一軒家だった。ようやくひとつ所に腰を据えたものと、国直は思っていた。しかし、やはり北斎は引っ越して行った。板元が所在を突き留めるまで、しばらく掛かるだろう。

国直は思わぬほど気落ちしていた。俄に独りぼっちにされたような寂しさも感じた。仕事は順調に続いているが、たまには、ほうっと息をつぎたくなる時がある。それが北斎の家を訪れ、他愛ない冗談を叩き合うことでもあった。

自分の家にいても、近頃は気が休まらなかった。寄宿させている芳太郎が、鬼気迫る様子で絵を描いているのを見ると、声を掛けるのも憚られた。気軽に茶を淹れろ、茶漬けを拵えろなどと言えるものではない。何しろ芳太郎は集中すると、めしを喰うのも忘れてしまう男だ。

厠に行く暇も惜しむかのように身を捩りながら筆を走らせている。息が詰まった。こんな時、傍に伊与太がいたら、どれほど気が楽だろうか。

「甘いもんでも買って来ましょうか」

伊与太は笑顔で訊いたものだ。豆大福、醬油団子、最中、饅頭。伊与太はうまい菓子屋を知っていた。父親が下戸で菓子が好物なせいだろう。野郎がこんなもんを喰っているところはおなごに見せられねェな。菓子を頰張りながら言うと、誰のことですか、筆屋の後家さんですか、それとも柳橋の芸者ですか、と冗談交じりに訊く。

「おきゃあがれ！」

「あのですね。余計なことですが、先生のおかみさんは、玄人は駄目ですよ。しっかり家の中のことを束ねて下さる人でなきゃ」

「お前ェの母親も芸者だろうが」

「それは、うちのお父っつぁんの稼ぎだけじゃ、喰えないからですよ。先生はおかみさんを稼がせなくてもいいじゃないですか。早く身を固めて下さい」

「お前ェも素人のおなごがいいか？」

「それとこれとは別です」

伊与太は慌てて言う。

「お嬢は武家の娘だったな。てェへんじゃねェか、武家の娘を女房にするのはよ」

「もう、やめて下さいよ。おいらが女房を持つのは、ずっと先の話ですから」

「お嬢は伊与太が一人前の絵師になるのを首を長くして待っているわな。いいねえ、武家の娘は。きゅっと人を睨む眼がたまらねェよ。よし、いつかお嬢の絵を描いてやろう」

「お嬢が承知しませんよ」

「ほう、天下の国直先生のお名指しだ。いやとは言うめェ」

国直は大袈裟に言った。だが、伊与太はすぐに首を振った。

「お嬢はおいらじゃなきゃ、絵を描かせてくれませんよ。たとい、先生の頼みでも」

「ほざいたな」

「はい。ほざきました」

それから二人で声を上げて笑った。お嬢と呼ばれた娘は伊与太が信州に行ったのを知っているのだろうか。この先、二人がどうなるのかも気になる。

若さには時に苦さを伴うこともある。その字が似ているのは偶然だろうか。詮のないため息が洩れた。

国直はいなり寿司の包みをぶら下げて、踵を返した。途中、水茶屋にでも寄って、茶酌女にでもやってしまおうと思った。

やけに天気がよくなった。陽射しが国直に降り注いで温かい。だが、国直の胸はしんしんと寒かった。

月夜の蟹

一

梅雨の晴れ間と言うのだろうか。しとしとと降り続いていた雨が止み、薄陽が射している日だった。北町奉行所定廻り同心の不破龍之進は義弟で見習い同心の笹岡小平太を伴い、浜町堀にほど近い竈河岸に向かっていた。十手・取り縄を預かり、土地の御用聞き（岡っ引き）となった薬師寺次郎衛に町内の様子を聞くつもりだった。

次郎衛は深川の門前仲町界隈を縄張にする増蔵から、岡っ引きの心得を色々と指南された。剣術は腕のある次郎衛だが、十手・取り縄は勝手が違うので往生したと、龍之進に苦笑交じりに語っていた。しかし、もの覚えのよい次郎衛は、すでにその扱いを把握しているらしい。龍之進にとって、次郎衛は頼もしい小者（手下）でもある。

次郎衛は稼業の駄菓子屋を営みながら、町内を見廻りし、浜町堀の入江橋近くの自身番に、日に一度は顔を出し、そこに詰めている差配（大家）や書役の男と相談しながら町内の御用をこなしていた。

龍之進と小平太が次郎衛の見世である「よいこや」を訪れると、子分の正吉が、うちの親分は自身番に行っております、と言った。

正吉は増蔵の子分だったが、十手を返上することになった増蔵が次郎衛に預けたのだ。

正吉の話では、蕎麦屋で喰い逃げした男が自身番に突き出されたという。知らせを受けて、次郎衛は慌ててそちらへ向かったらしい。

正吉もついて行こうとしたが、たかが喰い逃げの調べは、おれ一人で間に合うと言われたので、留守番をしているという。

龍之進は少し気になったので、その自身番に行くことにした。

「まだ昼前なのに蕎麦屋で喰い逃げとは、相当、腹が減っていたんですかねえ。どうせ喰い逃げをするつもりなら、客が混む昼刻を狙えばいいのに」

小平太はつまらなそうに言う。

「お前がそういうことを言うな。蕎麦屋の主にすれば、朝早くから蕎麦を打ち、秘伝のつゆを仕込み、さあ、これから稼ぐぞと張り切っていた矢先に喰い逃げされたんじゃ、肝が焼けて仕方がねェだろうよ。ケチな事件と高を括るな。これも町方役人の仕事の内だ」

龍之進はそう小平太に言い聞かせた。

商いは僅かな儲けの積み重ねである。たかが十六文の蕎麦代といえども、喰い逃げを見逃す訳には行かない。小さな悪事が次の悪事の引き金になる恐れもある。それを小平太にわかってほしかった。だが、小平太は肩を竦め、すんません、とおざなりに応えただけだった。

入江橋の自身番に着くと、中からやけに威勢のいい声が聞こえた。どうやら、喰い逃げをしたのは男で、やけのやん八で開き直っている様子である。

「面倒臭ェ奴みてェですね」

小平太は上目遣いで龍之進を見ながら言った。龍之進はそれに応えず、自身番の油障子の前で呼び掛けた。

「次郎衛、いるかあ?」

つかの間、中は静まったが、すぐに油障子が開いて、次郎衛が顔を出した。

「お務め、ご苦労さんにござんす」

慇懃に挨拶する。

「喰い逃げを捕まえたそうだな。正吉に話を聞いて、ちょっと様子を見に来た」

「そいつは畏れ入りやす。どうぞ、入っておくんなさい」

次郎衛は二人を中へ招じ入れた。差配と書役の男が慌てて龍之進に頭を下げた。どちらも五十絡みの男である。縄で縛られた二十四、五の男が奥の板の間に転がされていた。

それが喰い逃げした男らしい。後先のことを考えず、世の中の流れに身を任せているような荒んだ表情をしている。恐らく、突き出されたのは運が悪かったと思っているだけで、反省の色は感じられなかった。

「蕎麦屋の主はどうした」

主らしい者がそこにはいなかったので、龍之進は次郎衛に訊いた。

「へい。『笠屋』の主は商売がありやすんで、後をよろしくと、今さっき帰ェりやした」

笠屋は次郎衛の見世の近所にある蕎麦屋である。

「喰い逃げは初めてか?」

龍之進は男の傍に近寄って訊いた。

「おれァ、喰い逃げじゃねェよ。ちゃんと後で払うと言ったのに、あの蕎麦屋は人の話を聞こうともしねェ。あんな蕎麦屋、すぐに潰れるわ」

前歯が飛び出ている男は、唾を飛ばしながら、いまいましそうに言った。こんな男を時々見掛けると龍之進は思う。意地ばかりを張る手合だ。素直に謝るなら可愛げもあるが、決してそうしない。小平太が言ったように、確かに面倒臭い。

「ヤサ(家)はこの近くか?」

龍之進は静かな声で訊いた。下手に脅すようなことを言っても、この手の男には通用しない。逆上して暴れるのが落ちだ。

「さいです。住吉町の裏店でさァ」

男も龍之進の恰好から同心と察し、やや声音を弱めて応えた。

「ヤサに誰かいるのか？」

問い掛けを続けると、差配は、この人は独り者ですよ、長屋に押し掛けても一文も出て来ませんって、と横から口を挟んだ。喜兵衛という名の差配は喰い逃げ男が住む住吉町の次郎兵衛長屋の管理を任されている。その傍ら、入江橋の自身番に通って、町内の御用をあれこれこなしていた。

「ばかにすんな、大家さん。蕎麦代ぐれェ、いつでも工面してくれるお人がいるわ」

男は、むきになって喜兵衛に言葉を返した。

「そんなお人がいるなら、み月も溜まっている店賃も一緒に払っていただきましょうか」

喜兵衛は平然と言った。

「それとこれとは別だァな」

男はそっぽを向いて応える。

「その奇特な御仁は、どこのどなたさんかな」

龍之進は気軽に男の傍に胡坐をかいて座った。

「だから、水野様のお屋敷の永井捨之丞様に申し上げれば、すぐさまケチな蕎麦代ぐれェ、出してくれると何遍も言ってるのによう」
水野様のお屋敷とは竈河岸の傍にある水野壱岐守の下屋敷を指しているようだ。確か上総国の譜代大名だ。

「何がケチな蕎麦代ですか。お前さんは朝から板わさと焼き海苔で酒を飲み、蕎麦の大盛りを平らげたんですよ。腹が減って、どうにも我慢できず、もり蕎麦か、かけ蕎麦の一杯を喰い逃げしてしまったなら、笠屋さんも自身番に突き出すまではしませんよ」

喜兵衛は顔を真っ赤にして声を荒らげた。

大家さん、まあまあ、と小平太が宥めた。

「誰だ、その永井捨之丞とは」

龍之進は男にではなく、次郎衛に訊いた。

「家老見習いの男らしいです。まだ、十八だそうですぜ。てて親は留守居役をしておりやす」

「なるほど。そいつがお前ェの谷町(贔屓筋)ということか」

龍之進は得心の行った顔で訊いた。

「おうよ。永井様は、いや、皆は捨様と呼んでいるのよ。若いながら粋なお人で、蕎麦屋では、蕎麦ができ上がる前に板わさか、焼き海苔、あるいは卵焼きで一杯飲み、その後で蕎麦をたぐるのが通だと教えて下さったのよ」

男は文無しのくせに、永井捨之丞の流儀を真似て蕎麦屋に入ったらしい。

「水野様のお屋敷に催促に行ったのか」

龍之進が訊くと、次郎衛は、若旦那、冗談はおっしゃらねェで下せェ、と呆れたように言った。こんなことを向こうがまともに請け合うとは思えないし、そもそも家老見習いが鳶職の男とつるんでいると知れたら外聞が悪いという。次郎衛の言うことはもっともだった。

「そうだってよ。お前ェ、鳶職なのか。今日は、仕事は休みか」

龍之進は男に向き直って訊いた。男は居心地の悪い表情になったが、仕事なんざ、やってられるか、と応えた。

「永井様も罪なことをなさる。菊蔵は話がおもしろいので伴になさり、料理茶屋などにお出かけになっていたんですよ。そこの掛かりとなると、菊蔵のひと月分の給金でも足りません。うまい料理に上等の酒を毎度ご馳走されたんじゃ、あくせく稼ぐのもばかばかしくなりますよ」

喜兵衛はため息交じりに言った。男は菊蔵という名前らしい。書役の直助も肯きながら、帳面に男達のやり取りを記した。

「次郎衛、こいつの処分をどうするのよ。喰い逃げのお裁きをするほど奉行所は暇じゃねェぞ」

龍之進は次郎衛の考えを聞きたかった。

「こいつのふた親は亡くなっていますが、妹が横山町の菓子屋に嫁いでいるんで、そこに行って、事情を話し、蕎麦代を払って貰おうと考えておりやす」

次郎衛がそう応えると、妹に喋るのはやめろ、と菊蔵は怒鳴った。血を分けた妹には喰い逃げを知られたくないらしい。幾らか恥を感じる気持ちはあるようだ。

「妹にすまねェと思うなら、今後は喰い逃げなんざするんじゃねェ！　次郎衛、妹が蕎麦代を払うまで、こいつをこのまま留め置け。少し、頭を冷やして貰おう」

龍之進は厳しい声で言った。

「さいですね」

次郎衛もあっさり肯く。菊蔵は性懲りもなく、捨様に繋ぎをつけろと、叫んでいた。

菊蔵のことは次郎衛に任せ、龍之進と小平太は自身番を出た。それから両国広小路に出て、見廻りを続けるつもりだった。浜町河岸から通塩町の通りへ向かいながら、小平太は、永井って家老見習いは、どういうつもりで菊蔵を伴にしているんですかねえ、と独り言のように呟いた。

「単なる酔狂か気晴らしだろう。菊蔵は話がおもしろい奴だと言うから、傍に置いていたんだろう。家老見習いは結構、気を張る仕事らしい」

「ですが、菊蔵が締めていた帯は献上博多で、腰にぶら下げていた莨入れも上等のもんでしたよ。それも永井って男から貰ったんじゃねェですか。おいらは金が払えねェなら、莨入れか帯を代わりに置けばいいのにと思っていました」

「ほう、よく見ていたな」

　龍之進は感心して言った。龍之進は、それには気づいていなかった。

「それから、あいつは鳶職って言ってましたけど、土手組でしょう。ものの数にも入らねェ連中ですよ。でかい仕事が出た時だけ呼び出され、普段は放って置かれています。金はねェが暇はたっぷりあるという奴です」

　父親が鳶職だった小平太は、その道に明るい。恐らく小平太の言う通りなのだろう。

「おいらは、ちょいと余計なことを考えてしまいました」

　小平太は分別臭い表情で続けた。

「何んだ」

「もしも永井って男が市中で悪事を働いたとしたら、菊蔵に罪を被せるんじゃねェかと。そのために連れ回しているような気もするんですよ。考え過ぎですかねえ」

「悪事って何よ」

「そのう、たとえば辻斬りを働いて、それがばれた時、菊蔵を下手人にするとか」

「町人は刀を持っていねェから、それは無理な話よ」

「でも、これまでおれはお前の面倒を見た、おれを助けてくれ、その命をおれにくれ、なんて、涙ながらに縋（すが）られたら、菊蔵はおめでたい男みてェだから、ようがすって引き受けるんじゃねェですか」

「命をくれか……しかし、そこまでなるには、まだまだ饗応（きょうおう）が足りぬな」

「永井はこれからも菊蔵を連れ回すと義兄上（あにうえ）は考えますか」

「わからん。喰い逃げの一件が永井に聞こえて、もう潮時だ、手を切ろうと思ってくれるなら御（おん）の字なんだが」

「そうですね」

小平太は力のない相槌を打った。二人はそれから両国広小路の一膳めし屋で中食（ちゅうじき）を摂（と）り、顔なじみの水茶屋で茶を飲んだ。菊蔵のことがあったせいか、蕎麦を食べる気にはなれなかった。

二

その日は、さして事件らしきものもなく、龍之進は夕七つ（午後四時頃）過ぎには八丁堀の亀島町（かめじまちょう）の自宅に戻った。

不破家の女達は晩めしの準備に余念がなかった。息子の栄一郎（えいいちろう）は祖父の不破にお伽話（とぎばなし）の本を読んで貰っていた。

「ただ今戻りました」

龍之進は不破に挨拶して、栄一郎の頰を人差し指で軽く突いた。栄一郎は、その拍子に、にッと笑顔を見せた。

「お前ェ、きいと夫婦喧嘩でもしたのか?」

不破は少し心配そうな表情で訊いた。

「いえ、そんなことはありませんよ」

「そうか……」

「何か気になることでも?」

「むっつりして、ろくに話もしねェ。いつもと様子が違うのだ」

「今朝、おれが奉行所に出かけるまでは、いつも通りでしたが」

「月の障(さわ)りかのう」

不破がそんなことを言ったので、龍之進は思わず噴(ふ)いた。妹の茜(あかね)が家にいた頃、道場の紅白試合の前日に、月の障りは大丈夫かと不破が訊いて、腹を立てた茜が傍にあった座蒲団を投げつけたことがあった。女の生理を心配する不破は、その人柄と似合わない。龍之進も、何を訊くのだと呆れたものだ。しかし、娘を持つ父親など、皆、そのようなものなのだろうと、この頃は納得している。

「うちの奴は、これまで月の障りだからと言って、特に具合を悪くすることはありませんでしたので、他に理由があるのでしょう」

しかし、その日のきいは龍之進が帰宅しても出迎えに出て来なかった。何か気懸りがあるようだ。

「いなみに叱られたのかのう」

不破はまだ心配していた。

晩めしになると、きいはいつも通り、晩酌をする不破のために徳利の燗をつけたり、汁をよそったりして、かいがいしく働いた。栄一郎は不破の膝に抱かれて、めしや魚の身を口に入れて貰っている。だが、その日は、あまり食欲はないようで、いらないと首を振ることが多かった。

「めしをたくさん喰わねば大きくならんぞ。ほれ、青菜を喰え」

不破が箸で口に運んでやっても、手で押し返した。そんなことが続いている内、きいはいきなり栄一郎の後ろ襟を摑み、引っ張り上げた。

「食べたくないのなら、食べなくて結構ですよ。もう、あなたはお蒲団に入りましょう」

口調は丁寧だが、怒気が感じられる。

栄一郎は驚いて泣き喚いた。きいは栄一郎を横抱きにして二階の部屋に連れて行った。激しく泣き声を上げる栄一郎が気になり、龍之進も晩めしの味が失せていた。

「うちの奴に何かあったのですか」

龍之進は母親のいなみに訊いた。

「本日、きいさんは、子供の頃からのお友達の家に栄一郎を連れて遊びにいらしたのですよ。西紺屋町（にしこんやちょう）の呉服屋さんのお家だそうです。女中奉公に上がり、お見世の若旦那に見初（みそ）められて若お内儀（かみ）になった方です」

いなみがそう言うと、大した出世じゃねェか、と不破が感心した顔になった。

「他に大工さんと一緒になった方や、お菓子屋さんに嫁いだ方もいらっしゃったそうです。皆さん、子供の頃に大伝馬町（おおでんまちょう）の裏店で暮らしていたお友達なのですよ。でもねえ……」

いなみは不破に酌をしながら言葉を濁した。

「そこで何かあったのですか」

龍之進は話の続きを促（うなが）した。

「呉服屋の若お内儀さんだから、並の方より着物や帯はお持ちなはず。きいさんがお見世に伺い、ご夫婦のお部屋に案内されると、簞笥（たんす）の抽斗（ひきだし）がこれ見よがしに開けられていて、中には季節ごとの着物や帯が、びっしりと入っていたそうですよ」

「自慢したくて友達を呼んだのか。いやらしい女だなあ」

不破は不愉快そうに眉をひそめた。

「きいさんと他のお友達は、それを悪く取らず、おたよちゃんは倖せねえ、と持ち上げたそうです。その方、おたよさんとおっしゃるそうなの。今年の春に男の子が生まれてから、ご亭主はもちろん、お舅さんやお姑さんも跡継ぎを産んでくれたと大喜びなさっているとのことです。まあ、そのお祝いも兼ねて、お友達をお呼びして、お昼をご馳走することになったのですよ。生まれた赤ちゃんはとても可愛らしくて、皆さん、代わるがわる抱っこしたそうです。栄一郎も身近に赤ちゃんがいないので、お兄ちゃんぶって、その子の手に触ったりしていたのですが、どういう訳か、腕を齧ってしまったらしいのです」

「怪我をさせたのですか」

龍之進は慌てて訊いた。

「いえ、大事にはなりませんでしたが、赤ちゃんの腕には歯型が残ったそうです。おたよさんは、かんかんに怒って、うちの倅に何んてことをするのだと、きいさんを詰ったのです。きいさんは、悪いのはこっちだから謝るしかなかったのでしょう。それで早々に帰って来たのですよ」

いなみはそう言って、ため息をついた。

「そんなことはよくある。気にすることもねェ」

不破は意に介するふうもない。龍之進も、大事に至らなければ大した問題ではないと思った。しかし、きいは責任を感じているらしい。

　ようやく栄一郎の泣き声がやむと、きいが二階から下りて来たが、きいも泣いたような顔をしていた。

「栄一郎は眠ったのか」

　龍之進がそっと訊くと、ええ、ええ、ときいは応えた。

「今日は大変だったらしいな」

「ええ」

「明日、菓子折でも持って、改めて詫び（わ）に行け」

「あたし、行きたくありません！」

　きいは悔しそうに言った。

「子供みたいなことを言うな。栄一郎が向こうの子供に悪さをしたんだから、詫びを言うのは当たり前の話だ」

「あれは悪さじゃありません。栄一郎は赤ちゃんが可愛くて仕方がなかったのよ。齧りたくなるほど」

　きいは言いながら、ぽろぽろと涙をこぼした。いなみは、きいの背中を優しく撫で、わかっておりますよ、と言った。

「あんたの躾（しつけ）が悪いとおたよちゃんに言われました。ちゃんと言い聞かせて、これからは罵ったりしないようにしてって。でも、栄一郎には、まだ分別もついていない。自分が何をしたのかもわかっていないんです。それでも、あそこにいる内、あたしは泣きながら罵っては駄目、罵っては駄目と栄一郎の肩を摑んで言うしかなかった。悲しくてやり切れませんでした」

　きいはそう言って、両手で顔を覆い、咽んだ。龍之進は慰めの言葉が見つからなかった。

　栄一郎の養育は、ほとんどきいに任せ切りである。家では可愛い息子でも、外に行けば、色々と問題のある行動も出る。簡単に気にするなと言っても、きいには何んの慰めにもならない。

「栄一郎には罵り癖があったのかのう。おれは全く気づかなかったな」

　不破は怪訝そうに言う。

「子供を育てていれば、様々なことがございます。いちいち気にしていては身がもちませぬ。きいさん、時間が経てば忘れますよ。さあ、ご膳を召し上がって元気を出して」

　いなみはそう言って励ました。それで少し気持ちが落ち着いたのか、きいもようやく箸を取った。だが、栄一郎のことがあったせいで、その夜は誰しも口数が少なかった。

　翌日の午前中。不破と龍之進が奉行所に出仕すると、下男の三保蔵が勝手口から、若奥様、お客様ですよ、ときいに呼び掛けた。

きいが足早に台所に向かうと、日本橋の品川町の菓子屋に嫁いでいるおせんが、土間口の傍に立っていた。おせんも、昨日、おたよの見世に招かれた友達の一人だった。

「まあ、おせんちゃん」

「朝早くから押し掛けてごめんなさいね。どうしてもおたけちゃんのことが気になったものだから」

おせんは、きいの昔の名前で言った。美人とは言い難いが、しっかりした顔つきをしている。その通り、昔から芯の強い娘だった。

「ひと晩、眠ったら、少し落ち着いたよ。ささ、上がって」

きいはおせんを中に上げようとしたが、おせんは、首を振った。そうしてもいられないと。

「でも、お茶の一杯ぐらい飲んでってよ」

品川町からわざわざ訪ねてくれたのだから、愛想なしで追い返す訳には行かないと思った。

「そう？　それじゃ、ちょっとお邪魔しますね」

おせんは土間から一段高くなっている台所の板の間に、ひょいと斜めに腰を下ろした。

きいはすぐに茶を淹れた。

「おたよちゃんは、お土産を持たせるつもりで、あたしの見世に菓子折を注文してくれたの。でも、おたけちゃんは、さっさと帰ってしまったから、あたしがおたけちゃんの分を届けに来たのよ。本当はおたよちゃんが持って来て、気にしないで、と言えばいいのにね」

「わざわざすみません。ご足労を掛けて」

「ううん。それはいいの。でも、おたけちゃんの元気な顔を見たら安心した」

おせんはそう言って、きいの淹れた茶をおいしそうに飲んだ。おせんの父親はきいの父親と同じで鳶職をしていた。おせんには兄が三人と妹が一人いるが、父親の性格に一番似ているのがおせんだった。昔から理不尽と思えることには、はっきり文句を言う娘だった。

十二歳頃から、おせんは嫁ぎ先にほど近い小間物問屋に女中奉公に出た。そこでの働きぶりを眼に留めた菓子屋「亀屋（かめや）」のお内儀が、引っ込み思案の息子の嫁にしたいと強く望んだのである。お内儀自身も女中上がりの女だったから、同業者の娘を嫁に迎えるより、くるくる働いて見世のためになる娘を探していたのだ。お内儀の眼に狂いはなく、おせんは嫁いですぐに見世に出て、愛想よく客に接した。

おたよが、きいの舅が言うように出世なら、おせんだって亀屋の若お内儀に納まっているのだから出世と言っていいだろう。そう言えば、昨日、おたよに招かれた友達は、それなりの暮らしをしている者ばかりだった。それはおたよの見栄だったのかと、きいは気づいた。自分の友達は皆、いい所に嫁いでいるのですよ、と舅や姑に見せたかったのだろう。

「あの後、ちょっと大変だったのよ」

おせんは悪戯っぽい顔で言った。

「何が？」

「おたけちゃんがお昼も食べずに帰ってしまったから、あそこのお姑さんが心配して部屋にやって来たのよ。おたよちゃんは、大袈裟に顔をしかめ、これこれこうです、と栄一郎ちゃんのことを言いつけたのよ。あたし、お姑さんも栄一郎ちゃんを目の敵にするのかと思って、内心で心配だったの。でもさすがに『丹後屋』さんのお内儀さんだった。お前が眼を離していたから、そんなことになったんだろうとおっしゃったのよ。栄一郎ちゃんの悪口はひとつもなかったの。だから、もう心配しないで」

丹後屋はおたよの嫁ぎ先の屋号だった。

「嬉しい。そう思っていただけて」

きいも心底、ほっとした。

「腕を噛んだぐらい何よ。おたよちゃんは、もうすっかり忘れているけど、昔、遊んでいる途中でうちの妹を突き飛ばしたことがあるの。膝が割れて、血がたくさん出たの。

今でも妹の膝には、うっすらと傷痕が残っているのよ。でも、その時だって、うちの親は、こんなことはよくあることだからって、おたよちゃんの親に文句も言わなかったの。文句を言って、お互いの家がよそよそしくなるのがいやだったのね。丹後屋さんにお嫁入りして、おたよちゃんは変わったのかも知れない」

「そうかしら」

「おたけちゃんは変わらないよ。八丁堀の旦那のご新造さんになったのに、昔と同じ。あたし、それが嬉しいの」

「おせんちゃんだって、変わらないじゃない。昔と同じようにぽんぽん喋るし」

「ぽんぽん?」

「ずばずばかな」

「これでも丸くなったつもりよ。うちの人は商売に不利なことをお客様に言われても黙っている人なの。そんな時、姑はうちの人より、あたしに何んとかしろ、と詰め寄るのよ。こういうこともあろうかと、お前をこの見世の嫁にしたんだからって」

「それでおせんちゃんは、がんばるのね」

「そういうこと」

おせんが応えた拍子に、きいは声を上げて笑った。

「で、おたよちゃんのことだけど、栄一郎ちゃんの話が済むと、お姑さんは開いていた箪笥の抽斗に気づいて、これはどうしたことだと訊いたのよ。おたよちゃんは、友達が着物を見せてくれと言ったので、と、しゃらりと応えたのよ。あたし、まあこの人、と呆れた。あたし達、そんなことひと言も言わなかったのに。でも、お姑さんにはお見通しだった。貧乏人の娘はこれだから困るって。持ち慣れない物を持つと人に見せびらかす、下衆（げす）の根性だと、おたよちゃん、大層叱られたの。あたし、悪いけど、胸がすっとした」

おせんは小気味よさそうに言った。おせんの気性は相変わらずだった。

「お姑さんが引き上げると、おたよちゃんは、よほど悔しかったのか、姑の悪口を並べ立てた。あたしはご馳走を食べながら、ふんふんと聞いているふりをしていたの。おまさちゃんも同じ気持ちだったみたい」

おまさは大工の親方と一緒になった友達の名である。おまさの亭主は若いながら、何人も大工職人を抱えている男だった。

「仕舞いには、うちで着物を誂（あつら）えないかとおたよちゃんは勧めるのよ。げんなりしてしまった」

おせんは渋い表情で続けた。

「あたしも、最初にそれを言われた。よその同心の奥様は、もっときれいにしているから、たまにはいい着物を着たらって。でも、あたしは息子の世話があるから、いい着物なんて着ていられないよ。ざぶざぶ洗える木綿物でたくさん」

「あたしも同じ。貧乏の味はいやと言うほど知っているから、今の暮らしは極上上吉だと思っているのよ。多少、亭主が頼りなくても、姑は可愛がってくれるから、文句なんて言ったら罰が当たる」

「そうよねえ。うちのお舅っ様やおっ姑様もいい人だから、あたしは何んの不満もないよ。実の母親に置き去りにされた時と比べたら、今の自分は滅法界、倖せだもの」

「本当におたけちゃんは苦労したものね。さてと、あたしはこれで引けるとしようか」

おせんは話を結んで腰を上げた。

「おせんちゃん、これからお菓子の届け物をする時は、おせんちゃんのお見世を使わせていただくよ」

きいは、お愛想でもなく言った。それほどおせんが来てくれたことが嬉しかった。

「本当？　よろしくお願い致します。品川町に来ることがあったら寄って下さいな。あ、お武家のご新造さんに失礼な言い方だね。お寄りいただければ幸いです」

ひょうきんな表情で言い直したおせんが可笑しかった。きいは晴々とした気持ちでおせんを見送った。気心の知れた友達はいいものだと、改めて思ってもいた。

おせんが届けてくれた菓子折を仏壇に供え、晩めしの後に家族で食べた。漉し餡、白餡、ごま餡の三種の最中は上品な甘さだった。きいは甘い物が好きな伊三次に、その中の幾つかをお裾分けした。伊三次は嬉しそうに受け取ってくれた。

三

それから少しして、龍之進は、再び竈河岸の次郎衛の見世を訪れた。その時、小平太は用事があるということで家の中間の和助が伴をした。

よいこやに顔を出すと、正吉は機嫌のいい顔で、お務めご苦労さんです、と挨拶し、内所（経営者の居室）にいる次郎衛を呼んだ。

「おう、この間の喰い逃げはどうなった」

次郎衛が出て来ると、龍之進は、見世の外に出している床几に腰を下ろして訊いた。

「へい。横山町の妹に事情を話して蕎麦代を出して貰いやした。妹は情けなくて泣いておりやしたよ。できるなら縁を切りたいって」

「気の毒にな。それで菊蔵のほうはどうだ。少しは了簡を入れ換えたか」

「んな訳ありやせんよ。水野様のお屋敷の近所をうろうろして、あの家老見習いが出て来るのを待ち構えているんでさァ。またゴチにありつきてェと、さもしいことを考えているようです」

「困ったものだ」

「こんなことが続くと、家老見習いにも菊蔵のためにもならねェから、おれは、取り巻きの若党（わかとう）の一人に、お節介ですが、もう菊蔵を連れ回すのはよしにしたほうがいいですよ、と言ったんでさァ。喰い逃げしたことも伝えておきやした」

「ほう」

「若党は、面喰らったような顔をしておりやしたが、お前が心配せずとも、永井様はそろそろ見切りをつける頃だろうと言っておりやした」

「それはよかった。喰い逃げをするような男を伴にしては外聞も悪かろう」

「いや、そうではなくて……」

次郎衛は言い難そうに月代（さかやき）の辺りを掌で撫で上げた。

「何か他に理由があるのか？」

龍之進は怪訝な表情で次郎衛を見た。まだ本格的な夏になるには早いが、次郎衛の顔は、すっかり陽灼（ひや）けしていた。大きな眼がやけに光って見える。

「永井捨之丞という男は、一風変わった男で、調子に乗った野郎を見掛けると興味を覚えるそうです」

「何んだ、それは」

龍之進にはさっぱり理解できなかった。

「おれは何んとなくわかりやすぜ。居酒見世（いざかみせ）なんぞに行けば、やけに調子のいい野郎がいるじゃねェですか。大した能力もねェのに、手前ェは他の奴とは違うと自慢する輩ですよ」

「……」

「下らねェと思っても、話がおもしろいから、つい、耳を傾けてしまうんですよ」

「菊蔵がそれか」

「へい。その内にどこまでのぼせるか、見届けてェという気になる奴もいる。なに、ほんの悪戯心なんですがね」

「人の悪い奴もいるものだ」

「確かに。しかし、多かれ少なかれ、人にはそういう面があるんじゃねェですか。成り上がり者が失態を演じれば、ざまあ見ろ、と誰しも思いますからね」

次郎衛の言うことは、龍之進には半分も理解できなかった。調子に乗った男をさらに煽るというのは、どのような気持ちのなせる業なのか。少なくても龍之進は、そんな気持ちを他人に抱いたことはない。人生の修業が足りないと言われたらそれまでだが。

「お前の話はよくわからん。それでこの先、永井という男は菊蔵をどうするつもりなのだ。高い帯や莨入れをくれてやっているから、それほど菊蔵を嫌っているとは思えねェが」

「いや、その内、ずどんと落としますよ。手を切るのは簡単ですよ。永井が外出する時、菊蔵がすり寄っても、もう、近づくなと一蹴すればいいんですから」

「しかし、菊蔵は納得しねェだろう。今まで、さんざん連れ回して、もう近づくなと言っても、菊蔵は何が何んだかわからぬはずだ」

「呆気(あっけ)に取られたような菊蔵を笑い者にする魂胆でしょう」

次郎衛はあっさりと言う。

「次郎衛。菊蔵によくよく言い聞かせろ。永井の尻を追って幇間(ほうかん)の真似をするより手前ェで稼げと言え」

「さて、それを菊蔵が素直に聞くかどうか」

次郎衛には、まともに取り合う様子がなかった。龍之進は、ちッと舌打ちした。

「若旦那。菊蔵は悪(わ)りィ奴です。おいらの面(つら)を見りゃ、ばか、ばかと言いやがる。おいら、あいつが大嫌ェです」

次郎衛の後ろに控えていた正吉が憤(いきどお)った声で口を挟んだ。

「正吉、お前ェ、ばかと言われたのか」

龍之進は驚いて正吉に訊いた。ばかにばかと言われたのでは、正吉の立つ瀬も浮かぶ瀬もない。

「喰い逃げに言われたくねェや、と言ってやったら、殴りつけて来やがった。全く……」

正吉は今でも怒りが治まらないらしい。

「放っときましょう。なるようにしかなりやせん」

次郎衛はそんなことを龍之進に言った。龍之進はため息をついて、仕方がねェな、と低い声で言った。

菊蔵が喰い逃げをしたことは次郎衛が若党に伝えたので、永井の耳に入っているはずだ。喰い逃げで済んだから、まだよかったが、菊蔵がもっと大きな事件を起こしたとなれば、幕府の目付は永井にも事情を聞くことになるだろう。

それを恐れて、若党は菊蔵と手を切ることを助言したと思われる。以後、永井の傍に菊蔵の姿を見掛けることもなくなった。

雨で溢れたどぶを浚っている人足の中に菊蔵もいたということだから、ようやく真面目に働く気になったと、差配の喜兵衛はほっと安堵した顔で言っていた。

ところが、梅雨明けを間近に控えたある日、務めを終えた永井捨之丞が三人の若党と無聊の慰めに外出しようとした時、路上で待ち構えていた菊蔵が、あろうことか持っていた匕首で永井を斬りつけてしまった。若党が傍にいたので永井は大事に至らなかったが、菊蔵は若党になますのように斬り刻まれてしまった。通り路は菊蔵の身体から流れた血で足の踏み場もなかったという。通り掛かった者の知らせで次郎衛が駆けつけた時、菊蔵はすでに息をしていなかった。様子を見ていた野次馬達の話から、菊蔵が最初に匕首で斬りつけ、その後に三人の武士から返り討ちに遭ったらしい。武士はその他にもう一人いたが、そいつは手を出さず、なりゆきを見ていただけだという。

菊蔵を殺したのは永井捨之丞と若党だろうと、次郎衛はすぐに当たりをつけた。

下手人の目星がついているので、次郎衛は、ひとまず傍にいた男達に手伝って貰い、戸板で菊蔵を入江橋の自身番に運んだ。血で汚れた通りは、近くに住んでいる者に掃除を頼んだ。それから差配の喜兵衛と書役の直助、それに横山町の菊蔵の妹に連絡し、正吉には龍之進の住む八丁堀の組屋敷へ知らせに行かせた。

正吉は、いつもなら暮六つ（午後六時頃）過ぎには引けるのだが、たまたまその日は客が混み、遅くまで見世にいた。次郎衛の女房は遅くなったついでに晩めしを食べて行けと勧めた。いつもは遠慮する正吉だが、よほど腹が減っていたのか、喜んでご馳走になった。そこへ殺しの知らせが入ったのだ。次郎衛一人だったら、ばたばたと忙しい思いをしただろう。

夜のことでもあり、詳しい取り調べは明日になるかと次郎衛は思っていたが、律儀な龍之進は義弟の小平太と一緒に来てくれた。

龍之進と小平太が入江橋の自身番に着くと、それよりひと足早く、菊蔵の妹のおたみが駆けつけ、涙に咽んでいた。

「下手人は見当がついているのか？」

莚を被せられた菊蔵の様子を見てから、龍之進は次郎衛に訊いた。

「へい、例の水野様の家老見習いと、取り巻きの若党の仕業らしいです」

次郎衛は苦い表情で応えた。

「何もこんなふうに殺さなくてもいいじゃないですか。何んて人達だろう」

喜兵衛はため息交じりに言った。傍で書役の直助も相槌を打つように肯いた。

「いや、最初に手を出したのは菊蔵らしいですぜ。それで、相手方は身を守るためにやむなく刀を使ったようです」

次郎衛は武士の肩を持つような言い方をする。

「やむなくが、こんなやり方か」

龍之進は少し憤った声で反論した。

「仕方がありやせん。町人の分際で武士に匕首を向けたんですから、こいつは無礼討ちですよ」

「水野様の屋敷に問い合わせても無駄ということか」

「さいですね。武家屋敷に我々町方の者は踏み込めやせんから」

次郎衛は当然という表情で応えた。その拍子に龍之進は眉間に皺を寄せた。

「お前ェ、ちょいと勘違いしてるぜ。いかに無礼討ちといえども、人一人を殺してお構いなしという訳には行かぬ。それなりの理由がいる。むろん、おれ達が水野様に直接話を聞くことはできぬが、お奉行よりご公儀の目付に報告して調べていただく」

「ですが、そういうことになったら、藩の体面が汚されますぜ」

「それもやむを得ぬ」

「……」

「まあ、後の処分は藩の采配(さいはい)に委(ゆだ)ねることになるが」

「そういうもんなんですか」

次郎衛は納得の行かない顔で応える。武家の取り締まりは町方役人の管轄外だと、大雑把(おおざっぱ)に考えていたらしい。

「そういうもんだ。向こうが、これこれこういう理由で菊蔵を無礼討ちしたと目付が現れる前に報告すれば話は早いのだが、恐らく、そんなことはするまい。目付が腰を上げるまで知らぬ顔の半兵衛を決め込む魂胆だろう」

「何んで菊蔵は匕首を使ったんですかねえ。おいらは、そこんところがよくわかりませんよ」

小平太は素直な疑問を口にした。

「永井様が突然心変わりをされたんで、菊蔵は心持ちがおかしくなったのでしょうね」

喜兵衛は訳知り顔で口を挟んだ。

「ですが、菊蔵は喰い逃げをしてるんですよ。そんな奴をいつまでも伴にする気にはなれないでしょう」

　小平太が言うと、おたみの泣き声が一段と高くなった。喜兵衛は慌てておたみを宥めた。

「永井が調子のいい野郎を持ち上げて、ずどんと落とす、とはこういうことなのか？　次郎衛」

　龍之進は皮肉な表情で訊いた。

「まさか、殺すとは正直、思っていませんでした」

「いいや。お前ェには見えていたはずだぜ。そもそも町人が武家の男とつるむのは、よくある話じゃねェ。菊蔵と相手が持ちつ持たれつの間柄ならわかるが、ただ飲ませて喰わせ、おもしろおかしく時を過ごすだけってのは、そう長続きするもんでもねェだろう。どんな結末になるかは、誰に聞いても、およそ見当がつくというものだ」

「最後は痛めつけて放り出すと、義兄上は考えていたんですか」

　小平太は驚いた声で訊いた。

「おうよ。だから、次郎衛には言ったはずだ。永井の尻を追い掛けるより、手前ェで稼げと助言しろとな」

「少しは働く気になっていたんですがねえ」

　喜兵衛は残念そうに言う。

「兄さんの話は、もうやめて下さい。もう、いいですから」

おたみは、いたたまれず怒鳴るように言った。

「ああ、悪かったね、おたみさん。あんたも今まで菊蔵には迷惑の掛けられ通しだった。菊蔵には悪いが、これであんたの気懸りもなくなったはずだ。弔(とむら)いを出してやれば、菊蔵もあの世で感謝してくれるよ」

喜兵衛は慰めの言葉を口にした。だが、おたみは、あたしが兄さんの弔いを出すのですか、と怪訝そうに訊いた。

「あんたは菊蔵のたった一人の身内だ。そうしてやるのが筋だ」

「うちの人は承知しないと思います。あたしが陰でこっそり小遣い銭を工面してやっていたのは、うちの人も知っていました。でも、兄さんは、すまないなんて、ひと言も言ったことがないんです。いつも大いばりで。うちの人だって、そんな兄さんにいい顔なんてできませんよ。むっとした顔をしていると、それが悪いと文句をつけて手に負えませんでした。こんな死に方をした兄さんの弔いをしてほしいなんて、あたし、うちの人に、とても言えません。わかって下さい」

おたみは泣きながらそう言った。喜兵衛は切ないため息をついて肯いた。それもそうだとおたみの気持ちがわかったのだろう。

「顔見知りの寺の住職に相談して、無縁塚に葬るより仕方がありやせんね」

次郎衛は喜兵衛に言った。

「わかりました。曲りなりにもうちの長屋の店子でしたから、知らぬ顔もできませんからね。家主と、町役に相談して、何んとか致します」

喜兵衛は決心を固めたように言った。おたみはそれを聞くと、安堵した表情になり、懐から紙に包んだ銭らしいものを喜兵衛に差し出し、少ないですけど、兄さんのお弔いの足しにして下さいと言った。それから、そそくさと腰を上げた。

「正吉、おかみさんを送って行け」

次郎衛はすぐに命じた。正吉は肯いて、おたみを外へ促した。

「詳しいことは明日、吟味方の役人がやって来て、改めて調べをする。これから奉行所に戻っても誰も残っておらぬゆえ、どの道、話は明日だ」

龍之進もそう言って腰を上げた。

「お戻りになるんですかい」

次郎衛は心細い表情で訊く。

「ああ」

「もうすぐ町木戸が閉まりやすぜ。よろしかったら、むさ苦しい所ですが、うちへ泊まっておくんなさい。正吉も泊めるつもりですから」

「しかし……」

「これから八丁堀にお戻りになるより、ゆっくり寝られやすぜ。義弟さんもご一緒に」

「お前はここにいなくていいのか？」

「大家さんと書役さんがついておりますから大丈夫ですよ」

「そうです、そうです。ここはわたしらに任せて、若旦那と義弟さんはごゆっくり休んで下さい。朝早く起きて、奉行所にお越しになればよろしいんですよ」

喜兵衛は強く勧めたが、小平太のことが気になった。

「笹岡のご両親が心配するのではないか？」

「いえ、夜になってから出かけたので、帰らなくても取り調べに手間取っていると考えるはずです」

「そうか。それなら、お言葉に甘えるか」

「義兄上と一緒によその家に泊まるなんて、初めてですね」

小平太は嬉しそうに言った。

「本当はおれじゃなく、仲間と一緒のほうがいいんじゃねェか」

「それはそうですけど、これは遊びじゃなくて、お務めですから」

小平太は至極当然のことを言った。

四

次郎衛の家でひと晩泊まり、翌朝は朝めしを馳走になってから、龍之進と小平太は次郎衛の家を出た。正吉はそのまま、よいこやの仕事と次郎衛の手伝いをするということだった。

「寝たと思ったら、すぐに朝になりました」

小平太は竈河岸から小網町（こあみちょう）へ向かう道々、そんな感想を洩らした。

「疲れていたんだろう。お前ェの年頃は、幾ら寝ても眠いものだ」

「義兄上の年になると眠くなくなるんですか」

「いや、おれもまだ眠い」

そう応えると、小平太は愉快そうに笑った。

二人は小網町に出て、鎧の渡し（よろいのわたし）で八丁堀に着き、そこから呉服橋御門内（ごふくばしごもんうち）の北町奉行所へ向かうつもりだった。一度、家に帰ることも考えたが、奉行所で申し送りをして、吟味方に菊蔵の一件を報告した後、家に戻ればいいと思った。その他に大きな事件でも起きていなければ、非番扱いにして貰おうとも考えていた。

「水野様の若党と永井って奴には、お咎（とが）めがありますかねえ」

小平太は、ふと思い出したように訊いた。

「まあ、それはお奉行の考え次第だろう」

「おいらは菊蔵が匕首を使ったことが、まだ腑に落ちないんですが」

「あれはな……」

伸び掛けた顎鬚を撫でてから龍之進は話を続けた。

「菊蔵は好いた女がまだいねェようだった。永井は女の代わりよ。今までいい思いをさせてくれたのに、突然、心変わりして菊蔵を邪険にした。菊蔵にすれば可愛さ余って、憎さが百倍になったのよ」

「だって、喰い逃げしたのが原因じゃないですか」

「それも、笑って許して貰えると思っていたのよ」

「考えの甘い奴ですね」

「そうだな」

龍之進は真顔で言う小平太が可愛く思えた。養父母の許では、色々、気に喰わないこともあるはずだが、愚痴を洩らしたことはない。結構、健気な若者だと思う。

鎧の渡しは、これから通いで奉公先に行く者がいて、混んでいた。ようやく八丁堀に入ると、海賊橋の方向へ足を進めた。

海賊橋を渡っていると、伊三次の弟子の九兵衛が右手に台箱、左手に魚桶を提げて、こちらへ向かって来るのに気づいた。

「若旦那、髪も結わずにお出かけですかい」

九兵衛もすぐに龍之進に気づき、焦った声で訊いた。

「いや、昨夜はちょいと事件が起きて、竈河岸に泊まったのよ。これから奉行所に行くが、今日は、おれの髪は結わなくていいぜ」

「さいですか」

九兵衛は、ほっとしたような、がっかりしたような表情で応えた。

「桶に何が入っているのよ」

龍之進は立ち止まって、魚桶の中を覗いた。

中には赤い色の蟹が入っていた。

「今朝、漁師が売り物にならねェから喰ってくれって、置いて行ったんですよ。量が結構あったから、うちでは喰い切れず、不破様にお裾分けしようと思いやして」

九兵衛の女房は新場の魚問屋の娘なので、その関係で魚には困らない。

「蟹のお裾分けとは豪勢じゃねェか」

龍之進は昂ぶった声を上げた。

「旭蟹という種類ですよ。茹でる前から赤いので、そう呼ばれておりやす。相模や駿河のほうで獲れるそうですが、江戸の近くの海で獲れるのは珍しいです。だが、時季は過ぎているし、おまけに月夜の蟹だから、身は入ってねェと思いやす。味噌汁にするぐらいしかありやせん」

九兵衛はつまらなそうに言った。月夜の蟹だから身が入っていないというのが、龍之進には解せなかった。

「何んで月夜の蟹は身が入っていねェのよ」

そう訊くと、小平太がけらけらと笑った。

「何が可笑しい」

むっとして龍之進は小平太を睨んだ。

「義兄上が月夜の蟹をご存じないとは傑作だ」

一本取ったという小平太の得意顔が気に入らなかった。

「どういう訳か、蟹は月夜に餌を獲らねェそうです。だから身が痩せているんですよ。そこから転じて、中身のないことのたとえにも月夜の蟹を遣いやす」

九兵衛は龍之進の無知を笑わず、丁寧に教えてくれた。

「なるほど。お前ェのお蔭でひとつ利口になった。礼を言う」

「とんでもねェ」

九兵衛は慌ててかぶりを振った。それから、急いで亀島町の方向に去って行った。

「菊蔵の一件も月夜の蟹でしたね」

小平太は、しみじみした口調で言った。

「ほう。月夜の蟹を菊蔵に結びつけるとは、お前ェも大人になったもんだ」

「おいら達、町方役人が扱う事件は、おおかたが月夜の蟹ですよ」

「まずな」

「ですが、月夜の蟹が殺しにまでなるんですから、世の中はわかりませんね」

「そういうことだ」

「菊蔵はおいらより年上なのに、まるで餓鬼でしたね。真面目にやってりゃ、妹の家ともなかよくつき合えたのに」

「そう思うなら、お前ェも姉ちゃんをもっと大切にしろ」

「おいら、迷惑掛けてねェですよ」

小平太はむきになって言う。

「迷惑を掛けてなくても、うちの奴はいつもお前ェを案じている。たった一人の弟だからな」

小平太はそれ以上、何も言わなかった。龍之進の言葉を嚙み締めているようにも思えた。

小平太が妻を迎えるのは、まだまだ先だが、ずっと親戚としてつき合いたいと龍之進は思っている。義理の間柄とはいえ、弟となった男だ。それなりに情は感じている。

「さて、菊蔵の一件を吟味方がどのように始末するか、お手並み拝見と行こうか」

龍之進は張り切って言った。

「片岡さんは、きっと穏便に済ませようとしますよ」

片岡監物は吟味方与力を務めている。小平太はすでに監物のやり方を呑み込んでいた。

「喜六が黙っておらぬ」

監物の配下にいる古川喜六は龍之進の朋輩だった。

「永井と若党には反省してほしいですね」

「うまく行くかな」

「うまく行かなかったら、月夜の蟹だと嗤ってやります」

「ほう、豪気だな」

「義兄上も、そう思っているはずです」

「わかったようなことをほざく」

「そりゃあ、わかりますよ。もう、何年のつき合いだと思っているんですか」

「小平太、これからも……」

よろしく頼むぞと言いたかったが、その前に照れが来た。口ごもった龍之進に、定廻りの旦那、せいぜい頼りにしておりますよ、と小平太が先回りして言った。こいつ、と龍之進は小平太の後頭部を軽くどやした。小平太は機嫌のよい笑い声を立てていた。

朝の申し送りで龍之進は昨夜の事件を皆に伝えた。その後で、吟味方の用部屋に出向き、喜六にも事件を伝えた。喜六は監物と相談して今後の調べを進めるようだ。事件は吟味方に委ねた。もはや龍之進の出る幕でもなかった。龍之進はそれが済むと帰宅するつもりだったが、北鞘町(きたざやちょう)の廻船問屋で抜け荷が発覚し、その聞き込みのために廻船問屋に行かなければならず、結局、夕七つ過ぎまで仕事に追われた。疲れた身体でようやく亀島町の組屋敷に戻ると、玄関に入る前から息子の栄一郎の激しい泣き声が聞こえた。

やれやれ、また始まったかと、うんざりしながら玄関の引き戸を開けると、きいが足早に出迎えに来た。

「お戻りなさいませ。昨夜はお務めに手間取ったご様子で」

「うむ。四つ（午後十時頃）まで掛かった。次郎衛が泊まれと勧めてくれたので、小平太と一緒に泊まったのだ」

「さようでございますか。ご苦労様です」

「栄一郎が泣いているぞ」

「ええ。でもご心配なく。お舅っ様にからかわれただけですから」

きいは意に介するふうもない。それどころか含み笑いを堪(こら)えるような表情をしている。

「からかっただけで、あれほど泣くのか？」

龍之進は腰の刀をきいに渡しながら訊いた。

きいはそれを袖でくるむように受け取ると、お舅っ様は栄一郎の齧り癖を何んとかしたいと考えていらしたのですよ、それで妙案を思いついたのです、と応えた。

「妙案とな？」

「ええ。いかにもお舅っ様らしいです」

そう言って、きいは、くすくすと笑った。訳がわからず茶の間に行くと、栄一郎は味方が来たとばかり、龍之進に縋りついた。

「爺がお前に悪さをしたのか？」

そう訊くと、栄一郎は自分の腕を龍之進に見せた。そこには赤く歯型がついていた。

「爺が齧ったのか？」

そう続けると、それが応えと言わんばかりに栄一郎は、また泣き声を上げた。

「幾ら栄一郎の躾と申せ、孫の腕を齧ることもないでしょうに」

いなみは呆れた表情で言う。それが不破の妙案らしい。

「ただ今、戻りました」

龍之進は不破に挨拶してから、何んでまた、栄一郎の腕を齧る気になったのですか、と訊いた。

「うむ。今日、お見廻りの途中で鍛冶屋に立ち寄ったのよ。鍛冶屋は年中、火を使う仕事だが、そこに栄一郎とさほど年の違いのねェ餓鬼がうろちょろしていた。その鍛冶屋は親子で商売をしていたから、餓鬼は主の孫に当たる。火傷をするから仕事場に近づけねェほうがいいんじゃねェかと言うと、主も倅も大丈夫ですと応えるのよ。餓鬼は幼いながら、危ないか、危なくないかの加減を知っているそうだ。おれは大したものだと思った」

いずれ、その孫も仕事を引き継ぐとなれば、徒に仕事場に出入りするのを止めて、親の商売を嫌っても困る。鍛冶屋はその孫が歩き出すと、火傷しない程度に、わざと熱い鉄に触らせるのだという。もちろん、激しく泣くが、それ以後は火の傍に近づかないそうだ。なるほどと不破は思ったという。それで、不破も栄一郎の腕を齧り、痛みを覚えさせる策を考えたらしい。

「父上でなければ、このようなことはしませんね。いや、畏れ入ります。きっと栄一郎も腕を齧れば相手が痛みを覚えるとわかったはずです」

龍之進は感心して礼を言った。

「栄一郎、よその子を齧ってはならぬぞ。相手は痛ェ、痛ェと泣くからな」

龍之進はそう言ったが、はたして理解したかどうかはわからない。ただ、いつもは優しい爺様が自分の腕を齧ったことに怒りを募らせ、その夜の晩めしには不破の膝に乗ろうとしなかった。

「嫌われてしまったかのう」

寂しそうに言った不破が可笑しかった。

その夜の晩めしに蟹の味噌汁がついた。だしが利いた濃厚な味は皆の舌を喜ばせた。

「月夜の蟹ですから、味噌汁にするしかありませんね」

龍之進は九兵衛の受け売りを口にした。

「そんなことはねェ。結構、身が入っているぜ。こういうもんは、料理茶屋に行ったら、眼の玉が飛び出るほどの金を取られる。九兵衛がいい嫁を貰ったんで、おれ達もうまいものにありつけるというものだ」

不破は上機嫌でそう言った。中間の和助は三杯も味噌汁をお代わりしたと、後で女中のおたつが言っていた。それほどうまかった。

普段は相模や駿河地方でしか獲れない旭蟹が、どういう訳で江戸の海までやって来たのだろうか。龍之進にはよくわからない。海の変化が微妙に魚達にも影響するようだ。

そのような変化は人間社会にも、ままあると龍之進は思う。ちょっとした心の変化で菊蔵は贔屓にしてくれた永井捨之丞に匕首を振るった。いったい、菊蔵をそこまで追い詰めたものは何んだったのだろう。小平太には可愛さ余って憎さが百倍と説明したが、それだけではないような気もする。しかし、死人に口なしで、今となっては、真相はもはやわからない。

人の心を弄んだ永井も罪な男である。菊蔵よりも永井の中にある暗いいびつなものが龍之進には気味が悪かった。何をするかわからない人間は、これからも龍之進を悩ませるだろう。それを恐れていては、同心は務まらない。少なくても平常心を以って事件に立ち向かえば、そうそう判断に迷うこともないはずだ。奉行所の仕事を退くまで、まだまだ先は長い。月夜の蟹にたとえられる事件もこの先、続くことだろう。

いいさ、それでも。龍之進は思いを振り切り、熱い蟹の味噌汁を啜った。

擬宝珠（ぎぼし）のある橋

一

朝から陽射(ひざ)しがかッと照りつけ、何んだこの暑さは、と悪態(あくたい)をつきたくなるような日だった。江戸は夏のさなかにあった。風はそよとも吹かず、朝めしを食べていても伊三次のこめかみから汗が伝う。

「お前さん、暑気あたりを起こしたら大変だから、外を歩く時は笠を被ったらどうだえ」

伊三次の女房のお文(ぶん)は心配して言った。

「笠かあ……おれァ、どうも笠を被るのが好かねェなあ」

「そいじゃ、日傘をお持ちよ。わっちのを貸してやるよ」

「野郎が女物の日傘を差しているのも何んだかなあ」

伊三次はぶつぶつと呟く。

「お父っつぁんは手拭いの頬被りでいいよ。邪魔にならないし」

娘のお吉が横から口を挟んだ。お吉は納豆が好物だから、朝めしに納豆を欠かさない。納豆のねばねばで、お吉の唇が光っていた。

「そうだ、そうだ。頬被りでいいや」

伊三次はお吉の忠告を素直に受け入れた。

「女房より娘の言うことを聞くなんて憎らしい人だよ。髪結いの台箱を持って頬被りしていたら、新手の空き巣に間違われるよ」

お文は皮肉を言いながら茶を淹れた。

「おふさ、麦湯を拵えたら、井戸で冷やしておいてくれよ。帰ったらごくごく飲むからよ」

伊三次は流しの前に立っている女中のおふさに言った。

「承知しました。たくさん、作っておきますね」

おふさは笑顔で応える。

「熱いお茶を飲めば汗が引くのにさ」

お文は不満顔で言う。

「この暑いのに、いちいち指図するなって」

癇を立てた伊三次にお吉は可笑しそうに、うふふと笑い、納豆めしを掻き込んだ。

「お吉。お前ェも気張って稼げよ」

伊三次は台箱を取り上げると、お吉にさり気なく言った。

「合点承知」

お吉は、にッと笑って応えた。お吉を可愛いと思えるのは、そんな時でもある。それに比べてお文は、行っといで、と仏頂面で声を掛けただけだ。色っぽい眼で送り出してくれた昔のお文はどこに行ったものやらと、伊三次は皮肉な気持ちで思う。今は糠味噌女房どころか、糠味噌腐れ女房だ。

「いってらっしゃいまし」

おふさは笑顔で伊三次を送り出した。おふさのほうが、よほど愛想がよかった。

朝一番の仕事は、八丁堀・亀島町の不破家の組屋敷である。北町奉行所臨時廻り同心の不破と、その息子で同じく北町奉行所定廻り同心を務める龍之進の髭を当たり、髪を結うのである。臨時廻りも定廻りも外歩きが多い仕事なので、この季節は大変である。まあ、仕事となったら何んでも大変なもので、楽して稼いでいる者など、そうそういない。そう思わなければ仕事はやっていられない。

「よし、稼ぐぞ」

通りに出て、伊三次は自分に気合を入れるように声を出した。不破家の仕事を終えたら、その後は日本橋界隈の得意客を廻るつもりだった。本所と深川の丁場（得意先）に予定がなかったのが幸いだった。永代橋をお天道さんに炙られながら歩くのは、どうにもやり切れない。

今日は、まだましだと伊三次は思い直し、亀島町へ向かって歩みを進めた。


四つ（午前十時頃）に得意客でもある日本橋佐内町の箸屋「翁屋」を訪れると、見世前に足場が組まれ、大工職人が壁板を取り外していた。古い板を地面に落とす度、埃が盛大に舞い上がった。昔、日本橋界隈で火事が起こり、翁屋も罹災したが、いち早く家と仕事場を再建した。しかし、十年以上も年月が経つと、あちこちに歪みや綻びが生じ、主の八兵衛は少し大掛かりな手直しをしようと決心したのである。

八兵衛は出入りの大工の親方に相談して、材料代と手間賃をかなり勉強して貰ったと言っていたが、その親方は他にも普請現場を幾つか抱えていたので、工期の都合で、この暑い時季に仕事に掛かったようだ。

その親方は、なあに少しぐらい暑くても仕事が続くほうが職人達も喜んでおりやすよ、と屈託がなかったという。

「これから当分、玄能の音が響いて旦那も落ち着きやせんね」

伊三次は八兵衛の髭を当たりながら言った。

今夜、八兵衛は息子の七兵衛とともに同業者の寄合に出かけるという。伊三次が八兵衛に呼ばれるのは、たいてい、人前に出る用事がある時だ。台所の板の間の片隅で伊三次が仕事をしていても、外から壁板を取り外す音が響いていた。

「わたしはそうでもないが、うちの奴が早くも頭痛がするとぼやいているよ」

八兵衛は冗談交じりに応える。八兵衛も女房のおつなも、とうに還暦を過ぎている。ただでさえ過ごし難い季節なのに、朝から晩まで、大工達が大きな音を立てて仕事をすれば、おつなでなくとも頭痛を覚えるというものだ。

「しかし、見世をきれいにするには手直しも仕方がない。付け木のようになった仕事場で、うっかり火事でも出したら元も子もないよ」

八兵衛は女房の頭痛より、家と仕事場の普請を優先して考えている。そこは商売人である。

「さいですね。仕事場がきれいだと、翁屋の職人さん達も散らかさずに仕事をするようになりますし、いらねェ物も片づける気になりますでしょう」

「その通りだよ。ちょいと片づけただけで、山のように古材が出たよ。それは近所の湯屋の焚き物にして貰うつもりだ」

「お内儀さんも少しの間、辛抱ですね」

「ああ、そうだ。だが、仕事を頼んだ親方のおかみさんが、なかなか気の利く人でね、弁当を届けに来るついでに、うちの奴の所に顔を出して、話し相手になってくれるのさ。

それでうちの奴も少し気晴らしになるのか、それほどひどい頭痛は訴えていないよ。親方の二人の息子達も親父を助けて一緒に働いている。仲のいい家族だ」

「息子さんは幾つになるんで?」

「ふむ。二人とも二十二歳で、とうに女房がいる。去年、それぞれに子供も生まれたと言っていたよ」

「息子さんは双子ですかい?」

　年が二人とも二十二歳だと聞いて、伊三次はそう思ったのだ。

「いいや、違うよ。実は親方もおかみさんも、お互い、子連れで一緒になったのさ。息子達は偶然同い年だったから、まあ、双子のように育ったんだろうね」

「……」

「驚いたかい?」

　つかの間、黙った伊三次に八兵衛は訊いた。

「いえ、別に驚きはしませんが、そんなことも世間にはあるんだなあと思いやした」

「そうだねえ。うまく行っている稀な夫婦だとわたしも思う。たいていは子供同士、反りが合わなくて喧嘩する場合が多いからね。ところがそのおかみさんは、二人の息子を分け隔てなく育てたんだ。できた人だよ」

　八兵衛は感心した表情で言った。

「二人の息子さんは親と一緒に住んでいるんですかい？」

そう訊くと、八兵衛はくすりと笑った。

「これがおもしろいんだよ。親方の家は三軒長屋のような造りで、それぞれに土間口があるんだが、中に入ると壁が取り払ってあり、三家族が好きなようにお互いの住まいに出入りできるのさ。あれにはわたしも感心した。この調子では、孫が一人前になった時、親方はさらに家を造作(ぞうさく)して一緒に住むつもりのようだ。おかみさんは、仕舞いに忍者屋敷のようになってしまうと苦笑いしていたよ」

話を聞いているだけでも羨(うらや)ましいような暮らしぶりだった。伊三次も自分の住まいの隣りに息子の家族と娘の家族が住んでくれたら、どれほど嬉しいだろうと思った。

「羨ましいかい？」

八兵衛は伊三次の気持ちを窺(うかが)うように訊いた。

「ええ。手前も、あやかりたいものですよ」

伊三次は素直な気持ちで言った。

「わたしもそう思った」

「旦那は若旦那と同居なさっておりやすから、別に羨ましがることもねェでしょう」

「いいや、そうでもないよ。うちの奴と倅の女房の反りが合わない。この頃はろくに口も利いていないよ。あれを犬猿の仲って言うんだろうね」

八兵衛は他人事のように言う。

「まあ、それが普通の嫁と姑で、親方の場合は特別なんだよ」

八兵衛は、さして気にする様子もなく続けた。

「さいですかねえ」

伊三次は得心の行かない表情で応えた。一家の長なら、女房と長男の嫁になかよくしろと言えないものかと、内心では思っていた。

伊三次は髭を剃り終えると、八兵衛の頭に鬢付油を揉み込み、丁寧に梳き始めた。八兵衛の頭をやっつけたら、息子の七兵衛が待ち構えている。七兵衛も伊三次を贔屓にしてくれるのがありがたかった。

小半刻（約三十分）後、八兵衛の頭が終わると、八兵衛は仕事場にいる七兵衛を呼んだ。

ほどなく、急ぎ足で七兵衛は台所に姿を現した。翁屋の屋号が入った印半纏を羽織り、常は職人達とともに働いている息子である。

七兵衛の髭を当たりながらも話題はやはり、家と見世の普請のことになる。大工が入っても商売の箸作りは続けるので、時間の工面に七兵衛は頭を悩ませていた。職人達は交替で早出と居残りをして注文の品を捌くという。

「まあ、親方の徳次はおれの幼なじみだし、うちの商売のことは心得ているから、少々の無理が利くのはありがたいよ」

　七兵衛はそんな話をした。

「親方は若旦那と同じぐらいの年ですかい？」

「いや、あっちのほうが、五つばかり年上で、兄貴分みたいなものだった。昔はよく遊んで貰ったよ」

「さいですか。そいじゃ、若旦那も昔のよしみで造作をお頼みなすったんですね」

「昔のよしみだけで仕事は頼めないよ。あいつがいい仕事をするからさ」

　七兵衛は何を今さらという表情で応える。

「つまんねェ話をしてあいすみやせん」

　伊三次は殊勝に謝った。七兵衛は頭の切れる男と定評がある。昔の商売のやり方をしていては時代について行けないと八兵衛に意見することもあるという。ものの言い方にも伊三次は気を遣う面があった。七兵衛は母親のおつな譲りの顔をしていたが、この頃は八兵衛と仕種や顔の表情が似て来た。やはり、血は争えないものである。

「謝ることはないよ。まあ、おれも奴に同情しているところが幾らかはあるだろうな」

「その徳次さんという親方は子連れ同士で今のおかみさんと一緒になったと聞きやした」

「親父が言っていたのかい？」

「へい」

「徳次の前のおかみさんは進吉を産んで間もなく亡くなったのさ。徳次も両親を早くに亡くしていて、きょうだいもいなかったから、男手ひとつで倅を育てていたんだよ。倅が赤ん坊の頃なんて、はたで見ているのも辛かったぜ。仕事を終えるまで近所の女房に倅を預かって貰い、それから倅の面倒を見ていたんだからな。倅が三つぐらいになるまで、あいつがほとんど一人で育てたようなものさ。今のおかみさんと一緒になったのは、惚れたはれたより、藁にも縋る思いってのが正直な気持ちだったろうよ」

　七兵衛は吐息交じりに語った。

「しかし、後添えのおかみさんができた方だそうで、幸いでしたね」

「あのおかみさんも気の毒な女だった。年頃になって嫁に行き、子供を一人産んだが、亭主は女を作って駆け落ちしちまったのよ。いつか亭主が帰って来るものとおかみさんは信じていたようだが、結局帰って来なかった。それで亭主の親が、いつまで待っていても埒が明かないから、お前は子供を連れてよそへ嫁に行けと、徳次との縁談を勧めたそうだ。おかみさんは泣いていやだと言ったが、結局、舅と姑の言う通りにしたそうだ」

「舅は子供を引き取らなかったんですかい。実の孫でしょうに」

「蕎麦屋をやっていたから、孫を引き取っても面倒が見られないと思ったんだろう」

「気の毒なおかみさんですね」

「前の亭主は細身で、ちょっとした男前だった。ところが徳次はおかみさんより背が低くて、ずんぐりした男なのよ。女が、すぐに一緒になりたいと思うような男じゃなかった。しかし、おかみさんも江戸に親きょうだいがいないから、子供を一人で育てるにゃ心許ない。おかみさんも、藁にも縋る思いで一緒になったのさ。だが、お互い苦労している分、相手を思いやる気持ちがあったから、うまく行ったんだよ。おれはそう思う」

七兵衛の話を聞いて、伊三次は思わずため息が出た。七兵衛は、ため息なんざつかねェでくれよ、と笑いながら言った。

仕事を終えて翁屋を出ても、徳次夫婦の話が伊三次の頭に妙に残っていた。今がよければ過去はどうでもいいと言う者もいる。確かにそうだ。辛く悲しい過去は忘れてしまうに限る。しかし、その過去を乗り越えたところに今の倖せがあるとしたら、過去は無駄ではない気もする。徳次は前の女房と死別だが、今の女房は前の亭主と生き別れである。そこに何かしらのこだわりがあるのではないかと、伊三次は余計なことを考える。駆け落ちした亭主をすっぱり諦めることができたのだろうか。伊三次は、その女房の気持ちが気になって仕方がなかった。

二

夕方に通り雨が降って、暑さがやや和らいだ。廻りの仕事をこなし、最後に義兄が商う京橋・炭町の「梅床」に顔を出し、二人の客の頭をやっつけて、その日の伊三次の仕事は終わった。梅床で修業中のお吉は後片づけがあるので、伊三次は先に梅床を出た。

夕陽が西の空を赤く染め、明日の晴天も約束しているようだった。

その時、竹河岸からこちらへ急ぎ足で向かって来る三十七、八の女と出くわした。細縞の単衣の襟に黒八を掛け、えんじ色の細帯を締めている。女は通りに出ていた伊三次をちらりと見たが、そのまま歩みを進めた。顔はふっくらしているが、細身で、後ろ姿は若々しかった。もはや晩めしの時分なので、仕度をしなければと急いでいたのだろうか。それにしては買い物をした様子もなかった。

ちらりと自分を見た表情に伊三次は、どこかで見掛けたような顔だと思った。思ったが、すぐには思い出せなかった。仕事で立ち寄る商家の女中の中にいたような気もする。だが、その商家に見当がつけられなかった。

自分も年だと、つくづく思う。思い出せないことがこの頃は多過ぎる。こうやって、人は年を取り、人の名前や顔を忘れ、自分の家を忘れ、仕舞いには己れを忘れてお陀仏になるのか。伊三次は、鼻を鳴らして苦笑すると、玉子屋新道の自宅へ戻った。まだ、自分の家を忘れていないから、当分大丈夫だろうと、妙なことも考えていた。そんな話をお文にしたら笑い飛ばされるだろう。そろそろ耄碌して来たかえ、気の毒にねえ、とか何んとか。

最近、お文は伊三次を笑いの種にしているようなところがある。徳次の女房を見倣えと言ってやりたかった。言えるはずもないが。

梅床の前で出くわした女を思い出したのは、それから四、五日経って、翁屋を再び訪れた時だった。

その日は八兵衛と七兵衛が親子で納涼の会に出席するという。

翁屋では四、五人の大工が忙しそうに働いていた。古い壁板の取り外しも終わり、いよいよ建て直しに入ったようだ。足場に上がって玄能を振るっている大工もいれば、地面で材木を鉋で削っている者もいる。

その中で、懐手をした背の低い男が、あれこれと指図していた。それが徳次という親方だと伊三次は察しがついた。父親が大工をしていたので、伊三次も興味深い眼でその様子を眺めた。

時刻は昼に掛かっていたが、伊三次は近所の蕎麦屋で腹ごしらえを済ませていた。

「この現場はだいぶ掛かりそうですね」

伊三次は徳次にさり気なく言葉を掛けた。

「見た目より、結構傷(いた)んでいるんですよ。もののひと月もあれば大丈夫だろうと踏んでいたが、ちょいと考えが甘かったみてェです」

徳次は悪戯っぽい表情で応えた。とっつき難い男かと最初は思ったが、存外、気さくな人柄のようだ。

「火事に遭って建て直してから、かれこれ十年以上も経ちますからね。傷んでいても不思議はねェですよ」

伊三次は阿(おもね)るように言った。

「いや、火事の後の建て直しはおれが請(う)け負(お)った仕事じゃねェんですよ。何年経とうが、頑丈な家は幾らでもある。ここの旦那は仕事を急がせたせいで足許を見られたんですよ」

徳次はきっぱりと言った。

「まあ、あの頃は材木屋も大工もひっぱりだこでしたからねえ」

「お前ェさんは、やけに詳しい話を知っていなさる」

徳次は少し感心した表情で伊三次を見た。

「実は、手前のてて親は手間取りの大工だったんですよ。足場から落ちて怪我をし、それが原因で死んじまいやしたが」

「そいつは気の毒なことで。余計な話をさせちまいやした。あいすみやせん」

「いえ、別に気にしませんよ。てて親が生きていたら、手前も跡を継いで大工になっただろうなって、時々思いやすがね」

「それで大工じゃなく、髪結いになったって訳ですかい」

徳次は伊三次の携えていた台箱に眼を向けて言った。

「へい、姉の連れ合いが髪結床をやっていたもんで」

「まあ、人の運命なんて、風の吹きようで、ころころ変わるもんですよ」

徳次はまた、屈託のない笑顔を見せた。その時、後ろから、お前さん、と遠慮がちに呼び掛ける声がした。振り向くと、炭町で出くわした女が風呂敷包みと、竹筒に入ったお茶を運んで来ていた。風呂敷包みの中身は弁当らしい。

「進吉、善助、めしだぞう！」

徳次は足場に向かって声を張り上げた。玄能の音が止み、紺の半纏に白い半だこ姿の二人の若者が身軽な調子で足場から下りて来た。他の職人も、それを潮に手を止めた。

「おっ母さん、今日のお菜は何んだい？」

がっしりした体型の若者が徳次の女房に訊いた。

「さあ、何んでしょう。あんたらのお嫁さんが一生懸命拵えたものだから、きっとおいしい物が入っているはずですよ」

徳次の女房は少し掠（かす）れた声で応えた。その声を聞いて、不意に伊三次は女の素性を思い出した。

「お人違いでしたら、勘弁しておくんなさい。おかみさんは、もしかして『糸善（いとぜん）』に奉公なすっていたおてつさんじゃねェですかい？」

そう訊くと、女はまじまじと伊三次を見つめ、髪結いの伊三次さんですかと、逆に訊き返した。

「さいです。いやあ、こんな所でおてつさんと会うとは思いも寄りませんでしたよ」

伊三次はようやく胸につかえていた物が取れた思いだった。かれこれ二十年ぶりの再会である。

「何んだ、お前ェ。この髪結いさんと知り合いだったのか」

徳次は意外そうに訊いた。

「ほら、あたしが江戸に出て来たばかりの頃に小間物問屋に奉公したことがあると話したでしょう？　伊三次さんはそのお見世のご隠居様の頭を結いに、時々、いらしていたんですよ」

「世間は狭いもんですね」

　徳次は笑顔で言った。女房の知り合いが翁屋に出入りしているのが嬉しそうでもあった。

「さいです。親方も翁屋さんの若旦那とは幼なじみだったそうですね」

「そうなんですよ。若旦那は餓鬼の頃、我儘(わがまま)で手がつけられなかったが、今じゃ立派に親の商売を手伝っている。おれは心底、安堵しておりやす」

　徳次は相好を崩して言った。

「親父、早くめしを喰わなきゃ、仕事が遅れるぜ」

　もう一人の痩せ形の息子が口を挟んだ。

「わかった、わかった。めしを喰おう」

　徳次はそう言うと、伊三次にひょいと頭を下げて勝手口から中に入って行った。外は暑いので、台所で弁当を使わせて貰っているようだ。

「おてつさんは倖せそうで何よりだ。どっちがおてつさんの倅なんで？」

「痩せたほう」

　おてつは苦笑いで応える。事情を知っている伊三次に居心地が悪そうでもあった。

「よかった、よかった」

　だが、伊三次は嬉しそうに言った。

「あたしのこと、ここの旦那からでも聞いたんですか？」

「ええ、まあ。それに親方と若旦那は幼なじみだそうですね。若旦那は親方が幼い倅を抱えて仕事をしていたのが見ていて辛かったとおっしゃっておりやした。おてつさんと一緒になったお蔭で親方も安心して仕事ができるというもんですね」

「破れ鍋に綴じ蓋の寸法であたし達、一緒になったようなものよ」

おてつは皮肉な口調で言った。

「それを言っちゃ、身も蓋もありやせんよ」

「だって、本当にそうなんだもの」

おてつは年に似合わず、子供っぽく言った。

話をしながら、伊三次は次第に若かった頃のおてつの顔が甦っていた。広いおでこが特徴で、頬がほんのり赤かった。国は津軽で、冬期間に出稼ぎに出る兄について江戸にやって来た娘だった。兄の奉公先で台所仕事を手伝っていたが、世話をしてくれた人の口利きで京橋の小間物問屋「糸善」に正式に女中奉公するようになったのだ。糸善に奉公して二年ほど経つと、おてつの姿が見えなくなった。隠居に話を聞くと、おてつは尾張町の蕎麦屋「いちろ庵」の息子と一緒になったという。めでたい話だと思ったが、どうやらおてつは、いちろ庵の息子にのぼせて、押し掛け女房を決め込んだふしがあった。

それでも亭主の両親は、くるくると働くおてつを気に入り、可愛がっていたそうだ。

だが、おてつが善助を産んだ頃から夫婦仲が思わしくなくなった。どうやら亭主は外に女ができた様子だった。家に戻らない日が続き、とうとう亭主は女と一緒に駆け落ちしてしまったのだ。

「あたし、亭主が戻って来なくても、商売の蕎麦屋を手伝っていれば息子を育てて行けると思っていたのよ。でも、向こうのお舅っつぁんが、そういう訳には行かないって。あたしはまだ若いから、これから幾らでもやり直しができるって。前の亭主がいなくなって三年ほど経った頃だった。お舅っつぁんは、とうとう息子に見切りをつけたのね。でも、突然、そんなことを言われて、あたし、気が動転してしまい、いやだ、いやだと泣き喚いたの。おっ姑さんも話を聞きながら泣いていた。でも、お舅っつぁんは、そんなあたしに構わず、今のうちの人との縁談をばたばたと進めたんですよ」

おてつの舅は駆け落ちした息子が戻って来ないものと踏んで、嫁の身の振り方を考えたようだ。

「当時はそんなお舅っつぁんを恨んだものよ。あたしと善助が邪魔になって家から追い出したと思っていたの。あたし、前の亭主がいなくなっても、それほど悲しいとは思わなかったの。お舅っつぁんとおっ姑さんが可愛がってくれたせいね。先のことなんて、まるで考えていなかった。結局、子供だったのよ」

おてつは自嘲気味に続けた。先のことを考えていたのは舅と姑だった。むろん、可愛い孫と別れるのは辛かったはずだ。それを堪えて徳次との縁談を進めたのだろう。

「お舅さんは親方の人柄を見込み、この男ならおてつさんを託せると思ったんですね」

「ええ、そう。うちの人も進吉を抱えて困っていたから、あたしと一緒になれば万事丸く収まると思ったみたい。まあ、その通りだったのだけど、でもねえ……」

そこまで言って、おてつは言葉を濁した。

「何か気懸りがあるんですかい」

伊三次は話の続きを促した。

「あたしが善助を連れて家を出てしまうと、お舅っつぁんとおっ姑さんは小女を雇って細々と商売を続けていたんですよ。頼りの息子がいなくても、おまんまは食べて行かなきゃなりませんからね。でも、三年前におっ姑さんが亡くなると、どうにも身動きが取れなくなって、とうとう見世を畳んじまったんですよ。今はおっ姑さんの甥っ子の家に住んでいますけど、離れのような部屋で独りぼっちにされているの。ごはんは甥っ子さんの家族と一緒に食べているようだけど、洗濯も掃除もお舅っつぁんが自分でやっているの。商売以外、何もしない人だったのよ。それがもの干し竿に洗った下帯や襦袢を干したり、天気のよい日は蒲団を干したり……見ていて何んだか憐れになるの」

「時々、様子を見に行ってるんですかい」

「ばかでしょう？　あの家を出て二十年近くにもなるのに」

梅床の前でおてつを見掛けた時は舅の様子を見て来た帰りだったのだろうと伊三次は合点した。

「お舅さんを慕っていたんですね」

「ええ。あたし、てて親が子供の頃に死んでいるから、お舅っつぁんを実のてて親と思って暮らしていたんですよ。いなくなった亭主に未練はないけれど、お舅っつぁんのことは今でも案じられてならないの」

「お舅さんを引き取りたいんですかい」

そう訊いた伊三次に、おてつは驚いた表情をした。

「親方と息子さんに相談してみたらどうです？　親方には幸い親もいないし、おてつさんの息子さんにとって、お舅さんは実の祖父さんだ。悪いようにはしないと思いやすよ」

伊三次は早口に続けた。

「でも……」

おてつは俯いて、下駄の先で地面を突っつきながら思案した。

「無理よ。お舅っつぁんは、あれでとても頑固なの。家から出した嫁と孫の世話になるなんて承知するとは思えない」

きッと顔を上げると、おてつはきっぱりと言った。

「でも、おてつさんはお舅さんが気になって仕方がないんでげしょう？　だったら……」

「ごめんなさい。つまらない話をしてしまって。翁屋の旦那と若旦那がお待ちかねよ。早く行ってあげて。今日も暑くて大変な日ね」

おてつはそう言って話を切り上げた。

伊三次が勝手口から中に入ると、陽射しを浴びた眼には、人の顔が真っ暗に見えた。

だが、徳次が二人の息子達とともに弁当を食べる姿が次第にはっきりとして来た。倖せな親子だ。実の息子と義理の息子の区別もなく、徳次とおてつは懸命に息子達を育てて来たのだ。だが、ここに来て、おてつに気懸りが生じてしまった。赤の他人の伊三次にはどうしてやることもできない。ただ、亭主と息子達に打ち明けることもできず、悶々と思い悩むおてつが気の毒でならなかった。

生きていりゃ、色々と問題が起こるものだ。

伊三次は、そう思いながら、翁屋の女中に八兵衛への取り次ぎを頼んだ。

三

暑さは一向に衰えなかったが、八月に入ると、朝夕は幾分、過ごし易くなった。

廻りの仕事を終えて梅床に顔を出すと、床几に腰掛けて順番を待っている客が一人いた。

客は杖を傍らに置いた年寄りだったが、伊三次が初めて見る顔だった。

「ちょいと助けるぜ」

伊三次は気軽に言って、弟子の九兵衛がやっていた客に少し席をずらして貰い、年寄りの客に、お待たせ致しやした、こちらへどうぞと促した。年寄りはとうに還暦を過ぎていたようだが、七十と言われても八十と言われてもそうかと思ってしまうほど、よろよろしていた。

「だいぶお待ちになりやしたかい」

伊三次は年寄りの肩に手拭いを掛け、毛受けを持たせながら訊いた。

「なに、待つのは苦じゃないよ。どうせ、用事がある訳でもなし」

存外、しっかりした返答があった。髪はすっかり白かったが、まだ、たっぷりと量がある。色白の顔には厚い下唇が突き出ていて、頑固そうにも見えた。

「お住まいはこの近所ですかい」

伊三次は年寄りの髭を当たりながら訊いた。

「ああ。今は丸太新道の近くに住んでいる。以前は尾張町の髪結床に通っていたが、膝がちょいと悪くなったんで、梅床さんのほうが近いから、こっちに通うようになったんだよ。丁寧にやってくれるんで、気に入ってる」

「そいつはどうも」

「大将の蕎麦がまた喰いてェよ」

九兵衛の客が突然そんなことを言った。南八丁堀町で錺り職人をしている庄七という名の三十五、六の男である。十年来の梅床の客だった。どうやら、年寄りとは顔見知りらしい。

「そいつは無理だ。嬶ァが死んで、どうにも商売が続けられず、見世を畳んでしまったからなあ」

年寄りは蕎麦屋を生業にしていたらしい。

以前は尾張町の髪結床に通っていたと聞いて、伊三次はふと、おてつの舅ではないかという気がした。

「元は蕎麦屋をやっていたんですかい」

伊三次はさり気なく訊いた。

「ああ。見世を畳んでしばらく経つ。おかしなもので仕事を辞めると、どんどん足腰が弱って来た。この調子じゃ、お陀仏になる日も近いよ」

「ご冗談を。お客さんは髪結床に歩いて来られるんですから、まだまだ大丈夫ですよ」

「そうかねえ」

「手前も蕎麦が好物で、今の時季の昼めしは、たいてい蕎麦にしておりやす。今でもたまに蕎麦を拵えることがありやすかい」

「いいや。見世を畳んでから一度も拵えたことはないよ。喜んで喰ってくれる者もいない。うちの者は蕎麦よりうどんや素麺（そうめん）が好みなんだよ」

「おれァ、白いものは好かねェ」

庄七が口を挟んだ。

「お客さん、そいじゃ、白いめしも苦手ですかい」

九兵衛がからかうように訊いた。

「めしは別だろうが」

庄七はむっとして応えた。てへへと九兵衛は苦笑いした。

「大将の見世は種物（たねもの）もうまかったが、何んと言っても、もり蕎麦が一番だった。さらし葱（ねぎ）とわさびをつゆにつけて、いっきにたぐるのはこたえられねェ味だった。あの倅がとんずらしなけりゃ、今でもおいらは、いちろ庵の蕎麦が喰えたのによう」

庄七は未練がましく言った。間違いない。年寄りはおてつの舅だった。

「大将も、もう一人ぐらい倅を拵えておけばよかったによう」

庄七はずけずけと続けた。

「面目ないねえ。だが、皆、済んだことだ。この江戸に蕎麦屋は幾らでもある。うまい蕎麦屋を見つけて喰ってくれ」

年寄りは庄七をいなすように言った。

「倅の嫁も後添えに入ったんだろ？　どうすんだよ、これから先。大将は独りぼっちじゃねェか」

庄七は心配そうに訊いた。

「いや、甥が傍にいるから、もしもの時は面倒を見てくれるだろう。それほど心配しなくてもいいんだよ」

年寄りは鷹揚な人間のようだ。不愉快な話をされてもむやみに腹を立てなかった。

「まあ、人んちのことだから、おれがつべこべ言っても始まらねェが」

「ですよね」

九兵衛が間のよい相槌を打った。小半刻（約三十分）後、年寄りの髪は結い上がった。年寄りは手間賃の三十二文を払うと、杖を突いてよろよろと梅床を出て行った。

見世の外まで出て見送ると、ため息が出た。

おてつでなくても年寄りのこの先が案じられるというものだ。見世に戻ると、庄七の頭も仕上がっていたが、庄七は九兵衛に肩を揉んで貰っていた。九兵衛は肩揉みが得意で、頭をやりに来た客に、そうして肩を揉んでやることが多い。

「あの大将の息子は未だに行方が知れねェんですか」

伊三次が訊くと、庄七は、ああ、そうだと低い声で応えた。それから、

「大将のおかみさんの弔いにも顔が見えなかったから、母親が死んだことも知らねェんじゃねェかな」

と続けた。

「さいですか」

「だが、あの倅を品川の宿（しゅく）で見掛けたという奴がいた。めし盛り女のヒモみてェなことをしていたとよ。嫁と餓鬼を置き去りにして女とどんずらしたんだから、もう帰（け）ェって来られねェだろう。業晒（ごうさら）しな野郎だよ」

庄七は吐き捨てるように言った。もはや、舅とおてつは赤の他人だ。それでもおてつは舅の様子を時々見に行っているという。見に行ったところで、どうにもならないことなのに。

やがて、九兵衛の客も引き上げると、そいじゃ、おれはこれで、と伊三次は梅床の髪結い職人の利助（りすけ）に言った。

「あい、お疲れさん」

利助は呑気な声で応えた。

玉子屋新道の自宅に戻りながら、おてつと年寄りのことを考えると伊三次は切ない気持ちになった。何んとかならないだろうかという気にもなる。おてつと年寄りの舅に出

会ったことは、自分にとって何かの縁だとも思えていた。しかし、その先の手立てとなると、さっぱり妙案が浮かばない。それは下手人の目星をつけることより難しい問題に思えた。

人の情というものが、よきにつけ、悪しきにつけ、そこに絡んでいるからだろう。情とは厄介なものだと、伊三次は胸の内で呟いていた。

しかし、それから間もなく、伊三次は京橋の欄干に凭れ、思案顔をしているおてつを見掛けた。時刻は夕方で、伊三次は大根河岸の近くで古い知り合いに会い、立ち話も何んだからと言って、麦湯の提灯を出している茶店に寄って茶を飲んだ帰りだった。

水の流れを見つめながら、もの思いに耽っている様子のおてつは少し離れた場所にいた伊三次に気づかなかった。伊三次は、そっとおてつに近づいて声を掛けた。

「お舅さんの様子を見にいらしたんですかい」

その拍子に、おてつは悪さを見つけられた子供のように驚いた表情をした。

「やだ、脅かさないで」

おてつは、きゅっと伊三次を睨んだ。

その表情は若い頃のおてつと少しも変わっていなかった。

「すんません。ちょいとおてつさんを見掛けたもんで」

「翁屋のお内儀さんが頭痛がするとおっしゃっていたから、おまじないをしに来たのよ」

「ああ、そうですかい」

どういう訳か、昔から京橋の北側の擬宝珠(ぎぼし)に荒縄を括って願掛けをすれば、頭痛が治ると言われていた。頭痛が治ったら、青竹の筒に茶の葉を入れて、荒縄を解いた跡に掛けておく。その茶の葉は橋番の役得となるのだ。

亭主に仕事をさせてくれた翁屋のためにそれをするおてつがいじらしい。が、一方、舅の様子を見る口実のようにも伊三次には思えた。

「お舅さんの所には行って来たんですかい」

もう一度訊くと、おてつは、それには応えず、ねえ、伊三次さん、擬宝珠のある橋は、この江戸では日本橋と京橋と新橋だけなのよ、と言った。

「へえ、そうですかい。もっとありそうな気もしますがね」

擬宝珠は欄干の柱の上に被せる葱の花の形をした飾りである。確か葱の花の別名もそう呼ばれていたと思う。

「どうして葱の花の形をありがたがって飾りにしたのかしら。最初に思いついた人の気が知れない。仏様の顔のように見えたのかしらね」

おてつは不思議そうに言った。

首を傾げて伊三次も台箱を下に置いて欄干に凭れた。往来する人々はそうしている二人に怪訝な眼を向けていた。視線を下に向ければ、透き通った水がさらさらと流れている。

「さあ……」

通りを歩くより、涼しさがあった。

「うちの人と一緒になってから、この橋を渡る勇気がなかったのよ。渡っちゃいけない気がして。いつも擬宝珠を撫でるだけで帰っていたの。今まで善助と一緒に住んでいた見世が懐かしくてたまらないのに、もうそこにはあたしの居場所がない。それが理不尽に思えてしょうがなかった」

「気持ちは何んとなくわかりやす。ですが、おてつさんは親方と一緒になり、いちろ庵とは縁が切れてしまいやした。こいつはどうにもならねェことですよ」

伊三次はおてつを諭した。おてつはそれを聞かぬ振りをして、少し強い口調で言った。

「本当に渡ったのはおっ姑さんのお弔いの時よ。うちの人に言って、香典を届けに行ったの」

「お舅さんに会いやしたかい」

「ええ。気を遣わせてすまないと言ってくれました。あたし、泣くばかりで、それ以上、何も言えなかった。この先、どうするのかも訊けなかった。見世と土地を売ったお金をお姑さんの甥っ子に預けたと、後で人から聞いたの。甥っ子はそれでお舅っつぁんの面倒を最期まで見るつもりのようだけど、何んだかお舅っつぁんが死ぬのを待っているような感じがして、やり切れなかった」

「しかし、雨風を凌げる家に住んでいるんですから、おてつさんがそれほど心配することもねェでしょう」

「あの顔、お舅っつぁんの何も彼も諦め切った顔を見るだけであたしは泣けて来るのよ。お舅っつぁんは仕事がしたいのよ。蕎麦を打って、つゆを仕込んで、それをお客さんに食べて貰いたいのよ。あたしにはわかる。仕事ができないお舅っつぁんは、生きている甲斐もないはず」

おてつはしゃがみ込み、顔を両手で覆って泣き出してしまった。通り過ぎる人々は何事かと、こちらを見ていた。

「泣いていたって、何も始まりやせんぜ」

伊三次は人目がある恥ずかしさもあって、妙に醒めた声で言った。

「他人事だと思って」

おてつは涙だらけの顔で伊三次を睨んだ。

「いいや。実は、この間、お舅さんの頭を結わせていただいたんですよ。お舅さんは手前にとっても大事な客になったんです。おてつさんが困っているなら、喜んで力になりやすよ。見世を畳んでも、屋台の夜鳴き蕎麦屋ぐらいはできますよ。息子さん達に言えば、屋台を拵えるのはお茶の子さいさいでしょう。おてつさんの住まいの近くに屋台を出せば、少々、足が不自由でも何んとかなりますって」

言葉が伊三次の口許を勝手に衝いて出た。

おてつは呆気に取られたような顔になった。

「そんなこと……」

できる訳がないと、おてつは言いたいらしい。

「当たって砕けろですよ。まずは、おてつさんは息子さんにどうだろうかと打ち明けておくんなさい。京橋を渡ることができたんですから、きっとそれもできるはずです」

「でも……」

おてつは、それでもまだ逡巡している様子だった。

「ぐずぐずしていたら、お舅さんは本当にお陀仏になっちまいやすよ。その時に悔やんだところで、手遅れでさァ」

「縁起でもないことを言うのね。ひどい人」

おてつは立ち上がり、伊三次の腕を強い力で叩いた。

「息子さんに打ち明ける勇気がないなら、手前が代わりに言ってもいいですよ」

「他人様に迷惑は掛けられません。あたし、今晩、息子達に打ち明けます」

おてつは決心を固めたように言った。

「本当に大丈夫ですかい」

「あたし、人の言いなりでここまで来たのよ。たまに自分の思う通りにしたっていいじゃない」

「さいですね。おてつさんはもう大人だ。それなりに分別もある。きっと、息子さんも親方も賛成してくれるはずですよ」

「ありがとう、伊三次さん。あたし、がんばる」

おてつは小鼻を膨（ふく）らませて言った。

京橋で伊三次はおてつと別れたが、首尾よく行くかどうかは、正直、伊三次にもわからなかった。しかし、縁が切れてしまったのに、いつまでも義理の父親を案じるおてつには感心する。おてつのそういう気持ちが、徳次とうまく行った理由でもあったのだろうと、改めて伊三次は思った。

四

翁屋は生まれ変わった。木の香も新しい家と仕事場は、どこも清々（すがすが）しかった。八月の中旬に大工の仕事が終わると、左官職人、建具屋などが入り、まだすべて完成したとは言えないが、それでも改築した効果は十分に感じられた。近所の人々も口々に、立派になったねえ、きれいだねえと褒めていた。

徳次と他の大工職人は次に控えている現場に向かったようだが、進吉と善助は、なおその場に残って、不足のある箇所に手を入れている様子だった。その合間に、二人は図面を見ながら、新しい材木を使って何やら拵えていた。

翁屋の傍を通り掛かった伊三次は、そんな二人に近づき、もう大工仕事は終わったんですかい、と訊いた。

「へい。おいら達の仕事はすっかり終わりやした」

進吉は笑顔で応えた。傍で善助も相槌を打つように肯いた。二人とも陽に灼けて真っ黒な顔をしている。

「翁屋さんから物入れでも拵えてくれと言われたんですかい」

横板に桟を入れた大振りの箱のようなものが二つ、目の前にあった。

「屋台を拵えているんですよ。初めて拵えるんで、うまく行くかどうかわかりやせんが」

進吉は自信のない表情で応えた。

「もしかして、そいつは蕎麦屋の屋台になるんじゃねェですか」

　伊三次は意気込んで訊いた。

「そうですよ。うちの爺っちゃんが出す屋台でさァ」

　善助は嬉しそうに応える。うちの爺っちゃんと、すんなり言葉が出るところは、やはり実の孫である。

「大将がよく承知したもんだ」

　そう言うと、進吉は、承知させるまでが、なかなか骨でしたぜ、と悪戯っぽい表情で応えた。進吉もおてつの舅のことを、もはや実の祖父と同様に思っているらしい。それも伊三次には嬉しかった。

「おてつさんは必死で説得したんですね」

「さいです。おっ母さんは泣きながら、津軽のお国訛り丸出しで爺っちゃんを説き伏せたんですよ。あんなおっ母さんを、おいら、初めて見た」

　善助は苦笑交じりに言った。

「最後はおいらと善助が孫の言うことは聞くものだと怒鳴ったんでさァ。爺っちゃんは渋々、言う通りにしてくれましたが、善助の婆っちゃんの甥っ子と金のことで少し揉めやした。爺っちゃんは洗いざらい、甥っ子に金を渡していたからですよ。向こうは今さら、金を返したくなかったんでしょう。おっ母さんは意地になって、金なんていらないって、金切り声を上げて、爺っちゃんを引きずるようにしてヤサ（家）に連れて来たんですよ」

　進吉はその時の様子を教えてくれた。

「お前ェさん達のおっ母さんは大した人だよ」

　伊三次はお世辞でもなく言った。

「誰かが爺っちゃんに屋台の蕎麦屋をやらせろと、おっ母さんに言ったみてェなんです。爺っちゃんはそれを聞くと、眼の色が違って来たんですよ。よし、屋台で稼いで手前ェの喰い扶持(ぶち)ぐらい入れると張り切りやした。それで、次の現場に入るのを少し待って貰って、急いで屋台を拵えることにしたんですよ」

　屋台の蕎麦屋をやらせろと助言したのは自分だと、伊三次は喉許まで言葉が出ていたが、結局、言えなかった。口ばかりで実際は何ひとつ伊三次はしていない。決めたのはおてつと徳次と二人の息子達だ。そこで得意そうに言ったところで誰も感心などしないと思った。

「屋台はどこに出すんで？」

　伊三次は笑顔で訊いた。

「おいら達のヤサの前ですよ。爺っちゃんも年だから夜の五つ（午後八時頃）から四つ（午後十時頃）までの、ほんの一刻(いっとき)ほどの間ですよ」

　善助はそう応えた。徳次の家は西河岸町(にしがしちょう)の稲荷新道(いなりしんみち)にあると聞いている。

「そいじゃ、その内に寄らせて貰いやすよ。いい屋台を拵えておくんなさい」

伊三次はそう言って、その場を離れようとした。

「髪結いさんは、爺っちゃんの頭をやったことがありやすかい」

進吉は確かめるように早口で訊いた。

「一度だけありやすよ」

「やっぱりそうですかい。何んとなくそうじゃねェかと思っていたんですよ。爺っちゃんは今までの髪結いの中で一番の腕だったと褒めておりやした」

「…………」

胸にぐっと来ていた。思わず涙ぐみそうになったほど伊三次は嬉しかった。

「髪結いさんは見たところ、廻りをしている様子ですから、頼んだらヤサに来てくれやすかい。また、爺っちゃんの頭をやっておくんなさい」

「へい、喜んで」

そう応えた伊三次の声がくぐもった。涙を見られたくないので、伊三次は、そいじゃ、これで、と言って踵を返した。

本材木町の通りに出て、伊三次は空を仰いだ。うす水色の空が頭上に拡がっていた。

まだ暑さは残っていたが、空はすっかり秋だった。今年の夏も暑かったが、よい家族と出会ったお蔭で、それほど耐え難さは感じなかった。きっとおてつは、嬉々として舅の世話を焼くことだろう。そう言えば、舅の名前を聞きそびれていたことに、今さらながら伊三次は気づいた。今度会ったら忘れずに訊くことにしようと思った。

蕎麦屋の屋台が出たら、お文とお吉を誘って食べに行こうと思った。きっとうまいはずだ。だが、生きいきとした表情で蕎麦を拵える舅の顔を泣かずに見ることができるかどうか、伊三次は自信がなかった。

仕事を終えて家に戻ると、茶の間にはすでに晩めしの箱膳（はこぜん）が出ていた。お文はその夜、お座敷が掛からなかったようで、戻って来た伊三次に、お帰り、と機嫌のよい声を掛けた。

ほどなくお吉も、疲れた、疲れたと言いながら帰って来た。

「若（わ）けェくせに疲れたと言うな」

伊三次はつい、小言が出る。

「疲れますよねえ、きィちゃんだって」

おふさはお吉の肩を持つように言った。

「これから新たに屋台の蕎麦屋を始める年寄りもいるんだ。それを考えたら、髪結床の手伝いぐらい何んだ」

伊三次はそれでも言わずにはいられなかった。

「おや、それはどこのどなたさんの話だえ」

お文が興味深そうな眼で訊いた。伊三次は得意そうにおてつの家族の話をした。

「わっちだって、そんな事情ができたら、放っとけないと思うよ」

「言うだけだったら簡単よ。だが、おてつさんは実際に事を起こしたんだ。そこが並の女房と違うところよ」

「そうですねえ、立派なおかみさんですねえ」

おふさも感心した表情で言った。

「おふさ、魚が焦げているんじゃないかえ」

お文が口を挟むと、あら、大変、とおふさは慌てて勝手口の外に出している七厘を気にして腰を上げた。

「お前さんは、もしかして、そのおかみさんをけしかけたんじゃないかえ。気に病んでばかりじゃ埒が明かないから、何んとかしろって」

お文は伊三次の表情を窺うような眼で訊いた。

「おれは何もしていねェよ」

「そうだろうか」

お文は信用していないようだ。

「梅床のお客さんは、お蕎麦屋さんの旦那さんが、西河岸町のほうに移って、そっちで屋台の蕎麦屋を出すようなことを言っていたけど……」

お吉が、ふと思い出して言った。

まだ、屋台もでき上がっていないのに、もう噂が拡がっているのが驚きだった。

「その人、一度、梅床に来て、お父っつぁんに髪をやって貰ったよね。あのお爺さんが本当に屋台をやるの？」

「ああ」

「大丈夫なの？　よろよろして、ろくに歩けなかったのに」

お吉は心配そうだ。

「商売を始めるとなったら、やたら元気になったとよ」

「へえ、そうなんだ」

そこへおふさが焼き上がった塩引き（しおびき）を皿に入れて戻って来た。

「すみません。少し焦がしてしまいました」

おふさはすまない顔で詫びた。

「大丈夫だよ。ささ、おふさも、もう引けていいよ。さ、さとちゃんがお腹を空かせて待っているよ」

お文は気を利かせておふさに言った。さとちゃんとは、おふさの息子の佐登里（さとり）のことだった。

「それではお言葉に甘えて帰らせていただきます」

おふさは頭を下げると、勝手口から帰って行った。

「あのお爺さん、お父っつぁんがいない時にもう一度、お見世に来たのよ」

お吉はお櫃からめしをよそいながら言った。

「利助か九兵衛が代わりにやったのか?」

「ううん。この間の髪結いさんはいないのかと訊いたの。九兵衛さんが夕方には顔を出すはずですと応えると、それじゃ、またこの次にと言って帰ってしまったの。ちょっとお客さんが立て込んでいたせいもあったけど、お父っつぁんに頭をやって貰いたかったみたい」

お吉の話に、伊三次は思わずほくそ笑んだ。

「何んだよ、得意そうに笑ってさ。爺ィの客に気に入られて嬉しいのかえ」

お文は小意地悪く訊く。

「おきゃあがれ。あのお人はおれのことを、今までの髪結いの中で一番の腕だと褒めてくれたんだぜ」

女房と娘の前では自慢話もできるというものだ。だが、二人は呆気に取られた表情で伊三次を見ていた。

「何んだ、何んか文句があんのか」

伊三次は癇を立てた。

「聞いた？　おっ母さん。お父っつぁん、自慢してるよ」

「ああ、聞いた。見っともないねえ。黙ってりゃ奥ゆかしいのにねえ」

「自分から言っちゃ、台なしだねえ」

「そうそう」

塩引きを突っつきながら喋る二人が憎らしい。

「だいたい、お前ェ達はおれのことを何んだと思っているのよ。これでも髪結い稼業でお前ェ達を養って来たつもりだぜ」

「はいはい、それはようくわかっておりますよ」

お文はいなすように応える。

「お文、だいたい、お前ェも近頃は亭主を亭主とも思っていねェ態度をしている。もう、おれに惚れていねェんだろ」

「ほ、惚れていねェって……」

お文は、突然、そんな艶っぽい言葉を出されて面喰らった表情になった。

「やめてよ、お父っつぁん、恥ずかしい」

お吉は自分の耳を両手で塞いで叫んだ。

「わかった。おれはお父っつぁんと心から慕ってくれる者をこれから捜すわ」

伊三次は破れかぶれで言った。

「お前さん、落ち着いて。わっちが悪うござんした。惚れていないなんて、とんでもない。わっちはお前さんと会った時から惚れっぱなしでござんすよ」

お文はさすがに芸者稼業を長くしている女だった。いささか芝居掛かっていたが、伊三次を宥めるように言ってくれた。しかし、お吉は「きゃあ！」と悲鳴を上げ、腰を折って笑い転げた。そんなお吉の尻を伊三次は加減もなく叩いた。

お吉は痛い、痛いと言いながら、しばらく笑い続けていた。

五

日本橋・西河岸町の稲荷新道の通りに入ると、醤油だしのいい匂いがした。お座敷の掛かったお文を伊三次はお吉とともに芸妓屋の「前田」に迎えに行き、それから三人でおてつの舅が出している屋台へ向かった。

屋台の前には床几が置かれ、客が三人ほど蕎麦を啜っていた。傍におてつと二人の息子がいて、笑顔で客をもてなしていた。

「まあ、伊三次さん、いらして下さったんですか」

おてつが弾んだ声を掛けた。

「女房と娘ですよ」

伊三次は二人をおてつに紹介した。お文は懐から祝儀袋を取り出し、おかみさん、ほんの気持ちですからと言った。

「まあ、ご丁寧にありがとう存じます。お舅っつぁん、ご祝儀をいただいたよ」

おてつは蕎麦を拵えている舅に声を掛けた。

手拭いで鉢巻きをした舅は、こいつはどうも、と頭を下げた。きびきびして、梅床にやって来た頃と比べると別人のようだ。

「お蕎麦、召し上がっていただけます？　かけ蕎麦だけなんですが」

おてつはおそるおそる訊く。

「そのために来たんですよ」

伊三次がそう応えると、おてつは、かけ三丁と声を張り上げた。

「伊三次さんのおかみさんは芸者さんだったんですね」

おてつはお座敷着のお文を、まじまじと見て言った。

「へい。おれの稼ぎが悪いもんですから、うちの奴は未だにお座敷に出ているんですよ」

「とってもきれい。やっぱり、並のおかみさんとは違いますね。伊三次さんは果報者ですよ」

おてつは大袈裟なほど褒めた。お文も褒められて照れ臭そうな表情になった。

「お嬢さんも芸者さんになるんですか」

おてつはお吉を見て話を続けた。

「いえ、あたしは髪結いの修業中です」

「まあ、お父っつぁんの跡を継ぐんですか。感心ですね。一人前になったら、あたしの髪も結って下さいね」

「はい、喜んで」

他人の前では、お吉も控えめに振る舞っていた。

ほどなく、さらし葱を載せたかけ蕎麦が運ばれて来た。湯気の立つ蕎麦を伊三次は啜った。鰹節が効いただしがうまかった。ふと屋台に眼を向ければ、おてつの舅が手際よく湯通しした蕎麦を丼に入れている。むっつりして下唇が相変わらず突き出ていたが、頬はほんのり紅色に染まっている。生きる張りを感じているのだろう。客が途切れると、二人の息子も床几に座ってかけ蕎麦を啜り出した。

「うめェ」

進吉が感歎の声を上げる。善助も、今日のだしは格別にいいできだと言った。

舅はそれに対し、何も言わず黙って見ているだけだった。蕎麦を啜りながら伊三次は、そんな家族に込み上げるものがあった。

「お父っつぁん、泣いてるの？」

お吉が心配そうに訊いた。

「泣くもんか。七味がちょいと効いただけだ」

「あのお爺さん、倖せそうだね」

「そう思うかい」

「うん。男には仕事が一番なんだね。お父っつぁんも、いつまでも仕事を続けてね」

「ありがとよ」

「あのお爺さんの名前、お父っつぁん、知っている？」

「いや、知らねェ」

「あたしも知らない。お父っつぁん、小母(おば)さんに訊いてよ」

「そ、そうだな。名前ェを知らねェじゃ、今度会った時に居心地の悪い思いをするからな」

「大将の名前かえ？」

お文はかけ蕎麦のつゆを飲み切って訊いた。

「うん。おっ母さん、知っている？」

「ああ。確か、作蔵(さくぞう)さんという名前だ。前田のお内儀さんが、そうおっしゃっていたよ」

「作蔵……」

不破家の下男をしていた今は亡き作蔵と同じ名前だった。伊三次が父っつぁんと慕っていた男である。こいつは亡き作蔵の導きでもあったかという気にもなる。お文もそれは感じていたようで、どこか作蔵さんに似ているよねえ、と言った。

「さて、お腹も膨れたから、引けようか」

お文は、湿っぽくなったものを振り払うように腰を上げた。

「おかみさん、お勘定」

お文は帯に挟んだ紙入れを探りながら言った。

「今夜はご祝儀をいただいたので、お代は結構です」

如才なくおてつは応える。

「それとこれとは別ですよ」

お文はそう言ったが、おてつは蕎麦代を受け取らなかった。

「父っつぁん、うまかったぜ」

伊三次はかつて作蔵に呼び掛けたように言った。蕎麦屋の作蔵は、別に驚きもせず、こくりと肯いた。

おてつの家族に見送られて稲荷新道を抜けると、空には満天の星が光っていた。

「おっ母さん、星がきれいね」

お吉は久しぶりに両親と一緒なのが嬉しくてたまらないようだ。お文となかよく手まで繋いでいる。

「お前さん、いいことをしたみたいだね」

お文は訳知り顔で言った。

「おれは何もしていねェよ」

「いいや、おかみさんも大将も、お前さんを見る眼つきが、よその客に対するのとは違っていた。わっちもいい気分だった」

「そうけェ」

「また来ようね」

お吉は機嫌のいい声で言った。

「ああ、またね」

お文も嬉しそうに応える。自分はいいことをしたのだろうか。伊三次は自分で自分を訝しむ。大したことをしたつもりはないが、おてつの気持ちを察してやることはできたと思う。ほんの少しの気持ちがあれば他人様も倖せになる糸口を摑めるかも知れない。京橋で思い悩んでいたおてつの顔が忘れられなかった。だが、もう気懸りは片づいた。京橋はおてつにとって、特別な橋ではなく、ただの擬宝珠のある橋になったのだ。それでいいのだと伊三次は思う。

もうすぐ、町木戸が閉まる時刻になる。三人はそれに気づくと、少し急ぎ足で玉子屋新道の自宅を目指した。

参考文献「江戸アルキ帖」（新潮文庫）杉浦日向子・著

青もみじ

一

八月も末になると、朝晩の空気は、ひんやりとして、季節が秋から冬へ向かうことを人々に感じさせる。北町奉行所臨時廻り同心の不破友之進と、その息子である定廻り同心の龍之進が奉行所に出かけると、八丁堀・亀島町の組屋敷内にある不破家は、ようやく穏やかな時間を迎えることができた。

奉行所の同心は朝の五つ（午前八時頃）までに出仕する決まりになっている。それまでに出入りの髪結いに髪を結わせ、身仕度を調え、朝めしを食べるのだから、ばたばたと忙しい。

主とその息子が出かけて、朝の喧騒も静まると、女中のおたつは朝めしの後片づけをするために流しに立つ。龍之進の妻のきいは息子の栄一郎に着替えをさせ、それから洗濯を始める。幼い子供のいる家は毎日、洗濯が欠かせない。他に自分の襦袢や腰巻、夫の襦袢や下帯などもきいが自ら洗う。他の洗濯物はおたつが引き受けてくれている。

きいが洗濯している間、姑のいなみは縁側で栄一郎を膝に載せ、庭の様子を眺めていた。

庭は下男の三保蔵がまめに手入れをするので、見苦しい雑草は引き抜かれているし、前栽もよい形に植木鋏で整えられている。塀際には松と楓が植わっており、狭いながら風情のある庭だときいは思っている。

「もう少し経てば、紅葉の季節になりますね」

いなみは洗濯をしているきいに言葉を掛けた。庭の楓が色づく景色をいなみは楽しみにしているようだ。いなみは楓と言うが、きいはもみじと楓の違いがよくわからない。最初から暗紅色をしていて、紅葉の季節になると、さらに鮮やかな色になるものもある。不破家のそれは、新緑の頃には爽やかな緑色で、秋の終わり頃に紅葉する。葉の形が似ているので、どちらも、もみじと呼ぶ者もいる。舅の不破も、もみじで通していた。きっと、微妙に種類が違うのだろう。庭の楓は、いなみが輿入れした頃からあるものだという。

「さようでございますね」

きいは応えたが、まだ青いままの葉に眼を向けた時、昔、手伝いに行った商家で中食に素麵を振る舞われたことを思い出した。

大鉢に入った素麵の傍に同じ青い葉が二枚添えられていた。それは大層涼しげに感じられたものだ。商家の者はそれを青もみじと言っていた。青もみじを添えたのは、その商家の末娘だった。料理好きで、しかも何かしら工夫をして、食べる者の眼を喜ばせてくれた。

「青もみじをあしらうと、きれいでしょう？　あなた達もお嫁に行って、お素麵を出す時はそうなさいな。もみじがない時は笹の葉でもいいのよ」

きいより五つ六つ年上のその人は優しく教えてくれた。食べ盛りのきいは青もみじにさして興を覚えることもなく、素麵を啜るのに夢中だった。人の妻となり、子供の母親となったきいは、今頃になってその人の教えをしみじみと思い出す。夏のさなかに素麵を茹でた時は、忘れずに庭から楓の葉を切って来て、そっと添えた。いなみとおたつは、とてもきれいと褒めてくれたものだ。

何事もなければ、きいにとって、青もみじは優しい思い出のひとつになっていたはずだ。

だが、その思い出が無残に覆される羽目となってしまった。今はその人のことを思い出すだけで、きいは切ない気持ちになる。

あれは江戸が梅雨を迎える少し前のことだった。きいが大伝馬町の伯父夫婦の家に行った帰りにその人を通りで見掛けた。いや、最初はその人とは思わなかった。ろくに櫛で梳かしている様子もない蜘蛛の巣のような頭をして、垢じみた着物をじょろりと纏い、通りをふらふら歩いていた。明らかに常軌を逸しているふうに見えた。

その様子にきいの足が思わず止まり、やり過ごすことができなかった。その人と似ているとは思ったが、きいの頭はそれを認めたくなかった。やがて、女中らしいのが慌てて追い掛けて来て、お嬢様、たまが見つかりましたので、お戻りなさいまし、と宥めるように言った。たまは飼っていた猫の名前のようだ。

「本当に本当？」

女は怪しむような眼つきで女中に確かめる。

その眼つきが何んともいやな感じだった。

女は女中につき添われて、表通りに暖簾を出している太物問屋「秩父屋」の脇の路地に入って行った。間違いない。女は秩父屋の娘のおくにだった。きいが子供の頃、おくに姉ちゃんと慕っていた女である。

きいが小平太とともに親戚をたらい回しにされて、再び大伝馬町の伯父夫婦の家に身を寄せた頃、おくには本所の酒屋の息子と祝言を挙げ、そちらで暮らすようになった。それから一度も会うことはなかった。いったい、おくにに何があったのだろうか。きいは気になって仕方がなかった。伯母のおさんに訊くと、嫁ぎ先で苛められ、あんなふうになっちまったんだよ、と教えてくれた。

しかし、いかに苛められたからと言って、人の眼から常軌を逸しているように見えるまでになるものだろうか。きいの疑問は依然、疑問のままだった。

それからしばらくして、きいは同じ裏店で暮らしていた幼なじみのおせんを訪ねた。おせんならもう少し詳しい話を知っているような気がした。

おせんの嫁ぎ先は品川町の菓子屋「亀屋」である。きいも不破家の嫁となってから、おせんと会うのもめっきり少なくなっていたが、たまたま、幼なじみ同士、顔を合わせる機会があってから、きいは亀屋に足を向けるようになった。そのついでに時々、亀屋の菓子も買っていた。

柿色の暖簾を搔き分けて見世の中に入ると、縞の着物に友禅の前垂れを締めたおせんが、笑顔で迎えてくれた。亀屋は土間口に絣の小座蒲団を敷いた床几を置き、壁には季節ごとの花の絵を飾っている。四畳半ほどの見世座敷には菓子簞笥が並べられ、客の求めに応じて菓子を取り出し、経木に包んでくれる。掃除も行き届いて清潔な見世である。

「あら、いらっしゃい。今日は伯母さんの家にでも寄った帰り？」

おせんは訳知り顔で訊く。しっかり者の若お内儀と評判の女である。顔つきにも、それが表れている。

「ええ。でも、ちょっとおせんちゃんに訊きたいことがあって」

「なあに？」

おせんが気軽な調子で言った時、内所（経営者の居室）に通じる白い暖簾を掻き分け、おせんの姑ができ上がったばかりの菓子を運んで来た。きいは「お邪魔しております」と挨拶した。にこにこして愛想のいい姑は、お友達がいらしたのなら、上がっていただいたら、と言った。見世のことはいいから、中でゆっくりお喋りをしたらいいよ、と続けた。

「すみません。それじゃお願いします」

おせんはあっさりと言って、きいを内所に促した。

「いいの？ ご商売の途中なのに。お姑さんにあとで叱られない？」

きいは恐縮しておせんに訊いた。

「大丈夫。あたしはおっ姑さんのすることは何んでも彼でも、はいはいと聞いてやってるのよ。もうとにかくつき合いの広い人で、お祭りの時なんてお赤飯を山のように蒸かし、煮しめも大鍋に二つも拵えて配るの。あたしは文句も言わずに手伝っているの。たまに友達が来て気軽なお喋りするぐらい何よ」

おせんは豪気に言った。

「おせんちゃん、あたし、気軽なお喋りをするために来たんじゃないのよ」

そう言うと、おせんは真顔になり、何か困ったことでも起きたの、と訊いた。

「ううん。あたしのことじゃないの。秩父屋のおくに姉ちゃんのこと」

その拍子におせんの笑顔が消え、切ないため息を洩らした。きいは、おせんの表情に構わず、言葉を続けた。

「だいぶ前だけど、伯母さんの家に行った帰り、通りでおくに姉ちゃんを見掛けたの。最初はおくに姉ちゃんとは思わなかったけど、女中さんに連れ戻されて秩父屋さんの脇の路地に入って行ったから、おくに姉ちゃんだとわかったんだよ」

「あんなふうになって、本当に気の毒だよ」

おせんもおくにの様子を知っていたらしい。

「伯母さんは嫁ぎ先で苛められて、おかしくなってしまったと言っていたけど、何んだか信じられなくて」

「そうだねえ。あたしやおたけちゃんなら、あそこまでにはならないと思うよ。おくに姉ちゃんの優しさが仇になってしまったんだよ」

おせんは未だにきいのことを昔の名前で呼ぶ。今は、きいに変わったと何度言っても、相変わらずおたけちゃんになる。

「どういうこと？」

きいは怪訝な思いでおせんを見つめた。おせんは急須を引き寄せ、茶の葉を入れると火鉢の鉄瓶の湯を注いだ。

「おくに姉ちゃんは昔から人の悪口なんて決して言わない人だった。お見世の女中や手代にも優しく接していたじゃない。大店(おおだな)のお嬢さんなら、台所仕事なんて全くしないものだけど、おくに姉ちゃんは違った。お内儀さんは、いずれ女は嫁に行くものだけど、嫁ぎ先が裕福とは限らない。ごはんの仕度をしなければならないこともある。その時に何もできませんじゃ、育てた母親の面目がない。そう言っておくに姉ちゃんに台所仕事を仕込んだんだよ」

「そうだったね」

きいも昔を思い出して肯いた。

「お茶、飲んで」

おせんはお茶と見世で作っている饅頭を勧めた。

「ありがとう」

一礼してきいは湯呑を手にし、ひと口茶を飲んだ。

「覚えている？　町内で火事が出て、裏店の男達が皆、火事場に駆けつけ、おっ母さん達も炊(た)き出しの手伝いに行って、大人が誰もいなくなった時のことよ」

おせんは、ふと思い出して言った。

「覚えているよ。とても寒い日だった」

きいは遠くを見るような眼で応えた。霜月半ばの冷え込む日だった。大伝馬町の鍛冶屋から夕方に火が出たのだ。火の見櫓(やぐら)の半鐘の音は止まず、大人達は暮六つ（午後六時頃）を過ぎても戻らなかった。寒さと空腹で裏店の子供達は皆、震えていた。その時、おくには手代に汁の入った大鍋を持たせ、自分は握りめしの入った重箱を抱えてきいの住んでいた善右衛門店にやって来たのだ。

「火事はもう少しで収まると思うけど、あんた達、お腹が空いただろ？　ごはんを作って来たから、皆んな、汁を入れるお椀と箸を持っといで」

おくにはてきぱきと命じた。おくには綿入れ半纏を着て、更紗の前垂れを締めていた。提灯に浮かび上がったおくにの鼻は寒さで赤くなっていた。二十歳ほどのやけに男前の手代が汁をそれぞれの椀によそうと、おくにはにぎりめしを渡してくれた。子供達はにぎりめしにかぶりつき、熱い汁を啜った。

「あのお汁、何んという名前だったかしら。おくに姉ちゃんのご両親の実家で拵えるものだと聞いたけど」

おせんはその時のことを思い出して、懐かしそうに言った。

「ざっぱ汁……いや、じゃっぱ汁だったかしら。鱈のアラと芋や大根、青物を入れたものだったね。身体が温まって、ものすごくおいしかった」

津軽で鱈の出回る頃に拵える具だくさんの汁だった。おくにの両親はその津軽の出身だった。鍋の中身はあっという間に空になった。

おくには満足そうに笑顔を浮かべ、さあ、皆んな、これでお腹が膨れたから、あとはおとなしく留守番しているのよ、と言って帰って行った。

「あの時、どうしておくに姉ちゃんは晩ごはんを運んで来てくれたのかしら。秩父屋のお内儀さんに持って行っておやりと言われたのかな」

きいは今頃になっておくにの好意が怪訝に思えた。それまでは通りにいた裏店の子供達を見掛けると、秩父屋の勝手口から中に入れ、台所の板の間で何か食べさせていたからだ。

「多分、あの時の手代が教えたのかも知れないよ。善右衛門店の大人達はまだ誰も帰って来てないようだってね。たまたましじゃっぱ汁をたくさん拵えたから、おくに姉ちゃんは持って行ってやろうと思ったんだよ」

おせんはその時の事情に察しをつける。

「おくに姉ちゃんは末っ子だったから、裏店の子供達を弟か妹のように思っていたのね。あたしもおくに姉ちゃんを見掛けると、傍に行って、埒もない話をしたものよ。おくに姉ちゃんは、いつも笑顔で聞いてくれた」

「そうそう。大店のお嬢さんなら乙にすましているものだけど、おくに姉ちゃんは違った。あんな思いやりのある人はいないよ。あたし達、おくに姉ちゃんにたくさんおいしいものをご馳走になったよね。心底、ありがたかった」

おせんはしみじみした口調で言った。

「夏に木綿の反物が大量に届いた時、あたし達、お手伝いに行ったよね。見世の蔵に、運んでも運んでも、反物の嵩が減らなくてうんざりしたけど、それほど秩父屋さんは太い商いをしていたってことね」

きいも昔を思い出して言う。

「太物問屋だから太い商いっていうのも、おもしろい言い方ね。今は昔ほど景気がよくないみたい。ほら、跡を継いだおくに姉ちゃんの兄さんは商いの才覚がないって噂だから」

「そうなんだ」

「あの時のお昼に出た素麺もおいしかったよね。青もみじが添えられていて、いい感じだった」

おせんも青もみじのことを覚えていたようだ。

「あれを真似て、お素麺を茹でる時は、あたしも青もみじを添えるのよ」

きいは張り切って言った。

「ふーん、結構まめだね。あたしは、そんなことしないけど」

「それで、おくに姉ちゃんは嫁ぎ先で何があったの？」

きいはそれが肝腎とばかりおせんに訊いた。

おせんはまたため息をつくと、誰も彼もおくに姉ちゃんを虚仮にしやがって、と男のような口調で吐き捨てた。

二

おくにの嫁ぎ先である酒屋「丸安屋（まるやすや）」は秩父屋の構えに比べたら明らかに見劣りのする見世だった。その見世の長男との縁談が纏（まと）まったのは、秩父屋の主と丸安屋の主が古くからの顔見知りだったからだ。丸安屋の長男の幸助（こうすけ）は商売熱心な男だったが、これまで縁談には恵まれていなかった。何度か見合いもしたが、無口なせいで相手から断られていた。

秩父屋の主が、それならうちの娘を貰ってくれないかと水を向けると、最初はとんでもない、おたくの娘さんが嫁入りするような見世じゃありませんよ、と丸安屋の主は及び腰だったという。ためしに見合いをさせたが、案の定、おくには、あたしと幸助さんは合わないと思うと言ったそうだ。それでその縁談も反故（ほご）になるはずだったが、しばらくすると、おくにのほうから丸安屋さんの縁談を進めて下さいと言ったらしい。

「おくに姉ちゃん、どうして気が変わったの？」

きいはおせんに訊いた。

「うん……」

おせんは言い難そうに言葉を濁した。

「おせんちゃんは知っているんでしょ？　だったら教えてよ」

きいは話を急かした。

「どうもね、おくに姉ちゃんは、あの手代が好きだったみたい」

「じゃっぱ汁を届けに来た時の手代さん？」

「ええ、そう。おくに姉ちゃんが胸の思いを打ち明けたかどうかはわからないけど、あの手代は少ししたら女房を貰って住み込みから通いになったのよ。今は番頭になっているけど」

「おくに姉ちゃんは、あの手代さんを諦めて丸安屋さんにお嫁入りしたという訳か」

きいはようやく合点する思いだった。

「うちのおっ母さんは秩父屋の仕立ての内職をしていたから、お内儀さんに事情を聞いたのよ。見世の手代と娘を一緒にする訳には行かないって。あとで、おっ母さん、あたしに教えてくれたの」

「どうしてかしら。手代さんと一緒になって秩父屋を守り立てたらいいのに」

「お内儀さんは、おくに姉ちゃんの兄さんのお嫁さんに遠慮したんだと思う。あの手代は頭がよくて商いの才覚があったの。悪いけど、おくに姉ちゃんの兄さんは、もうひとつ力が及ばなかったみたい。いずれ、秩父屋の旦那が商売を渡す時に諍いになるとお内儀さんは心配したのね。お内儀さんにすれば、息子のほうが可愛いし」

「でも、それがおくに姉ちゃんをあそこまで追い詰めることになったんだから、旦那さんとお内儀さんのせいもあるよ」

きいは憤った声で言った。

「誰もあんなふうになるとは夢にも思っていなかったよ。丸安屋は普通のどこにでもある酒屋で、立ち飲みの客の相手もしていた。居酒見世で飲むより安いから、呑兵衛の客は仕事帰りに丸安屋に寄って一杯飲んでいたのよ。立ち飲みは愛想なしで、見世の小僧にお酒を注がせて、するめや炒り豆なんかの簡単な肴(さかな)しか置いていないじゃない。おくに姉ちゃんは、よりによって、その立ち飲みの客の相手をさせられていたの。客にすれば大喜びでしょうよ。嫁いだばかりの初々しい若お内儀がお酒を注いでくれるんだから。その内に調子に乗って、胸やお尻を触る奴だって出て来る。おくに姉ちゃんは、誰かに代わってほしいと亭主に頼んだけれど聞き入れられなかったみたい。うちはこの通りの小さな酒屋だから、家族で仕事を分け合ってするしかないんだってね」

「それもおせんちゃんのおっ母さんが秩父屋のお内儀さんから聞いたことなの？」

「うん。お内儀さんは、可哀想だけど嫁に出したんだから、その家の流儀に任せるしかないっておっしゃっていたそうよ。おくにが自分から丸安屋に行くと決めたんだから、文句を言うのは筋違(すじちが)いだって」

「ひどい。実の娘が困っているのに」

「あたしもそう思った。でも、こればかりは他人が心配しても始まらないでしょう？」

「それはそうだけど……」

秩父屋にいた頃とは比べものにならない暮らしに、おくにが意気消沈したのは容易に想像できた。客の態度は相変わらずで、夕方になるとおくには頭痛を覚えるようになった。


それを姑に訴えると、仕事を怠（なま）けたくて仮病を遣うと嫌味を言われたそうだ。挙句に台所の女中が若お内儀さんと客の誰それの仲が怪しいと姑に吹き込み、それを聞いた亭主までが、おくにをふしだらな女だと詰（なじ）ったそうだ。そのせいで、おくにはせっかく身ごもった子供を流産している。養生のために一旦、秩父屋に戻ったが、人手が足りないから、早く帰れと丸安屋から矢の催促だった。おくには、とてもつとまらないから離縁したいと母親に縋（すが）ったが、母親はおくにの言い分を聞いてくれなかったという。世の中にはお前の何倍も苦労している嫁がいるんだ、ここは辛抱おし、と渋るおくにを無理やり丸安屋に帰したらしい。

だが、おくにの心労は重くなる一方で、やがてはあらぬことを口走り、おかしな行動を取るようになった。おくには嫁ぎ先が酒屋だったこともあり、酒を飲むことで苦しさから逃れるようになったのだ。

手がつけられないほどおかしくなったおくにを丸安屋は放り出すようにして秩父屋に帰したのだった。

「おくに姉ちゃん、可哀想」

きいはそう言って手巾(しゅきん)で眼を押さえた。

「そもそも立ち飲みの客の相手をさせる丸安屋は何を考えていたんだろうね。秩父屋のお嬢さんだった人に、そんなことをさせるなんて。おくに姉ちゃんに恨みでもあったのかしらね」

おせんも丸安屋の考えが理解できなかったようだ。

「丸安屋って本所のどこにあるの?」

きいは意気込んでおせんに訊いた。

「確か、元町(もとまち)にあるって聞いたけど」

「わかった」

「わかったって、おたけちゃんはどうするつもりなの?」

おせんは、心配そうな表情になって訊いた。

「近所の人に丸安屋のことを聞いて、おくに姉ちゃんの気がおかしくなった理由を確かめたいの」

「だから、それは今、話したじゃないの」

「ううん。納得できない。もっと深い事情があるような気がするの」

「幾ら八丁堀の旦那のご新造さんになったからって、おたけちゃんまで捕物御用の真似事をすることはないでしょうに」

おせんは呆れたように言う。

「おくに姉ちゃんがあんなふうになった責めは誰かが負わなければならないのよ。丸安屋がおくに姉ちゃんを駄目にした。秩父屋も同じよ。絶対に許せない！」

「おたけちゃん……」

「あたし、もうおたけちゃんじゃないの。不破きいという同心の女房なのよ」

「わかった、わかった。だから落ち着いて」

おせんは必死できいを宥めた。

半刻（約一時間）ほど経って、きいはようやく暇乞いして亀島町の家に戻った。

丸安屋の仕打ちに怒りを露わにしたきいだったが、冷静になると、今さら丸安屋の非を暴いたところでどうにもならないという気持ちにもなった。問題は、おくにが自分を取り戻すことだと思う。そのためにきいができることは何んだろう。秩父屋に行って、おくにと話をしてもいい。今のおくには自分の顔を忘れているかも知れない。それでも根気強く話をすれば、きっと思い出してくれると思った。

とはいえ、不破家の嫁であるきいは、息子がいることもあり、そうそう丸安屋に行く機会は訪れなかった。ようやく本所に出かける機会が巡って来たのは、姑のいなみから義妹の茜に差し入れを届けるように頼まれた時だった。栄一郎は置いて行くようにと、いなみが言ってくれたのが幸いだった。本所の蝦夷松前藩の下屋敷に品物を届けると、急いで丸安屋のある場所に向かった。

丸安屋はおせんの言った通り、元町に見世があった。すぐ傍は両国橋だった。

見世の構えは普通の酒屋とさして違いはなかったが、きいが行った時、藍暖簾を掻き分けて入って行く客は一人も見掛けなかった。

そっと中を覗くと、やや広い土間の壁際に酒の入った菰樽が幾つか並べられ、古びた床几が無造作に置かれていた。昼でも暗い土間で、おくにはどんな気持ちで客の相手をしていたのかと思うと、改めて胸が塞がる気持ちだった。情けなかっただろう。惨めだっただろう。だが、そこの女房となったからには黙って仕事を手伝うしかなかったのだ。きいがおくにの立場だったら、客に無礼な態度をされたら黙っていない。自分はこんな目に遭うために嫁に来たのではないと、はっきり亭主なり、姑なりに言ってやる。客に対してだって文句は言える。ここはそんな見世じゃないんだよ、女の尻を撫でたいなら、他へお行きよ、とか何んとか。

きいにできることが、おくにはできなかったのだ。それがもどかしく、悔しかった。ため息をついて踵を返すと、間の悪いことに突然、雨に見舞われた。傘を持って来なかったきいは、眼についた商家の軒下で雨宿りするしかなかった。

　その時、かつかつと下駄を鳴らしてきいの目の前を小走りに通る男がいた。髪結いの伊三次だった。伊三次も傘を持っていなかったらしく、濡れるに任せて次の得意先へ向かうところだったのだろう。

「伊三次さん！」

　きいは少し大きな声で呼び掛けた。振り返った伊三次は、つかの間、怪訝な表情をしたが、きいとわかると、にッと笑顔を見せて傍に来てくれた。

「やあ、すっかり濡れちまいやした」

　伊三次はそう言いながら、商売道具の入った台箱を下に置くと、手拭いで頭と顔を拭った。

「本所にもお客さんがいらっしゃるのね」

　きいはさり気なく訊いた。

「さいです。若奥様は用事ですかい」

「ええ。茜さんに差し入れの品物を届けた帰りです」

「坊ちゃんは留守番ですかい」

「ええ」

「それはよかった。雨に濡れて風邪でも引いたら、てェへんですからね。ですが、通り雨ですから、すぐに止みやすよ」

「そうだといいのだけれど」

「何んだかさえないお顔をしておりますぜ。茜お嬢さんに小言でも言われたんですかい」

「茜さんは、もう小言なんて言いませんよ」

「こいつは余計なことを喋ってしまいやした。あいすみやせん」

伊三次は悪びれた表情で謝った。

「伊三次さんは、本所の商家には詳しいのかしら」

廻り髪結いをしている伊三次なら、きいよりも商家の事情に明るいと思った。

「詳しいというほどでもありやせんが、そこそこの見世なら、だいたい知っておりやす」

「そこに丸安屋という酒屋があるのですが、ご存じですか」

きいは丸安屋を眼で促しながら訊いた。

「へい」

「あたしの知り合いがお嫁入りしたのだけど、気がおかしくなって、今は実家に戻っているんです。その人、若お内儀さんなのに立ち飲みの客の相手をさせられていたんです。普通は小僧か手代がするものでしょう？」

「丸安屋は家族だけで商売をやっておりやす。手が足りねェから若お内儀さんが駆り出されたんでしょう」

伊三次はさして驚く様子もなく、世間並なことを言った。

「でも、そこの若お内儀さんは大伝馬町の秩父屋のお嬢さんだったのよ。少しは気を遣ってくれたって、罰は当たらないでしょうに」

「あ、秩父屋のお嬢さんでしたか……」

おくにのことも伊三次はとっくに知っている様子だった。

「おくに姉ちゃんをあそこまで追い詰めた理由が知りたいのよ」

「秩父屋のお嬢さんとは以前からお知り合いでしたか」

「ええ。子供の頃はとても親切にして貰っていたのよ」

「ですが、人んちのことに首を突っ込むのは感心することじゃねェですよ。刃傷沙汰になっているんなら別ですが」

「同じことよ。刃物で斬られた傷ならすぐに治るけど、おくに姉ちゃんは……」

言いながら、きいの眼から涙がこぼれた。

「わ、わかりやした。泣かねェで下せェ。若奥様がそれほど気にしていらっしゃるなら、手前がそれとなく探ってみましょう」

「本当？」

きいは子供のような口調で言った。

「本当ですよ。秩父屋のお嬢さんを心配するあまり、若奥様までおかしくなったら、てェへんですからね」

「ありがとう、伊三次さん。恩に着ます」

きいは心底安堵して頭を下げた。

「お顔を上げて下せェ。聞き込みは慣れておりやすんで。ただ、丸安屋の様子がわかっても、秩父屋のお嬢さんがあのままじゃ、埒は明きやせんぜ」

「わかっています。あたし、友達と一緒におくに姉ちゃんを訪ねて、慰めるつもりでいるのよ」

「若奥様のことを忘れて、悪態をつかれるか、下手をすれば、摑み掛かって来るかも知れやせんよ。その覚悟はありやすかい」

伊三次は試すように訊いた。

「大丈夫。あたしはおくに姉ちゃんに多少、無体(むたい)なことをされても、黙って引き下がるほどヤワじゃないつもりよ」

「そうですかい。ですが、坊ちゃんがいなさるんですから、しょっちゅう家を空けるのも考えものですぜ」

伊三次は不破家の嫁として家の中が疎(おろそ)かになるのを心配していた。

「おっ姑様に事情を打ち明けて、おくに姉ちゃんの力になりたいとお願いしてみます」

「さいですね。奥様なら、若奥様の気持ちをわかって下さるはずだ。しかし、若旦那には余計なことをするなと、叱られるかも知れやせんぜ」

「うちの人だってわかってくれると思います。だって、あたし達、夫婦ですから」

きいの決心が揺るぎないものだと知ると、それ以上、伊三次は何も言わなかった。通り雨は間もなく止んだ。伊三次とはその場で別れた。きっと伊三次なら、おくにを追い込んだ事情を突き留めてくれるものと、きいは思った。そう思うと、重い気持ちが少しは軽くなるような気がした。

三

きいはそれから二、三日して、おせんとともに秩父屋を訪れた。いなみに事情を話すと、きいさんがお慰めすれば、おくにさんという方も少しは気分がよくなるかも知れませんね、と言ってくれた。内心では、そっとしておくのがいいと思っていたのだろう。だが、それではきいの気が済まないと察して、見舞いを許してくれたのだ。

最初は玄関払いを覚悟していたが、峰助（みねすけ）という番頭が、どうぞ、どうぞ、お嬢さんに会ってやって下さい、と鷹揚に言ってくれた。峰助はおくにと一緒に善右衛門店にやって来た手代だった。かつては細い身体だったが、今では年相応の肉がつき、秩父屋の番頭としての貫禄も感じさせる。整った顔立ちは相変わらずだった。お内儀にも挨拶したが、ああ、そうですか、それはご親切様、とおざなりに応えただけだった。おくにのことは、意に介してもいない感じだった。

おくにの部屋は母屋（おもや）の奥にあった。坪庭が見え、厠（かわや）の傍にある部屋だった。他の部屋は障子が開け放してあるのに、その部屋だけはぴったりと閉まっていた。

「これじゃ、さぞかし中は暑いでしょうに」

おせんは眉根を寄せて言った。

「お嬢さんは、暑いも寒いも今じゃ、何も感じていらっしゃらないのですよ」

峰助はもう慣れっこになっているのか平然と応えた。

「お嬢さん、起きていらっしゃいますか。峰助でございます。善右衛門店にいたお友達がお見えになりましたよ」

峰助は障子の中へ呼び掛けた。最初は何んの返事もなかったが、何度か呼び掛けると、ううと唸（うな）り声が聞こえた。

「それでは、手前はこれで」

峰助は、あとは任せたという感じで見世に戻って行った。

「おくに姉ちゃん、たけです。おせんちゃんも一緒ですよ。開けますよ」

きいはそう言って、遠慮がちに障子を開けた。開けた途端、熱気が、むっときいの顔を嬲った。

とてつもなく散らかった部屋の真ん中に蒲団が敷かれ、おくにはしどけなく横たわっていた。おせんは障子を大きく開け放し、風を入れた。

「おくに姉ちゃん、起きて。あたし達と話をしましょうよ」

おくには何日も風呂に行っていないようで、何やら饐えた臭いもした。だがそれは元より承知していることだった。手を引いて起き上がらせると、おくにはきいをまじまじと見つめ、どなたさんでしたか、と訊いた。おくにの口調は呂律が回っていなかった。

「だから、たけですよ。こちらはおせんちゃん」

きいは繰り返す。

「おたけちゃんにおせんちゃん」

おくにはゆっくりと確かめるように言った。

黒ずんだ顔色をしていた。頭は相変わらず蜘蛛の巣のようで、昼も夜も同じ恰好でいるらしい。

「二人とも丸髷だ。お嫁に行ったんだね」

おくには思っていたより、しっかりしたことを言い、黄ばんだ歯を見せて笑った。

「そうですよ。あたしは奉行所の同心の女房で、おせんちゃんは品川町の亀屋さんの若お内儀さんですよ」

きいは張り切っておくにに教えた。

「よかった。倖せそうで」

「お蔭様で。おくに姉ちゃんが実家に戻っていると聞いて、あたし達、心配していたんですよ」

「あたしはだめだめ女房。だから亭主や舅、姑に嫌われて追い出されたの。可笑しいでしょ？」

「そんなことない。おくに姉ちゃんは、ちっともだめだめ女房じゃないですよ。ねえ、よかったら話を聞かせて。あたし達、おくに姉ちゃんの力になりたいの」

きいがそう言った時、おせんはおそるおそる、おくに姉ちゃん、髪を梳かしてもいい？と口を挟んだ。癇性なおせんは、おくにの乱れた頭が気になって仕方がなかったらしい。

「髪の毛が絡まって、自分じゃどうしようもないのよ」

おくには情けない声で言った。

「女中さんに頼めばいいのに」

おせんは不満そうに言って、おくにの後ろに回った。

「うちの女中も丸安屋の女中も、ふん、あたしのことをばかにした眼で見るの。誰が頼むものか」

「おせんちゃんならいいでしょう？　ばかになんてしていないから」

　きいは柔らかくとりなした。

「そう？　お願いしようかな」

　おくにがそう応えると、きいは敷きっ放しの蒲団を廊下に出して、陽の光を当てた。それで少しは湿り気が取れるはずだ。

「可哀想に、可哀想に」

　おせんはおくにの髪を梳かしながら涙ぐんでいる。

「あたしより、あんた達が可哀想だった。皆、冬になると青洟（あおばな）を垂らして、お腹を空かせていた。おたけちゃんは、お父っつぁんが死んで、おっ母さんもどこかに行ってしまったんだろ？　あ、弟がいたよね。泣き虫の弟だよ」

「おくに姉ちゃん、安心して。弟は同心の家に養子に行って、今は見習い同心をしているのよ」

「へえ、よかったこと。おせんちゃん、あんたの所も子沢山だったから、ご両親は子供達を食べさせるのに大変な思いをしていた。あんたのおっ母さんなんて、夜なべで仕立て物をして、眼の下に隈（くま）を作っていたものよ」

「覚えていたんですか」

おせんの涙は止まらない。

「覚えていたともさ。でも、善右衛門店の子供達は皆、いい子ばかりだった」

昔話を語るおくにには、呂律が回らないものの、しっかりとしていた。

「おくに姉ちゃんにたくさんご馳走になったよ。あたし達、とても嬉しかった」

きいはおくにの手を握り締めて言った。

「何をご馳走したかしら。忘れちまった」

「お素麺でしょう？　かりかりの梅干しをくっつけたおむすび。高菜を漬けたもので包んだおむすびもあったよ。お菜は焼いた鯖と浅漬けのお新香。それからじゃっぱ汁。おいしかったなあ」

きいは昔を思い出す。おくには、ふふと笑い、つまんない物ばかりと言った。

「そんなことないよ。とってもおいしくて、あたし達はありがたかったんだよ」

おせんも髪を梳きながら言った。

「だから、おくに姉ちゃんには昔のおくに姉ちゃんに戻ってほしいのよ」

きいはそう続けた。

「あたし、昔のあたしと違う？　おかしく見える？」

無邪気に訊くおくにに、きいもおせんも返答に困った。おくにを傷つけないように二人は、ううんと首を振った。

「でも、皆んなはあたしのこと、頭がおかしいと言うのよ。おまけに酒喰らいだって」

「おくに姉ちゃん、お酒が飲めたんだ。知らなかった」

　昔のおくにからは考えられないので、きいはそう言った。

「お嫁入りするまでは一滴も飲まなかったよ。でも、丸安屋のお客に飲まされている内、飲めるようになったの」

　髪が櫛に絡まって、時々、おくには痛い、痛いと言ったが、おせんは何んとか梳かし、手早く丸髷に纏めた。

「どう？　さっぱりしたでしょう？」

　おせんが訊くと、おくには嬉しそうに笑った。

「近い内に湯屋に誘いたいけど、いい？」

　おせんは手鏡で頭の様子を見ていたおくにに続けた。

「連れてってくれるの？　嬉しいな。約束よ」

「ええ、約束するよ」

　二人に話をするおくには以前のおくにと、さほど変わりがなかった。それにはきいも心底安堵したものだ。だが、立ち飲みの客の話になると、眼に涙を浮かべ、皆んな、いやらしくて下品な連中だったと言った。よほど辛かったのだろう。おせんはきいに目配せして、それ以上訊くなと制した。

小半刻（約三十分）ほどおくにの部屋にいたが、女中は茶の一杯も運んで来なかった。

おせんは、それに大層腹を立てていた。

暇乞いして秩父屋の外に出た時、おせんは、丸安屋も丸安屋だけど、秩父屋だって、誰もおくに姉ちゃんのことを親身に思っていないと、不愉快そうに言った。

「おくに姉ちゃんは居場所がなかったんだね。どこにいても心から寛げなかったのよ」

きいもおくにの気持ちを慮る。

「頭に来た。あたし、絶対、おくに姉ちゃんを正気に戻してやる」

おせんは意を決したように言った。

「正気だったよ、おくに姉ちゃん」

きいは低い声で反論した。

「いいや、呂律が回っていなかった。湯屋に連れて行って、酒の気を抜き、盛大に垢を流してやる。そうすれば、少しは身体がしゃきっとすると思う」

おせんは小鼻を膨らませて言う。

「よかった。おせんちゃんがいてくれて。あたし一人だったら何もできなかった」

きいはしみじみとした口調で言った。

「あたしだって、おたけちゃんに背中を押されなかったら、何もしなかったよ」

「これからも何かあったら、力になってね」

そう応えたおせんが、きいには頼もしかった。

「もちろん」

四

それから間もなく、舅と夫の髪結いご用を終えた伊三次が、きいに調べたことを教えてくれた。

「秩父屋のお嬢さんが丸安屋に嫁いだのは、ちょいと込み入った事情があったせいですよ」

「どういうこと?」

台所の土間口で二人は立ち話をした。本当は立ち話で済むものではなかったが、きいも伊三次もお互い、忙しい身である。伊三次は話をかなりはしょったが、それでもきいには十分衝撃だった。

秩父屋の主と丸安屋の主は、単なる顔見知りではなく、津軽が故郷なのも同じで、農閑期になると江戸へ出稼ぎに来て、廻船問屋の軽子(かるこ)(人足)をしていたのも一緒だった。

次男坊同士だったので、気も合っていたのだろう。

二人に転機が訪れたのは、おくにの父親の庄蔵(しょうぞう)の働きぶりに眼を留めた太物問屋の主が自分の見世で働かないかと声を掛けたことからだった。どうしようかと迷ったが、後に丸安屋の主となった五平は、いい機会だから、そっちに行ったほうがいいと勧めたという。

太物問屋の主の眼に間違いはなく、庄蔵は一生懸命に働き、手代、番頭と出世し、主から暖簾分けを許され、大伝馬町に見世を構えたのだ。その間、五平は相変わらず冬になると江戸に出て来て、廻船問屋の軽子を続けていた。故郷には許嫁がいたが、祝言を挙げるには金が足りなかった。五平の給金は、ほとんど家族の冬場の生活費で消えていたからだ。

一方、見世の主となった庄蔵はずっと江戸に留まっていたが、何年かぶりで帰郷した。そこで庄蔵は五平の許嫁とたまたま道端で会った。いつになったらあたし達は一緒になれるのかと、許嫁のおあきは涙ながらに愚痴をこぼした。おあきは二十五にもなっていた。昔は気にも留めなかったおあきには女らしい色香が備わり、大層美しく見えた。

庄蔵に、ふと魔が差したのは、その時だった。あいつを待っていたところで、祝言を挙げるのは難しい、それより自分と一緒になって見世を守り立ててほしいと、庄蔵はおあきを口説いた。

江戸に出て、しかも商家のお内儀になれるという言葉におあきは、あっさりと靡いた。おあきがおくにの母親である。とはいえ、そのことはしばらく五平には内緒にしていたらしい。それを知ったのは春になって、五平が故郷へ帰ってからのことだった。

もちろん、五平は激怒して、冬を待って江戸に出ると、秩父屋へ乗り込み、近所の岡っ引きが仲裁に入るほどの修羅場となった。庄蔵は平身低頭して、いずれこの埋め合わせはどこかですると、ようやく五平を宥めたのである。

遅ればせながら、五平も新川の酒問屋の主に眼を掛けられ、酒屋商売のいろはを覚え、ようやく本所に酒屋を開くまでになったが、それでも秩父屋の繁昌には及ばなかった。酒問屋に奉公していた頃に、同じ見世にいた女中と所帯を持ち、息子に恵まれたが、庄蔵が約束していた埋め合わせは果たされていなかった。

おくにが年頃になると、庄蔵は娘を丸安屋へ嫁に出すことで帳尻を合わせようとしたのだ。大人の事情はおくにに関係のないことだが、坊主憎けりゃ、袈裟まで憎いの諺通り、丸安屋の舅も姑もおくにに辛く当たったのである。

話を聞いたきいは、親同士の身勝手なやり方に言葉もなかった。

「昔の色恋沙汰の始末を娘につけさせるなんて、ひどい親ね。秩父屋も丸安屋も」

きいは俯いて言った。

「さいです。秩父屋のお嬢さんがお気の毒ですよ。秩父屋が丸安屋に文句を言えなかったのもわかりやす。普通は娘をあんなふうにして、どうしてくれると怒鳴り込むものですが、秩父屋はそれができなかったんですよ」

「自分達に非があるものだから」

「さいです。まあ、若奥様が秩父屋のお嬢さんの所に顔を出してお慰めしているようですから、その内によくなると思いやすが」

「そうだといいのだけれど」

「今はうじうじ悩んでもどうにもなりやせん。世の中、なるようにしかなりやせん」

伊三次は口癖のようになっている言葉できいを慰めた。

「そうね。伊三次さん、お手数を掛けて申し訳ありません」

「とんでもねェ。また困ったことがあったら、いつでもおっしゃって下せェ」

伊三次は鷹揚に言って引き上げた。それにしても、伊三次がよく昔の事情まで探り出せたものだと感心した。恐らくは、秩父屋と丸安屋の主が軽子をしていた廻船問屋、庄蔵が奉公していた太物問屋、五平が奉公していた新川の酒問屋に出向き、見世の者や近所に当時の事情を聞き、秩父屋夫婦と丸安屋の主の関係を突き留めたのだろう。その細かい探索に、きいは改めて感心した。きいが一人で探っても、とてもそこまではわからなかっただろう。

その事情をおせんに打ち明けると、おせんは、これですべて合点したと言った。

「秩父屋のお内儀さんが、おくに姉ちゃんに台所仕事を仕込んだのは、いずれ丸安屋にお嫁に出す魂胆があったからだよ」

「まさか、そこまで」

きいはおせんの話が大袈裟に思えた。

「いいや。秩父屋と丸安屋の事情はお金で解決できる問題じゃない。秩父屋の旦那は友達の許嫁を寝取り、お内儀さんは許嫁を裏切った。どうやって落とし前をつけるのよ。おくに姉ちゃんに自分達の不始末を皆、押しつけたのさ」

「それがこの結果だって言いたいの？」

「ああ、そうとも」

「おくに姉ちゃん、あの番頭さんと駆け落ちしたらよかったのに」

今さらどうしようもないことだけど、きいはそう言わずにはいられなかった。

「そうは行かないよ。主とお内儀に言い含められたら、あの番頭だって強く出られるものか」

おくにには親身に身の振り方を考えてくれる人間は一人もいなかったのだ。丸安屋を飛び出したところで行くあてもない。おくにはたった一人で悲しみを堪え、それが気をおかしくさせてしまったのかも知れない。

「あたしら、倖せだね」

おせんは言った。

「そうだね。大店のお嬢さんに生まれても、その先が倖せとは限らないんだね」

「あたしら、貧乏人の子で育ったから、意地だけはあるよね」

「そう、意地っ張りは今でも直らない」

きいは苦笑交じりに言った。

「それがあたしらの取り柄でもあるし、強みだよね」

「うん。おくに姉ちゃん、治ってくれないかなあ。そしたら、これから倖せな人生が送れそうな気がするのだけど」

「身体の病は養生すれば何んとかなるけど、心の病は……」

おせんは希望のないことを言う。おくにと似たような病に罹った知り合いを例に出して、快復は難しいと続けた。きいはため息をつくしかなかった。

結局、きいがおくにの見舞いに秩父屋を訪れたのは、一度限りだった。おせんは、おくにを湯屋へ連れて行き、おくには大層喜んでいたと言っていたが、その後、おくには体調を崩し、秩父屋は養生のために向島に借りた家におくにを移した。大伝馬町なら、時間を工面して何んとか見舞いができると思ったが、向島では子供を抱えるきいには難しかった。

それはおせんも同じで、さすがに姑にも言い出せなかった。おくにのことを心配しながら、日は無情に過ぎて行った。

ところが、九月も半ばを過ぎた頃、朝早く、おせんが亀島町の不破家にやって来た。品川町から駆けて来たのか、おせんは荒い息をしていた。

きいは台所の板の間におせんを上げ、茶を淹れた。おせんはアチチと言いながら茶をひと口飲むと、おくに姉ちゃん、危ないらしいと言った。

「危ないって、どういうこと？」

「秩父屋の番頭があたしの見世に教えに来たんだよ。おくに姉ちゃんは、ずっと寝込んでいるそうなの。息をするのも辛そうで、もう、人の顔も定かにわからないんだって」

「……………」

「医者の話だと心ノ臓が弱っているそうなの。このままだと、お迎えが来るのも時間の問題だそう」

「やめて！」

きいは思わず悲鳴のような声を上げた。そんなことは考えたくなかった。このままおくにの命がはかなくなるなら、神も仏もありゃしない。

「どうする、おたけちゃん。最後のお見舞いに行く？」

「最後って……そんなこと言わないで」

きいは涙をこぼしながらおせんを睨んだ。

「おたけちゃんの気持ちはわかるけど、ここは落ち着いて考えてよ。向島に行かなかったら、後悔しそうな気もするのよ」

「おせんちゃんは胸騒ぎがするの？」

「ちょっとね」

おせんはそう言って、眼を拭った。

「あたしは何も感じないけど、おせんちゃんが気になるのなら、放ってもおけない。おっ姑様に頼んでみる」

「あたしもそうする。で、いつ行く？」

「明日。お天気がよさそうだから」

きいは勝手口の戸から射し込む陽の光を見つめ、すぐに言った。

「わかった。明日ね。朝早く行こう。日本橋の船着場から行けば、帰って来るのにも、それほど手間は掛からないから」

「何刻(なんどき)に？」

「明け六つ（午前六時頃）すぐに」

「………」

その時刻は舅と夫が出仕の仕度で忙しい。

しかし、二人が出仕した後まで待っていては戻りも遅くなる。きいは奥歯を噛み締め、明け六つに日本橋の船着場で落ち合おうと言った。おせんは肯いて、足早に去って行った。

　おせんだって、家族に渋い顔をされるに決まっていた。だが、それでも向島に行くのは、おくにが自分達に示してくれた優しさに少しでも報いたかったからだ。お腹を空かせていた自分達に食べ物を恵んでくれたのは、おくにのふとした気まぐれだとしても、きいとおせんは心もお腹も満たされた。あの満足感は何にも代え難い。だからこそ、無理をしても、おくにに会いたいのだ。それがおくにに会う最後の機会だとしたら、なおさら。

　いなみとおたつは反対しなかった。栄一郎のことは気にせずにと言ってくれた。しかし、夫の龍之進は、わざわざ向島へ行く必要があるのかと、ちくりと小言を洩らした。晩めしの時のことだった。

「後生（ごしょう）です、行かせて下さい」

　必死に縋るきいに、勝手にしろ、と龍之進は冷たく言い放った。悔し涙が思わずこぼれた。

　台所で涙を拭っていると、茶の間から舅の不破の怒鳴り声がした。舅まで反対しているのかと、きいは肝（きも）が冷えた。おせんに一人で行って貰うしかないとも思った。だが、そうではなかった。不破は龍之進の融通の利かなさを詰っていたのだった。

「世話になった者が病に倒れていると聞いたら、心ある者は見舞いに行くものだ。それが人としてのあるべき姿だろうが。毎日行く訳ではない。たった一日のことだ。それも我慢できぬと言うのか」

「しかし」

「しかしもへったくれもねェ。手前ェ、亭主なら少しは女房の気持ちを考えてやれ」

「危篤で助からないとすれば、その内に葬式にも行かなければならないでしょうに」

「見舞いと葬式は別だ。はしょるな！」

不破の言葉がこの上もないほど、きいには嬉しかった。丸安屋の主も不破のような人間だったら、おくにはあそこまで追い詰められなかったと思った。

「お舅っ様。お心遣い、ありがとう存じます。お前様、あたしの我儘をお許し下さいませ」

きいは茶の間の隅で三つ指を突き、深々と頭を下げた。

「きいさん、何も心配することはありませんよ。お見舞いしていらっしゃい」

いなみは笑顔できいに言った。栄一郎は涙ぐんでいたきいの傍に来て、いい子、いい子、と宥めてくれた。

五

翌朝、きいは花屋から求めた吾亦紅（われもこう）と桔梗（ききょう）の花を、おせんは自分の見世の菓子折を携え、舟に乗り込んだ。秋の風が心地よく二人の顔に吹いていた。その日の大川は波もなく、舟は静かに向島を目指していた。

「不破様のお家はお見舞いを快く許してくれた？」

おせんは心配そうに訊いた。

「舅と姑は行って来い、行って来いと言ってくれたけど、うちの人が……」

「うちも同じ。普段は何も言えないくせに、あたしが仕事以外のことで家を空けるとなったら、ぐちぐち文句を言うのよ。全く、嫁なんて、ろくに自分の時間も持てやしない」

「でも、おせんちゃんと一日、こうしていられる。あたし、嬉しいの」

「そうだね。おくに姉ちゃんのお蔭だよ。おくに姉ちゃん、あたしらの顔がわかるかな」

「声を掛けてやれば、きっとわかってくれるよ」

家の用事から解き放たれて、きいもおせんも、久しぶりに晴々とした気分になっていた。

だが、その気持ちが萎（な）えるのに、さほど時間は掛からなかった。

花見の時季には賑わう向島だが、今はひっそりとしていた。

おくにがいる家は向島の渡し場の近くの寺島村(てらじまむら)にあった。小さな茅葺(かやぶ)き屋根の家だった。

看病の女中を置いていると聞いていたが、訪(おとな)いを告げると、顔を出したのは峰助だった。

「番頭さん、いらしていたんですか」

おせんは少し驚いた様子で言った。

「はい、お嬢さんの様子が油断できませんので、わたしもずっとこちらにおります。医者は朝と夕の二度、様子を見にいらっしゃいます。今のところ、容態は落ち着いております」

峰助はそう言って、二人を中へ促した。

落ち着いている容態ではなかった。蒲団に寝ているおくにには、はあはあと荒い息をしていた。きいとおせんが秩父屋を訪れた時より、顔がひと回りも小さくなっていた。

二人は言葉もなく、おくにの顔を見つめた。

十七、八の赤ら顔の女中が茶を運んで来ると、きいは花を渡し、花瓶に活(い)けて下さいと言った。おせんは、これはうちのお菓子です、おくに姉ちゃんは食べられそうもないから、あとで皆んなで分けてね、と言った。

「ありがとうございます」

女中は恐縮して花と菓子を受け取ると、部屋から出て行った。

「わたしに、もう少し意地があれば、お嬢さんをこんな目に遭わせずにすんだのですが」

峰助は人の目がないせいか、そんなことを言った。

「やっぱり、おくに姉ちゃんは番頭さんが好きだったのね」

おせんは独り言のように言った。

「好きという言葉は憚(はばか)られますが、お嬢さんのなさることは、わたしも同じ気持ちで見ていたと思います。本当に気が合っていました。しかし、わたしは秩父屋の奉公人、お嬢さんと一緒になるのは、できない相談でした」

峰助は俯いて、低い声で応えた。

「丸安屋さんと秩父屋さんの事情はご存じでしたか」

きいは確かめるように訊いた。

「はい。承知しております。お嬢さんがお気の毒でなりませんでしたが、わたしにはどうすることもできませんでした。お嬢さんが丸安屋さんとの縁談を渋るのは、わたしのせいだと旦那様とお内儀さんは考え、今の女房との祝言を早々に決めてしまったのです」

ほとんど髪結いの伊三次が調べた通りだった。

「わたしは、お嬢さんの悩みの半分を引き受けようと思っております。それがわたしの務めです」

峰助は、きっぱりと言った。

「よかったね、おくに姉ちゃん。番頭さんはおくに姉ちゃんのこと、忘れていなかったんだよ」

きいはおくにの耳許に囁いた。つかの間、荒い息が治まったと感じたが、眼を開けてきいとおせんを見ることはなかった。

半刻ほどして、二人は暇乞いをした。峰助は当分、向島にいるつもりだと言った。番頭となった峰助は、ある程度、自由が利く立場にもなっていたからだろう。

帰りの舟はまだ来ていなかった。約束していた時間より少し早かったせいもある。

きいとおせんは近くの茶店に寄った。葦簀(よしず)張りの見世だった。「むぎゆ」の提灯と草だんご、ところてんと書かれた幟(のぼり)が秋の風に揺れていた。その見世は、まだところてんを置いているようだ。

二人は麦湯を注文した。周りの景色をぼんやり眺めるだけで、さして二人に言葉はなかった。お互いに胸の内でおくにのことを考えていたせいだ。

その時、野良着姿で、籠(かご)のついた背負子(しょいこ)を担(かつ)いだ若い夫婦者らしいのが床几に座った。

亭主は背負子を下ろすと、女房に団子を喰うか、と訊いた。女房は嬉しそうに笑った。笑うと眼が蕩けそうなほど細められる。

亭主は草団子と麦湯を女房のために注文し、自分はところてんと酒を頼んだ。

「まだ、陽は高いのに」

女房は昼酒を飲む亭主を詰った。

「ええんだってば、今日ぐらい」

何か実入りがあったらしい。亭主は運ばれて来た湯呑の酒をうまそうに飲み、青海苔の掛かったところてんを啜った。

「お、うめェ。ちょっと喰ってみろ」

「いいよ、おらは団子があるから」

女房は遠慮する。

「いいから、喰え」

無理に勧める亭主に女房は逆らわず、ところてんを口にした。

「本当だ、うまいねえ」

女房はまた、蕩けそうな眼になって応えた。

きいは何気なく二人の様子を眺めていたが、おせんの喉が、突然、くうっと鳴った。

「どうしたの？」

怪訝そうにきいが訊くと、おせんは、おくに姉ちゃん、昔はあんな眼をしていた、と言った。裏店の子供達がおいしそうに食べるのを見て、おくにが満足そうに笑った時、確かに目の前の女房のような眼になっていたと思う。おくにの眼の表情をきいはすっかり忘れていたらしい。

おせんはとうとう、手で顔を覆って泣き出した。きいの眼からも涙が自然に流れた。その亭主が峰助で、女房がおくにであったら、どれほど嬉しいだろうと思いながら。

「どうかしただかね」

亭主が泣いている二人に声を掛けた。

「いいえ。何んでもありませんよ。お二人の仲が、あんまりいいから、羨ましくなったんですよ」

きいは泣き笑いの顔で言った。

「やんだ、ご新造(しんぞう)さん。仲なんてよくねェですよ。いつもおらを怒鳴ってばかりのひどい男だよ」

女房は口を尖らせて言った。

「何がひどい男だ。おらほど女房思いの男はいねェと村の評判になっているわな」

「誰がそんなこと言っただかね」

「油屋の爺様だ」

「あの人、近頃、惚けて来たからねえ」

「こらっ！」

二人は埒もない話を続ける。

ふと、茶店の後ろに植わっていた樹が軒先まで枝を伸ばしているのに気づいた。大半は紅葉しているが、まだ青みを残した葉もあった。

「おせんちゃん、見て。青もみじよ」

きいはそっとおせんに言った。

「本当だ。まだ紅葉していないのがある」

おせんも驚いて青もみじを見つめる。すると大鉢に盛られた素麺の横に添えられた青もみじが思い出された。その色はおくにそのものだった。爽やかで清々しかった。

きいの思い出がまたひとつ積み重なる。年寄りになったら、きっと、草の葉一枚、野の花ひとつを見てさえ、それに纏わる思い出が甦るのだろうか。わからない。小さく首を振った時、迎えに来た船頭の声が聞こえた。

「今、行くよ」

きいは大声で応えた。早く戻ってやり残した家事をこなさなければならない。そう思うと、きいは普段の顔に戻って、茶店の小女に麦湯の代金を支払い、足早に渡し場に向かった。おせんも遅れてはならじと、眼を白黒させながら後に続いた。

それからおくにの噂は聞かない。おせんも何も言って来ない。できれば一日でも長く、おくにと峰助が静かな時間を過ごせるようにと、きいは祈るばかりだった。

私の「髪結い伊三次捕物余話」

宇江佐真理

（二〇一四年二月号「本の話」より）


お蔭様で文庫「髪結い伊三次捕物余話」のシリーズも第十巻を迎えることができました。これもひとえに文藝春秋のご厚意と読者の皆様のお引き立てによるものと感謝しております。

今年の四月でデビュー十九年になりますが、デビュー当初から書き続けている作品は、この伊三次のシリーズだけです。よくも飽きもせず書き続けられたものと、私自身も驚いております。

ひと口に十九年と申しても、その間には様々なことがあったはずですが、過ぎてしまえば何事もなかったかのように思えるから不思議です。

私は髪結い伊三次を書いた、ただそれだけです。また、それだけで満足している自分がおります。

主人公の伊三次は私にとって好ましい男性の一人です。地位も名誉もなく、ついでにお金もなく、身につけた髪結い職人の技術と奉行所の同心の小者（手下）という役割を担って、事件解決に尽力して来ました。その事件から垣間見える人間模様が実はこのシリーズの主眼で、作品の外題の「髪結い伊三次捕物余話」の余話は、そういう意味でつけたものです。

読者の皆様からは、もっと伊三次とお文のはらはらするような展開が読みたいとのご要望もありますが、私に言わせれば、めでたく二人は夫婦になったのだから、彼らの恋愛は完結しており、それ以上、何を求めることがあるのか、ということなのです。伊三次がお文以外の女性に魅かれるのは私の本意ではありません。一介の髪結い職人が深川芸者だった女性を女房にできたのは、普通に考えてもあり得ない話です。伊三次はそれを十分にわかっているのです。ですから、伊三次はこれからもお文ひとすじで、浮気することはありません（多分）。子供も生まれ、二人の関係が世の夫婦とさほど変わらないものになっているのも自然な流れかと思っております。

以後、家族の話や、二人を取り巻く人々の話に移行して行くのも、また自然の流れでしょう。ただ、家族の話というのも、和気藹々と進むだけでは、つまらないと思うのです。だいたい私はへそ曲りなので、建築メーカーのＣＭの、絵に描いたような家族の姿には、けッ、と思ってしまう質(たち)なのです。

家を建てたらローンがついて回るし、光熱費だって以前より高くなるはずです。おまけに子供がいれば、進学するためのお金も用意しなければなりません。

切り詰められるところは極力切り詰めなければなりません。そういう部分は微塵も感じさせず、ＣＭでは週末にはバーベキューなんぞをして、家族の幸せを謳歌しておりまず。現実問題を棚に上げているところが私には、呑気に思えてなりません。まあそれは、家を建てられない者のひがみだと言われたら返す言葉もありませんが。

私が江戸時代の人々に魅かれるのは、誰しも現実を直視して生きているからだと思います。与えられた仕事を全うする姿勢が清々(すがすが)しいのです。商家の手代、番頭なら、店のために少しでも売り上げを伸ばそうと努力しますし、武士ならば仕える主に忠誠を誓います。

現代とは違う精神構造でもありました。父親は仕事第一で、子供の行動が母親の手に余れば、たまに雷を落とすぐらいだと思っております。それで子供も聞き分けるのですから、大したものです。また、母親も父親が結婚記念日を忘れたからと言ってむくれるような者はいませんでした。

ちなみにわが家も結婚記念日にお祝いをするという習慣はありません。ああ、三十四年も経ったかと、いっとき、感慨に浸るだけです。そう言えば、結婚記念日だけでなく、自分の誕生日も失念していることがあります。夫の行きつけの飲み屋さんのママに花束を贈られ、うわッと思ってしまうのですが。

ですから、髪結い伊三次のシリーズを家族の話と片づけられるのは承服できません。私は人が人として生きて行く意味を追求したいのです。それに家族の問題がたまたま絡んで来るだけのことなのです。

はからずも「心に吹く風」は臨時廻り同心不破友之進の娘の茜が大名屋敷へ奉公に上がり、伊三次の息子の伊与太も一時は絵の修業を中断して実家に戻っていましたが、再び、師匠の許に戻って行く転機の話になりました。文庫刊行にあたり、私自身にも大きな変化がございましたが、それについては、文庫のあとがきをご覧下さい。

しかし、「心に吹く風」は、私にとって特別な一作ではなく、伊三次のシリーズの一過程だと思っております。これからもよろしくおつき合いいただければ幸甚に存じます。

シリーズ第十巻「心に吹く風」文庫刊行によせて

解説　伊三次が孫を抱く未来

杏

宇江佐真理作品との出会いは、十代の頃に読んだ「雷桜（らいおう）」だった。

それまで私は幕末や戦国時代の歴史モノを中心に読んでいたが、宇江佐さんの作品は、どちらかと言うと、赤ん坊の頃に掠われた庄屋の一人娘の運命を描いた「雷桜」もそうだが、史実とは直接的に関連しない人物の方が多い印象だ。幕末の幕府軍に身を投じた男装の通詞を描いた「アラミスと呼ばれた女」なども大好きだが、ご自身でも「誰しも知っている歴史上の人物は、さんざん書かれてきたし、これからも他の誰かが書くだろう」と仰っているし、歴史ものの中でも、いわゆる「江戸市井もの」が中心と言っても過言ではないだろう。

物語に書かれた景色は、当たり前のことだが、その時代を生きていないから直接見たことはない。なのに、なぜか見たことがあるような気がする。知らないのに、知っているような気がする。景色が、表情が、ありありと浮かんでくる。それらが心に深く染み入り、笑えるし、涙も出てくる。この感覚を宇江佐作品でたっぷり味わえたことで、私は歴史小説がさらに好きになった。

そんな宇江佐さんの作品に、私はどんどんのめり込んでいった。「髪結い伊三次捕物余話」シリーズもすぐに手に取った。シリーズ第一作の「幻の声」は宇江佐さんのデビュー作でもある。廻り髪結いという職業のかたわら、同心の手先として活躍する青年、伊三次が主人公。私が今解説を書かせていただいている十五作目は、伊三次シリーズ最終巻ともなるので、解説を読んでいる方は、もう既に宇江佐真理作品、及び伊三次に親しい方がほとんどだと思う。

その辺りの解説はもはや不要か……とも思うが、「シリーズ」と言えど、短篇の連作なので、最終巻から手に取っても楽しめる一冊となっていることはお伝えしたい。

さて読んでみようかな、と辺りを見渡した時に、この作品に限らず、目の前にずらりとシリーズが並んでいると「全部読めるのかな？」なんて思う方もいらっしゃるかもしれない（これは後に、嬉しい悲鳴に変わるだろう）。

本作「竃河岸」では、伊三次の上司である同心、不破友之進の家庭の風景が多く描かれている。また、主となる人物も、不破の息子夫婦や、伊三次とお文の子供達。子供とは言え、子を成したり親元を離れて職に就いたり、もうすっかり手を離れた風情。人の子の成長は早いとはよく言ったもので、親達の悲喜こもごもを見てきただけに感慨もひとしおだ。追って読めば読むほど親戚のような気持ちになる。

シリーズは途中で十年、月日が飛んだが、若く勢いのある伊三次たち、年を重ね、少し中心からそれて若者を温かく見守る伊三次たち。どちらも味わい深い。

さて、宇江佐真理ファンを公言するようになったおかげで、宇江佐さんと対談させていただける機会もあった。どんな環境で執筆されているのだろう？　と伺ったところ、生まれ育った函館で、主婦業のかたわら、台所で執筆していることを教えてくださった（ちなみにそんな暮らしぶりは、エッセイ「ウエザ・リポート」で読むことができる）。その時独身だった私は、それを聞いて、そんな場所から、あの江戸の風景は生まれているのか！と驚きを感じるにとどまったが、今となって自分が結婚し、子供を育てているなかで改めて宇江佐さんの話を思い返すと、二人の子供たちを社会に送り出した後とはいえ、家のことを日々こなしながら、あんなにたくさんの作品を生み出し続けるのは並大抵のことではないと思う。数えてみたところ、主婦と同時進行しながら作家生活を二十年、その間に六十作品以上。年に三冊以上書いていた計算になる。単行本以外の文庫本やアンソロジーを加えると容易には数えきれない。

宇江佐さんはご自身の病について前述のエッセイにも書かれているが、それにしても、世を去ってしまわれるのは、あまりにも急だった。まだまだ、作品を読めると勝手に思ってしまっていたからだ。「伊三次の最期まで、しっかり書きたい。けれど、最終回は考えなくても良いのかもしれない」宇江佐さんはインタビューでこう仰っていた。デビューと共に歩んできた伊三次たちは、宇江佐さんにとっても特別な存在だったに違いない。

きっと、宇江佐さんの中には、伊三次や子供たちの描きたい姿がまだまだたくさんあっただろう。このシリーズ以外でも、色々な人物が世に出るのを待っていたに違いない。読者としても、まだまだ読んでみたかったし、何より、もっともっと宇江佐さんにいてほしかった。

現在子育て中の私としては、子供をおぶって江戸の町を奔走するきいの姿を応援したくなったし、茜と伊与太の仕事ぶりや二人の関係性も気になるところである。伊三次が孫を抱く未来もあるかもしれない。昨今の世相を落とし込んだようなエピソードもあったかもしれない。読者である私達は、折々で「あの後はどうしているんだろうなあ」と想いを馳せるだろう。

宇江佐さんが遺してくれた数々の本は、これからもずっと、変わらず、私たちの元にある。繰り返し本を開くことで、これからも宇江佐さんの世界に浸っていきたいと思う。

（女優）

本書は、単行本『竈河岸』（二〇一五年十月刊）に単行本『擬宝珠のある橋』（二〇一六年三月刊）より「月は誰のもの」を除く三篇を加えたものです。
※「月は誰のもの」は、同タイトルで文春文庫に収録されています。

初出誌

「オール讀物」
空似（二〇一四年六月号）
流れる雲の影（二〇一四年八月号）
竈河岸（へっついがし）（二〇一四年十月号）
車軸の雨（二〇一四年十二月号）
暇乞い（二〇一五年二月号）
ほろ苦く、ほの甘く（二〇一五年四月号）
月夜の蟹（二〇一五年六月号）
擬宝珠（ぎぼし）のある橋（二〇一五年八月号）
青もみじ（二〇一五年十月号）

「本の話」
私の「髪結い伊三次捕物余話」（二〇一四年二月号）

文春文庫

竈河岸（へっついがし）
髪結い伊三次捕物余話（かみゆいいさじとりものよわ）

定価はカバーに
表示してあります

2018年10月10日　第1刷

著　者　宇江佐真理（うえざまり）

発行者　花田朋子
発行所　株式会社 文藝春秋

東京都千代田区紀尾井町 3-23　〒102-8008
TEL 03・3265・1211㈹
文藝春秋ホームページ　http://www.bunshun.co.jp

落丁、乱丁本は、お手数ですが小社製作部宛お送り下さい。送料小社負担でお取替致します。

印刷・凸版印刷　製本・加藤製本

Printed in Japan
ISBN978-4-16-791152-2

（　）内は解説者。品切の節はご容赦下さい。

宇江佐真理
幻の声
髪結い伊三次捕物余話
町方同心の下で働く伊三次は、事件を追って今日も東奔西走。江戸庶民のきめ細かな人間関係を描き、現代を感じさせる珠玉の五話。選考委員絶賛のオール讀物新人賞受賞作。（常盤新平）
う-11-1

宇江佐真理
紫紺のつばめ
髪結い伊三次捕物余話
伊勢屋忠兵衛からの申し出に揺れるお文。伊三次との心の隙間は広がるばかり。そんな時、伊三次に殺しの嫌疑が。法では裁けぬ人の心を描く人気捕物帖、波瀾の第二弾。（中村橋之助）
う-11-2

宇江佐真理
さらば深川
髪結い伊三次捕物余話
伊三次と縒りを戻したお文に執着する伊勢屋忠兵衛。袖にされた意趣返しが事件を招き、お文の家は炎上した――。断ち切れぬしがらみ、名のりあえない母娘の切なさ……急展開の第三弾。
う-11-3

宇江佐真理
さんだらぼっち
髪結い伊三次捕物余話
芸者をやめ、茅場町の裏店で伊三次と暮らし始めたお文。念願の女房暮らしだったが、子供を折檻する近所の女房と諍いになり、長屋を出る。人気の捕物帖シリーズ第四弾。（梓澤　要）
う-11-5

宇江佐真理
黒く塗れ
髪結い伊三次捕物余話
お文は身重を隠し、お座敷を続けていた。伊三次は懐に余裕がなく、お文の子が逆子と分かり心配事が増えた。伊三次を巡る人々に幸あれと願わずにいられないシリーズ第五弾。（竹添敦子）
う-11-6

宇江佐真理
君を乗せる舟
髪結い伊三次捕物余話
不破友之進の息子が元服して見習い同心・龍之進に。朋輩とともに「八丁堀純情派」を結成した龍之進に「本所無頼派」の影が立ちはだかる。髪結い伊三次捕物余話第六弾。（諸田玲子）
う-11-8

宇江佐真理
雨を見たか
髪結い伊三次捕物余話
伊三次とお文の気がかりは、少々気弱なひとり息子、伊与太の成長。一方、不破友之進の長男・龍之進は、町方同心見習いとして「本所無頼派」の探索に奔走する。シリーズ第七弾。（末國善己）
う-11-10

宇江佐真理
我、言挙げす
髪結い伊三次捕物余話

市中を騒がす奇矯な侍集団。不正を噂される隠密同心。某大名の姫君失踪事件……。番方若同心となった不破龍之進は、伊三次や朋輩とともに奔走する。人気シリーズ第八弾。（島内景二）

う-11-14

宇江佐真理
今日を刻む時計
髪結い伊三次捕物余話

江戸の大火ですべてを失ってから十年。伊三次とお文はあらたに女の子を授かっていた。若き同心不破龍之進も、そろそろ身を固めるべき年頃だが……。円熟の新章、いよいよスタート。

う-11-16

宇江佐真理
心に吹く風
髪結い伊三次捕物余話

絵師の修業に出ている一人息子の伊与太が、突然、家に戻ってきた。心配する伊三次とお文をよそに、伊与太は奉行所で人相書きの仕事を始めるが……。大人気シリーズもついに十巻に到達。

う-11-17

宇江佐真理
月は誰のもの
髪結い伊三次捕物余話

大人気の人情捕物シリーズが、文庫書き下ろしに！　江戸の大火で別れて暮らす、髪結いの伊三次と芸者のお文。どんな仲のよい夫婦にも、秘められた色恋や家族の物語があるのです……。

う-11-18

宇江佐真理
明日のことは知らず
髪結い伊三次捕物余話

伊与太が秘かに憧れて、絵にも描いていた女が死んだ。しかし葬式の直後、彼女の夫は別の女と遊んでいた……。江戸の人情を円熟の筆致で伝えてくれる大人気シリーズ第十二弾！

う-11-19

宇江佐真理
名もなき日々を
髪結い伊三次捕物余話

伊三次の息子・伊与太が想いを寄せる幼馴染の不破茜は、奉公先の松前藩の若君から好意を持たれたことで藩の権力争いに巻き込まれていく。若者たちが転機を迎えるシリーズ第十三弾。

う-11-21

宇江佐真理
昨日のまこと、今日のうそ
髪結い伊三次捕物余話

病弱な松前藩のお世継に見初められ、側室になる決心をする茜。一方、伊与太は才気溢れる絵を描く弟弟子から批判されて己の才能に悩み、葛飾北斎のもとを訪ねる。（大矢博子）

う-11-22

（　）内は解説者。品切の節はご容赦下さい。

村木 嵐
マルガリータ

千々石ミゲルはなぜ棄教したのか？　天正遣欧使節の4人の少年の中で帰国後ただ一人棄教したミゲル。その謎の生涯を妻の視点から描く野心作。第17回松本清張賞受賞作。（縄田一男）

む-15-1

村木 嵐
遠い勝鬨

徳川時代の長い平和の礎を築いた松平信綱。「知恵伊豆」と呼ばれた信綱が我が子のように慈しんだ少年はあろうことか過去にキリシタンの洗礼を受けていた——。（細谷正充）

む-15-2

諸田玲子
べっぴん
あくじゃれ瓢六捕物帖

娑婆に戻った瓢六の今度の相手は、妖艶な女盗賊。事件の聞き込みで致命的なミスを犯した瓢六は、恋人・お袖の家を出る。正体を見せない女の真の目的は？　衝撃のラスト！（関根　徹）

も-18-8

諸田玲子
再会
あくじゃれ瓢六捕物帖

大火で恋女房を失い自堕落な生活を送る瓢六。しかしやがてかつての仲間達と、水野忠邦・鳥居耀蔵らの江戸の町民たちを苦しめる〝天保の改革〟に立ち向かう。（細谷正充）

も-18-11

諸田玲子
破落戸（ごろつき）
あくじゃれ瓢六捕物帖

老中・水野忠邦と南町奉行・鳥居耀蔵という最強の敵に立ち向かう瓢六は、自分を取り戻し、弥左衛門や奈緒たちの協力を得て強敵をじわじわと追い詰めていく。（大矢博子）

も-18-12

諸田玲子
お順
（上下）

17歳で佐久間象山に嫁ぎ、夫の死後は兄・勝海舟を助けた順。彼女をとりまく幕末日本の勇士たちの姿と、強い情熱と愛で生きた順の波瀾の生涯を描く長編時代小説。（重里徹也）

も-18-9

山本一力
あかね空

京から江戸に下った豆腐職人の永吉。己の技量一筋に生きる永吉を支える妻と、彼らを引き継いだ三人の子の有為転変を、親子二代にわたって描いた直木賞受賞の傑作時代小説。（縄田一男）

や-29-2

（　）内は解説者。品切の節はご容赦下さい。

山本一力
たまゆらに
青菜売りをする朋乃はある朝、仕入れに向かう途中で大金入りの財布を拾い、届け出るが——。若い女性の視線を通して、欲深い人間たち、正直の価値を描く傑作時代小説。（温水ゆかり）
や-29-22

山本一力
朝の霧
長宗我部元親の妹を娶った名将・波川玄蕃。幸せな日々はやがて元親の激しい嫉妬によって、悲劇へと大きく舵を切る。乱世に輝く夫婦の情愛が胸を打つ感涙長編傑作。（東　えりか）
や-29-23

山本兼一
火天（かてん）の城
天に聳える五重の天主を建てよ！　信長の夢は天下一の棟梁父子に託された。安土城築城の裏に秘められた想像を絶する創意工夫。第十一回松本清張賞受賞作。（秋山　駿）
や-38-1

山本兼一
いっしん虎徹
その刀を数多の大名、武士が競って所望し、現在もその名をとどろかせる不世出の刀鍛冶・長曽祢虎徹。三十を過ぎて刀鍛冶を志して江戸へと向かい、己の道を貫いた男の炎の生涯。（末國善己）
や-38-2

山本兼一
千両花嫁
とびきり屋見立て帖

道具屋「とびきり屋」には、新撰組や龍馬がやって来ては、無理を言い——。幕末の京を舞台に、〝見立て〟と〝度胸〟で難題を乗り切る若夫婦を描く「はんなり」系痛快時代小説。（中江有里）
や-38-3

山本兼一
ええもんひとつ
とびきり屋見立て帖

道具屋「とびきり屋」のゆずが坂本龍馬に道具の買い方の極意を伝える表題作ほか六篇。〝見立て力〟で幕末の京を生きる若き夫婦を描いた人気シリーズ第二弾！（杉本博司）
や-38-4

山本兼一
赤絵そうめん
とびきり屋見立て帖

坂本龍馬から持ちかけられた赤絵の鉢の商い。「とびきり屋」の主・真之介がとった秘策とは？　夫婦の智恵、激動の時代に生きる京商人の心意気に胸躍るシリーズ第三弾。（諸田玲子）
や-38-5

夢枕　獏
陰陽師（おんみょうじ）　蒼猴（そうこう）ノ巻
神々の逢瀬に歯嚙みする猿、秋に桜を咲かせる木、蝶に変わる財物――京の不思議がつぎつぎに晴明と博雅をおとなう大人気シリーズは、いよいよ冴え渡る美しさ、面白さ。
ゆ-2-30

夢枕　獏
おにのさうし
真済聖人、紀長谷雄、小野篁。高潔な人物たちの美しくも哀しい愛欲の地獄絵。魑魅魍魎が跋扈する平安の都を舞台に鬼と女人と恋する男を描く、「陰陽師」の姉妹篇ともいうべき奇譚集。
ゆ-2-26

吉村　昭
磔（はりつけ）
慶長元年春、ボロをまとった二十数人が長崎で磔にされるため引き立てられていった。歴史に材を得て人間の生を見すえた力作。「三色旗」「コロリ」「動く牙」「洋船建造」収録。（曾根博義）
よ-1-12

吉村　昭
虹の翼
人が空を飛ぶなど夢でしかなかった明治時代――ライト兄弟が世界最初の飛行機を飛ばす何年も前に、独自の構想で航空機を考案した二宮忠八の波乱の生涯を描いた傑作長篇。（和田　宏）
よ-1-50

渡辺房男
儲けすぎた男　小説・安田善次郎
安田善次郎は露天の銭両替商から身を起こし、一代で大財閥を築いた。先見性と度胸で勝機を摑み、日本一の銀行家となった男の生涯を活写した歴史経済小説。（末國善己）
わ-15-2

山本一力・児玉　清・縄田一男
人生を変えた時代小説傑作選
自他ともに認める時代小説好きの三人が、そのきっかけとなったよりすぐりの傑作を厳選。あなたも時代小説の虜になる！　菊池寛、藤沢周平、五味康祐、山田風太郎らの短篇全六篇。
編-20-1

杉本章子・宇江佐真理・あさのあつこ
衝撃を受けた時代小説傑作選
人気時代小説作家三人が、読者として「衝撃を受けた」「とにかく面白い」短編を二編ずつ選んだアンソロジー。藤沢周平、山田風太郎、榎本滋民、滝口康彦、岡本綺堂、菊池寛の珠玉の名作六編。
編-20-2